insel taschenbuch 4959
Deborah Moggach
Das schwarze Kleid

Deborah Moggach

Das schwarze Kleid

Roman

Aus dem Englischen von Katharina Förs

Insel Verlag

Die englische Originalausgabe erschien unter dem Titel *The Black Dress*
bei Tinder Press, Headline Publishing Group, London 2021.

Für Susanne Jeffreys und Helena Ramsay, mit Liebe

Erste Auflage 2023
Deutsche Erstausgabe
© der deutschsprachigen Ausgabe
Insel Verlag Anton Kippenberg GmbH & Co. KG, Berlin, 2022
Copyright © 2021 by Deborah Moggach
Alle Rechte vorbehalten. Wir behalten uns auch eine Nutzung des Werks
für Text und Data Mining im Sinne von § 44b UrhG vor.
Umschlaggestaltung von Rothfos & Gabler, Hamburg,
unter Verwendung des Originalumschlags
von Tinder Press, Illustrationen: Shutterstock
Satz: Satz-Offizin Hümmer GmbH, Waldbüttelbrunn
Druck: C.H. Beck, Nördlingen
Printed in Germany
ISBN 978-3-458-68259-2

www.insel-verlag.de

Das schwarze Kleid

Prolog

Ich sah es im Schaufenster eines Wohltätigkeitsladens. Ein kleines schwarzes Kleid. U-Boot-Ausschnitt, enganliegend. Es erzählte von Zigaretten und Martinis – ein überraschend aufreizendes Kleidungsstück für ein Küstenstädtchen im Hochsommer. Die Schaufensterpuppe, die es trug, hatte nachgezogene Augenbrauen und knallrote Lippen und erinnerte an Petula Clark. Sie stand leicht schief, und ihr Kopf war zu mir geneigt, als würde sie gleich zu singen beginnen. Um den Nacken trug sie eine Federboa.

Wohltätigkeitsläden haben einen speziellen Geruch, nicht wahr? All diese Vergangenheiten, all diese Leben – das lässt sich unmöglich auswaschen. Normalerweise befühle ich hier ein paar Strickjacken und gehe dann wieder, nicht so an jenem Tag.

Das Schwimmen hatte mich belebt. Diese halbe Stunde hatte die vergangenen Monate von mir abgewaschen, den Schrecken und den Verrat. Die Sonne schien. Ich fühlte mich gereinigt, und das wurde auch Zeit. Viel zu lange hatte ich im Dunkel gelebt. Ich starrte das Kleid an, das hinter meinem eigenen geisterhaften Spiegelbild auf mich wartete. Zu diesem Zeitpunkt hatte ich noch keine Ahnung, warum es mich lockte. Oder ob es überhaupt passen würde.

Aber das tat es. Knubbelige schwarze Wolle, enganliegend, doch nicht unerhört eng – immerhin war ich siebzig, das ließ sich nicht wegdiskutieren, und ich wollte nicht auf jung machen. Mit dem U-Boot-Ausschnitt und den Dreiviertelärmeln deutete es an, ohne viel zu enthüllen. In der Umkleidekabine betrachtete ich mich im Spiegel. Selbst in diesem gnadenlosen Licht und mit den vom Schwimmen noch feuchten Haaren war die Verwandlung erstaunlich. Eine charmante Frau in einem gewissen Alter blickte mir entgegen, die ich selbst kaum wiedererkannte.

Alles verändert sich im Handumdrehen, oder? Chancen, Entscheidungen. Warum diese Hauptstraße, in dieser Stadt? Warum dieses Kleid? Warum hat jemand es gerade jetzt aussortiert? Ist die Frau gestorben oder zu dick geworden, oder hat sie einfach gemerkt, dass keiner mehr Cocktailpartys veranstaltet?

Ich stand an der Kasse. »Ich nehme es.«

TEIL EINS

Eins

Es war eine Art Wahnsinn, das merkte ich zu jenem Zeitpunkt. Wie konnte eine Frau wie ich zu so etwas fähig sein? Aber ich war furchtbar betrogen worden, und der Schock verunsicherte mich zutiefst. Ich befand mich im freien Fall, alle Äste abgeschnitten, nichts, das meinen Sturz aufhalten konnte. Und ich war wahnsinnig einsam.

Auch das ist keine Entschuldigung, aber vielleicht haben Sie so etwas nie erlebt. Heulende Einsamkeit, Monat für Monat. Ich war allein, als der Brief des Rechtsanwalts kam. Kein Greg neben mir, der sich jene Worte angesehen hätte, die unser gemeinsames Leben ausradierten. *Worum geht es da überhaupt? Überlass das mal mir. Es muss an die falsche Adresse gekommen sein.*

Ich war allein, als um ein Uhr morgens auf der North Circular Road das Auto plötzlich nicht mehr fuhr. Als eine Regenrinne verstopft war und Wasser die Wände hinunterlief. Als ein Installateur mich übers Ohr haute und als mein Laptop kaputtging.

Ich war allein, als eine Tierärztin mit rosigen Wangen – frisch verheiratet, wie sie sagte – kam, um den Hund einzuschläfern. Ich spielte Joni Mitchell, diesen Song über ihren Liebhaber, der an seinen Fingern schnuppert, während er der Kellnerin auf die Beine starrt. Sidneys Kopf sank herab und legte sich, ein totes Gewicht, in meinem Schoß ab.

Das war es also. Ich war neunundsechzig und zum ersten Mal in meinem Leben allein. Meine Freundin Azra sagte: »Den wären wir los. Greg war ein Vollidiot, das kann ich dir jetzt ja sagen. Du bist nicht zu alt, um einen anderen

Mann zu finden. Geh in den Park. Da führen sie reihenweise ihre Hunde spazieren.«

»Ich habe keinen Hund mehr.«

»Du hast doch die Leine noch, oder? Lauf herum und ruf ›Sidney, Sidney‹. Irgendwer wird dir schon zu Hilfe eilen.«

Ich lachte – ein Geräusch, das mich erschreckte; ich hatte seit Wochen nicht gelacht. Das konnte Azra nicht für mich übernehmen. Die wunderbare Azra, die in einer Wolke von Zigarettenqualm auf meinem Sofa hingestreckt lag. Mein Gott, wie ich sie liebte.

Greg machte mir das Haus nicht streitig. Er war jetzt auf einer höheren Ebene, das stellte er unmissverständlich klar. Unser Familien-Zuhause war zur Lagerstätte für Gerümpel verkommen.

»Wer braucht schon das ganze *Zeug*?«, hatte er gefragt. »Die Leute rackern sich in Jobs ab, die sie nicht mögen, um Zeug zu kaufen, das sie nicht brauchen, nur um verbrecherischen Unternehmern dabei zu helfen, den Planeten zu zerstören.«

Er sagte, er werde all seinen Besitz loswerden und ein Schweigeseminar in Rutland besuchen.

»*Rutland*?«

Schon jetzt setzte er sich in unbekannte Sphären ab. Nie im Leben hatten wir das Wort »Rutland« ausgesprochen. So viel Unbekanntes würde er ohne mich entdecken. Sein Ton war besorgt, aber seltsam frohlockend.

»Ich brauche das Alleinsein, um meinen spirituellen Weg zu beginnen.« Das hatte er ohne jeden Anflug von Witzelei gesagt. In diesem Moment war mir klar gewesen, dass ich ihn verloren hatte. »Ich will nichts, du kannst alles behalten.«

Das war nicht die ganze Wahrheit. Er hatte das Cottage in

Dorset behalten. Dort gedachte er zu wohnen. Wir hatten darüber gesprochen, uns im Rentenalter dort niederzulassen, waren dann aber zu dem Schluss gekommen, dass wir wohl vor Langeweile umkommen würden.

Jetzt nicht mehr. Greg war inzwischen jenseits der Langeweile. Wenn er auf die unendliche Weite des Ozeans hinausblickte, würde er sich selbst wiederfinden, einen prälapsarischen Greg, unbeschmutzt durch Kompromisse und Vertrautheit, durch eine Hypothek und eine sich rundende Taille, durch Familienstreitigkeiten, durch die chronischen Hoffnungen und Enttäuschungen, die es mit sich brachte, wenn die Jahre einfach so ins Land gingen. Und durch mich.

»Es liegt nicht an dir«, hatte er gesagt. »Der Grund ist nichts, was du getan hast. Es ist einfach so, dass ich seit meiner Krebserkrankung begriffen habe, wie kurz das Leben ist und dass man jeden Tag ganz bewusst erleben muss, sich auf das konzentrieren, was wichtig ist ...«

»*Ich* bin also nicht wichtig?«

»Sei ehrlich, Pru. Du hast es doch auch gespürt. Wir haben nur dieses eine Leben ...«

»Ach, halt die Klappe.«

»Und du musst zugeben, dass bei unserer Ehe die Luft raus ist. Sie ist schal und vorhersehbar geworden. Wir haben die Freude am Zusammensein verloren. Um ehrlich zu sein, sind wir seit Jahren nicht mehr glücklich gewesen. Ist es nicht an der Zeit, den Mut aufzubringen, als Freunde auseinanderzugehen ...«

»*Freunde?*«

»Und diejenigen Aspekte unserer selbst wiederzuentdecken, die in all diesen Jahren brachgelegen haben, sie zu nähren und blühen zu lassen – du ebenso wie ich. Sind wir uns das nicht schuldig?«

»Wie heißt sie?«

»Was?«

»Wen vögelst du? Es muss eine Frau geben, die in den Kulissen wartet, sonst würdest du nicht solchen Unsinn vom Stapel lassen.«

Doch er schwor, das sei nicht der Fall, und brach prompt in Tränen aus.

Seit Greg eine Therapie begonnen hatte, war er mehr in Kontakt mit seinen Gefühlen. Er hatte damit seine Depression heilen wollen, und es schien funktioniert zu haben. Mein belesener, schwermütiger Gatte hatte sich in ein Sektenmitglied verwandelt, weich und wie mit Zuckerguss überzogen. Seine Stimmung war sichtlich besser geworden, und er hatte sich ein neues Vokabular der Selbstwahrnehmung angeeignet. Nein, der Selbstbefangenheit. Ganz ehrlich, mir war der alte Greg lieber gewesen, dessen schwere Schritte auf der Treppe klangen, als ginge ein Mann zu seiner eigenen Hinrichtung.

Es wartete also keine Frau in den Kulissen, nur sein sogenannter »Prozessbegleiter«, der offenbar den Prozess des Endes unserer Ehe begleitete.

Die Wut kam später. Zunächst war ich einfach völlig verstört. Alles ging so schnell, denn wie kann man gegen jemanden kämpfen, der sanft und ach-so-gönnerhaft klarstellt, dass er dich nicht mehr liebt? Der sagt, es sei nicht dein Fehler, sondern sein eigener? Der versucht, seine Jugend zu bewältigen, oder eine Alterskrise oder was auch immer, und dich der Zukunft allein ins Auge blicken lässt?

Dazu gab es einfach nichts zu sagen. Natürlich hatten wir unsere Probleme gehabt, aber wir hatten es immer geschafft, darüber zu sprechen. Jetzt war das Gummiband gerissen, und wir waren auseinandergeschnellt, zwei alternde

Fremde. War es alles eine Täuschung gewesen, diese gemeinsamen Jahrzehnte? Ich horchte auf die sich öffnenden und schließenden Schranktüren, auf seine Schritte auf den Dielen im ersten Stock, das Rattern der Rollen seines Koffers. Und dann, nach einer traurigen Umarmung, war er fort, in der Freiheit, ohne dass wir uns auch nur ein einziges Mal angebrüllt hätten.

»Du bist ein Feigling, ihn so davonkommen zu lassen«, sagte Azra. »Du hättest kämpfen müssen.«

»Man kann jemanden nicht dazu bringen, einen wieder zu lieben.«

»Oder eine Beratungsstelle aufsuchen oder so.«

Die Wahrheit war, dass ich in den letzten Monaten geglaubt hatte, Greg und ich kämen gut zurecht. Seine Depression hatte sich gebessert. Im Kino hielten wir immer noch Händchen. Jetzt, wo wir beide in Rente waren, hatten wir darüber gesprochen, den Küstenweg zu gehen; wir hatten überlegt, alles zu verkaufen und von der Gemeinde ein Haus zu erwerben, wo wir mit gleichaltrigen Babyboomern zusammenwohnen, Led Zeppelin hören und Koks ziehen konnten. Wir flogen nicht mehr, also verbrachten wir ganze Abende vor dem Computer, um zu recherchieren, wie wir mit dem Zug nach Italien gelangen konnten. Alles, bloß keine Kreuzfahrt, war einer unserer Dauerscherze. *Was für ein grässlicher Gedanke ... ein fünfter Höllenkreis ... warum um alles in der Welt sollte jemand so etwas tun?*

Allerdings wurde mir jetzt im Nachhinein bewusst, dass ich es gewesen war, die diese Gespräche bestimmte. Vielleicht war Greg in Gedanken woanders, plante seine Flucht, überlegte, was er loswerden und was er mitnehmen sollte. Dachte darüber nach, wann er es mir sagen sollte. Studierte ein, was er unseren weit verstreuten Kindern, beide im mittleren Lebensalter, sagen sollte, die es möglicherweise hatten kommen sehen oder auch nicht.

Oder vielleicht war es eine spontane Entscheidung, ausgelöst durch einen einzigen Moment, einen vollkommen bedeutungslosen Augenblick, wie zum Beispiel dem Anblick, wie ich ein Tablett in die Spülmaschine räume. *Ich will nicht länger mit dieser Frau verheiratet sein.* Als ihm das bewusst geworden war, riss ihn die Strömung mit und es gab kein Zurück mehr.

Wer wusste es schon? Es war zu spät zum Fragen. Ich war allein in meinem muffigen Haus, ohne einen anderen Menschen, der für Luftbewegung gesorgt hätte. Beim kleinsten Geräusch schrak ich zusammen. In jenen ersten Wochen fühlte ich mich zu verletzlich, um hinauszugehen, aber drinnen zogen sich die Stunden endlos in die Länge. Freunde luden mich zum Abendessen ein, doch den Rest des Tages musste ich immer noch irgendwie totschlagen. Es war November, und nachmittags um vier senkte sich bereits die Dunkelheit herab. Wenn ich mich aufraffen konnte, machte ich die Runde und schaltete die Lichter ein, dann dachte ich wieder: *Wozu überhaupt, bloß für mich?*

Ich vermisste ihn. Ich vermisste ihn so sehr, all meiner Bitterkeit und Verletztheit zum Trotz. Ich vermisste unser gemeinsames Aufstöhnen, wenn Trump im Fernsehen auftrat. Die Gemeinschaft, die wir beide in einer immer erschreckenderen Welt bildeten. Das Geplauder über banale Alltagsdinge. Mehr als alles andere vermisste ich die Gespräche, sogar seine ärgerliche Angewohnheit, mir eine Frage zu stellen, während ich den Mund voller Zahnpasta hatte. Ich hatte so viel zu sagen, die Worte versandeten im Lauf der Zeit. All diese Gedanken, die in meinem Kopf kreisten, all diese ungesagten Worte – was konnte ich mit ihnen anstellen? Überflüssig zu sagen, dass ich keinen Schlaf fand. Ich vermisste seine Arme um mich, die mich nachts beschützten. Seinen nackten Körper, den Geruch seiner Haut. Wie konnte er es ertragen, allein zu sein?

Vorerst hatte er sich in Dorset niedergelassen und lebte dort sein neues Leben. Was tat er wohl den ganzen Tag? Vermisste er unsere Diskussionen nicht? Die kreischenden Möwen waren kein Ersatz. Ich wollte vom neuen heimlichen Liebhaber seiner Nichte erfahren und was die Computertomografie bei seinem Freund Bing ergeben hatte. Aber diese Gespräche waren nicht mehr angebracht. Das hatte er klargestellt.

Ich war aus heiterem Himmel verlassen worden und über Nacht zu einer jener Frauen geworden, die ich insgeheim bemitleidet und zum Abendessen einladen zu müssen gemeint hatte. Alleinstehende Frauen mit Einzeltickets fürs Kino, Einzelzimmern im Hotel, die sich Fertiggerichte für Singles aufwärmten. Und mit einer Katze, immer einer Katze. So eine Frau war nun ich selbst.

Unser Haus stand in Muswell Hill, was alles noch schlimmer machte. In Muswell Hill wohnten ausschließlich selbstgefällige Paare, die ein beneidenswertes Leben führten. In der Dämmerung ging ich die Straßen entlang und blickte in die Fenster meiner Nachbarn, jedes davon ein hell erleuchtetes Tableau bürgerlicher Zufriedenheit. Zehnjährige, die Geige spielten. Dinnerpartys bei Kerzenschein. Teenager, die mit Labradoodles herumtollten. Die Frauen sangen in Chören und machten Pilates, die Männer spielten Fußball mit den anderen Männern, und sie schickten ihre Kinder auf Privatschulen, obwohl sie den *Guardian* lasen. Sie gönnten sich kinderfreie Abende und behaupteten, sie seien beste Freunde – war das nicht abscheulich? Manche von ihnen waren zum zweiten Mal verheiratet und noch selbstgefälliger. Manche waren gar nicht verheiratet, weil sie nicht an ein Stück Papier glaubten, das waren die Selbstgefälligsten von allen. Und jeden Samstag gingen sie alle auf den Bauernmarkt, wo sie einander unentwegt anlächelten.

»Igitt! Ich finde sie zum Kotzen«, sagte Azra, die über einem türkischen Imbiss wohnte. Nur eine Busfahrt von Muswell Hill entfernt, war dies aber eine andere Welt. »Ich wette, die Ehemänner bumsen ihre persönlichen Assistentinnen.«

Azra lebte zwar allein, war aber überhaupt nicht bemitleidenswert. Ganz im Gegenteil. Sie war ein leidenschaftliches, animalisches Wesen. Lange Beine und volles Haar mit rosa oder blauen Strähnen, das sie manchmal auch kohlrabenschwarz färbte. Sie scherte sich überhaupt nicht um ihr Alter. Männer wie Frauen waren ihrem Zauber erlegen und ausgespuckt worden, als sie mit ihnen fertig war. Ich kannte sie schon ewig, und ihre Abenteuer hatten wie ein fernes Getrommel im Urwald durch meine Ehe gedröhnt. Wie zaghaft mein eigenes Leben verglichen mit ihrem wirkte! Sie war meine beste Freundin, und ich liebte sie von Herzen – jetzt, wo ich allein war, umso mehr.

Azra war meine Inspirationsquelle, mein Rollenvorbild für dieses neue Ich. »Wer braucht schon Männer, die alles in Unordnung bringen?«, sagte sie. »Na los, Mädchen. Iss, was du willst, tu, was du willst. Erobere dir dein Territorium zurück. Bleib den ganzen Tag im Bett, wenn dir danach ist. Geh die ganze Nacht aus, wenn du Lust dazu hast. Pupse im Bett, verwöhn dich, verwöhn dich *nicht*, wen geht's was an? Fahr mit mir in Urlaub, betrink dich, lach schallend. Gib sein Zeug weg und mach das Haus zu *deinem* Haus. Es macht Spaß, und davon hattest du mit dem langweiligen alten Greg nicht viel, stimmt's, Schätzchen?«

Ihre Verachtung für Greg überraschte mich. Azra war normalerweise nicht gerade der Inbegriff von Taktgefühl, aber in diesem Fall hatte sie aus Rücksicht auf mich ihre Gefühle nicht gezeigt. Jetzt brach sich das alles Bahn.

»Er ist so ein aufgeblasener alter Schwachkopf geworden. Hat es dich nicht genervt, wie er sich jedes Mal geräuspert hat, bevor er zu irgendwas seine Meinung gesagt hat? Und wie er jedem auf die Nase gebunden hat, dass er als Professor für die Londoner Börse tätig gewesen ist? Irgendwie hat er das immer einfließen lassen. Und dass er mal Mick Jagger kennengelernt hat – das auch. Er war ein richtiges Groupie.«

»Ach ja?«

»Lieber Himmel, Pru, ist dir das gar nicht aufgefallen? Aber schlimmer, viel schlimmer war, wie er dich sabotiert hat.«

»Ach, hat er das?«

Sie verdrehte die Augen. »Andauernd. Er hat dich immer wieder niedergemacht, in lauter kleinen Momenten. Dir vor anderen Leuten widersprochen, dich heruntergeputzt, solche Sachen. Ein Kontrollfreak. Kein Wunder, dass du dich so minderwertig gefühlt hast.« Sie packte meinen Arm. »Aber du bist es nicht, du bist es überhaupt nicht! Du hast zwanzig Jahre lang an der schlimmsten Gesamtschule von Hackney unterrichtet – das soll dir Greg mal nachmachen! –, und du bist witzig und klug und großartig, und du hast zwei wunderbare Kinder großgezogen ...«

»So schlimm war er auch wieder nicht.« Es mag lächerlich erscheinen, aber ich fühlte mich bemüßigt, loyal zu sein. »Ich glaube, in seinem tiefsten Inneren fühlte er selbst sich minderwertig. Darum war er so launisch und schwierig. Es liegt alles daran, dass er aufs Internat geschickt wurde und sich verlassen fühlte. Das hat ihn sehr beeinträchtigt. Ich hätte seine Eltern umbringen können. Jahrelang litt er unter Depressionen – das weißt du –, aber nun hat er versucht, zu sich selbst zu finden. Besser spät als nie. Ich glaube, es war der Krebs, der ihn aufrüttelte. Er hat sich bemüht, ganz ehrlich. Er hat eine Therapie gemacht.«

Azra zuckte die Schultern. »Ich weiß nicht, warum du ihn in Schutz nimmst, wo er sich so bescheuert verhalten hat. Ich wollte dir nur helfen.«

Ich packte ihre knochigen Schultern und nahm sie in den Arm. So gut es ging, denn sie saß auf einem Küchenhocker. Sie strich ihr Haar zurück und nahm noch einen Schluck Wein. Ihre Armreifen klimperten, während sie den Arm hinunterrutschten.

»Es tut mir leid«, sagte ich.

»Nein, *mir* tut es leid. Ich hätte nicht so vom Leder ziehen sollen. Es ist bloß eine solche Erleichterung, zu sagen, was ich fühle.«

Das tun die Leute nicht, wenn man verheiratet ist, stimmt's? Sie können deine Liebhaber analysieren, bis in ihre Einzelteile zerlegen, wenn es eigentlich um nichts geht, aber sobald man verheiratet ist, senkt sich der Vorhang und es wird nichts Kritisches mehr geäußert, bis die Ehe zu Ende ist, der Vorhang sich hebt und sie sich gegenseitig darin überbieten, dir zu erzählen, wie schrecklich dein Ehemann war.

Azra war an diesem Tag besonders angespannt und verfiel nach unserem Gespräch in Schweigen. Offenbar hatte sie das Gefühl, selbst nach ihren eigenen Maßstäben zu viel ausgeplaudert zu haben.

Natürlich gab mir ihre Kritik an Greg Auftrieb. Gleichzeitig empfand ich es jedoch als verletzend, dass sie nichts davon jemals auch nur angedeutet und ihre Unterstützung angeboten hatte. Schließlich kannte sie uns beide seit Jahren.

Und ganz ehrlich, *so schlimm war er wirklich nicht*. Wäre er das gewesen, hätte sie mich für eine Idiotin halten müssen. Azra war eine leidenschaftliche Frau und neigte dazu, in alle Richtungen auszuschlagen, wobei sie manchmal übers Ziel hinausschoss. Vielleicht hatte ihre Feindseligkeit auch mit Gregs ablehnender Haltung *ihr* gegenüber zu tun.

Ich hatte lange den Verdacht gehegt, dass er Azra als Bedrohung empfand. Er hatte den Mund gehalten, weil sie meine Freundin war, aber manchmal war ihm etwas herausgerutscht. *Sie ist eine ganz schön harte Nuss, was? Wenn sie anfängt, endlos über das Patriarchat und Racial Profiling zu faseln, kommt kein anderer mehr zu Wort. Ziemlich schlechte Manieren.* Was die Manieren betraf, musste ich ihm zustimmen, aber bei Azra gingen Gefühle eben sehr tief, und sie scherte sich nicht darum, wenn das Menschen aufregte.

Außerdem hatte sie eine harte Kindheit. Sie kam als Tochter einer ledigen Mutter in Sunderland zur Welt und erlebte echte Entbehrung. Als Teenager jedoch floh sie, fuhr per Anhalter gen Süden und erfand sich selbst neu – als Azra, bloß, weil ihr der Name gefiel. Ich bewunderte ihren Mut; mehr noch, ich hatte fast ein wenig Ehrfurcht vor ihr. Sie war ein Freigeist, vollkommen klassenlos und niemandem verpflichtet. Angesichts solcher Umstände schienen gute Manieren unerheblich.

Ich glaube außerdem, dass Greg sich durch ihre Bisexualität bedroht fühlte. Das habe ich bei Männern öfter beobachtet. Sie befürchten, dass es ihnen nicht gelingt, eine Frau zu befriedigen, und dass jede, die bi ist, es eigentlich eher auf Frauen abgesehen hat. Und was hieß das für sie als *Männer*? Dass sie höchst entbehrlich waren.

Doch Azra stand über alledem. *Wenn ich mich verliebe, dann geht es darum zu allerletzt. Ich sehe einfach den Menschen – alles andere schert mich einen Dreck!*

Mich scherte es schon etwas. Aber ich tat, als sei ich ihrer Meinung. In Wahrheit fand ich ihre lässigen Äußerungen ein bisschen überheblich, aber sie war meine Seelenverwandte, was Greg nie gewesen war, nicht wirklich. Meine Seelenverwandte und Lebensretterin.

Zu diesem Zeitpunkt war er schon seit vier Monaten fort. Draußen ging die Sonne unter. Azra und ich hatten die Flasche Wein ausgetrunken und tunkten abwechselnd Brot in eine Schüssel Guacamole. Es war viel zu warm für Januar, und Azras Fenster stand offen. Kebabdunst wehte von Karims Imbiss herauf. Auf einem nahen Dach, zwischen den Satellitenschüsseln und Dunstabzügen, saß eine Krähe. Sie neigte den Kopf und beäugte mich kritisch, als ob sie meine Gedanken lesen wollte, um schließlich zur Seite zu hüpfen und dann wegzufliegen.

Azra strich mit dem Daumen über meinen Unterarm. »Ich hätte das alles nicht sagen sollen. Was, wenn ihr beide wieder zusammenfindet? Ich würde mir schrecklich blöd vorkommen.«

Aber er war fort. Lange hatte ich es nicht wahrhaben wollen, aber er war endgültig fort.

Zwei

Ich hatte geglaubt, ich würde mich an das Alleinsein gewöhnen. Der Frühling war eingezogen und mit ihm die herumtollenden Lämmer und Hoffnungen im Überfluss, doch das machte eigentlich alles nur schlimmer. Ich ertappte mich dabei, wie ich stundenlang dastand und in den Garten hinaussah, unfähig, mich zu rühren. Das Gras musste gemäht werden, aber was hatte das für einen Sinn, wenn niemand es sah?

Nach und nach hörte alles auf zu funktionieren. Die Küche wurde immer düsterer, da die Halogenbirnen eine nach der anderen durchbrannten. Nur Greg war in der Lage, die dummen Dinger auszutauschen. Das Bedienungsfeld des Trockners hatte ich nie verstanden, und er begann, wie verrückt zu piepen, und die Klamotten blieben nass. Ich weiß, dass ich das hätte herauskriegen sollen, aber als ich die Bedienungsanleitung fand, verstand ich nur Bahnhof. Das Auto brauchte Öl, doch ich bekam den Messstab nicht heraus und stand irgendwann weinend an der Straße und starrte in den geöffneten Schlund des Motors.

Ich war nicht bloß hilflos; mich hatte eine panikartige Untätigkeit ergriffen. Vielleicht begann ich damals schon, verrückt zu werden. Ich nahm meine Arbeit wieder auf, gab einem halben Dutzend Schüler Nachhilfe; das schaffte ich irgendwie, doch kaum waren sie verschwunden, versank ich wieder in der Erstarrung und konnte mich kaum rühren. Stumm stand ich im Flur, hypnotisiert von den Farben auf dem Boden, wo das Sonnenlicht durch das Buntglas fiel. Mein Herz allerdings raste.

Meine Freunde fühlten mit mir und luden mich immer noch zum Abendessen ein, aber weniger oft als früher. Offenbar wurde ich nun zu einer dieser Single-Frauen, die ich selbst so grausam hatte durchs Netz rutschen lassen. Wenn tatsächlich eine Einladung kam und der Zeitpunkt sich näherte, verfiel ich in eine sinnlose Aufregung. Obwohl ich mich nach Gesellschaft sehnte, wurde ich ängstlich und agoraphob. Und ich hasste die Vorbereitung: die ausgeleierten Hosen auszuziehen, die ich den ganzen Tag trug, mich schminken, ein Kleid anziehen. Als Greg noch da war, war das eine Art geselliges Ereignis gewesen, manchmal sogar der beste Teil des Abends. *Magst du ein Glas Wein, bevor wir gehen?* Jetzt hatte ich, wenn ich mich mühsam verrenkte, um den Reißverschluss hochzuziehen, bereits Angst davor, allein nach Hause zu kommen, und auch vor den Tagen, die ich bis zu einer Gegeneinladung vergehen lassen musste, um nicht bedürftig zu wirken. Die Abstände zwischen Anrufen dürfen nicht zu kurz sein.

Alex und Bethany, Jim und Rachel, Tish und Benji ... sie waren meine Freunde, doch wenn ich jetzt zurückblicke, schäme ich mich für den Neid, den ich ihnen gegenüber empfand. Neid auf die unbeschwerte Vertrautheit zwischen ihnen. Ich weiß noch, wie ich Tish und Benji, die seit ewigen Zeiten verheiratet waren, einander spielerisch mit der Hüfte anstoßen sah, während sie servierten.

Manchmal sagten sie, *Außer uns ist leider keiner da*, und mir wurde das Herz schwer. Manchmal sagten sie, *Brian wird dir gefallen; er ist gerade nach seiner Scheidung wieder nach London gezogen*, und ich schöpfte Hoffnung. Brian allerdings war dann ein übergewichtiger Glatzkopf, der sich nach der Frage *Fahren Sie Ski?* abwandte und mit der Frau zu seiner Rechten plauderte.

Ich weiß, dass meine Gastgeber anschließend über mich sprachen, zusammengeschweißt durch meine Situation.

Die arme Pru. Was für ein Glück, dass wir einander haben. So verschafften sie sich einen erotischen Kick und schliefen in dieser Nacht zum ersten Mal seit Wochen zusammen – mit einer Leidenschaft, die sie beide verwirrte.

Meine Eifersucht wurde zu einem alles verschlingenden Monster. Heute kann ich mir das eingestehen. Mehr als um das Lachen beneidete ich sie um die Sticheleien und kleineren Streitigkeiten, weil mir die so vertraut waren. Ob Greg und ich glücklich gewesen waren, schien nun bedeutungslos. Ich beneidete sie einfach um die Normalität dessen, was ich als selbstverständlich betrachtet hatte. Nicht die Reisen nach Venedig, nicht die großen Sachen. Einfach das beiläufig in Gespräche eingestreute »wir«. Einfach die Tatsache, dass sie ein Paar waren.

Und jetzt, wo das Wetter wärmer wurde, konnte man den Fieslingen gar nicht mehr aus dem Weg gehen. Die jungen störten mich natürlich nicht; es waren die alten, die mich zur Weißglut trieben. Die händchenhaltend in den Highgate Woods spazieren gingen und vor dem Kino Schlange standen. Ich sah sie bei Aldi, wo sie einander beim Einpacken an der Kasse halfen – bei Aldi musste man schnell sein; ein eingespieltes Team, wie angegraute, aufeinander eingespielte Tänzer, das den Einkaufswagen für den Besuch der Enkel volllud.

Hätte ich Enkelkinder gehabt, wäre es vielleicht einfacher gewesen. Dann hätte es jemanden gegeben, dem ich meine Liebe schenken konnte. Doch meine Tochter, die in Reykjavik wohnte, war eine Workaholic, lebte mit einer Frau zusammen und war zu beschäftigt, um schwanger zu werden, und mein Sohn wohnte in Pasadena, war ein Computerfreak und hatte offenbar Schwierigkeiten, Beziehungen einzugehen, von Fortpflanzung ganz zu schweigen.

Außerdem hatte ich den Verdacht, dass Max auf der Seite seines Vaters stand. Er war immer ein Eigenbrötler gewesen und verstand zweifellos Gregs Bedürfnis nach Alleinsein. Die Arbeit im IT-Bereich behagte ihm auch deswegen, weil er mit niemandem sprechen musste. Lucy war kommunikativer, rief jede Woche über FaceTime an, aber ich wollte sie nicht beunruhigen und tat, als käme ich gut zurecht. »Ehrlich gesagt habe ich es seit Jahren kommen sehen«, log ich. »Es ist tatsächlich eher eine Erleichterung, und ich genieße meine neu entdeckte Unabhängigkeit!«

Dass Azra und ich eine unserer Auseinandersetzungen hatten, machte alles noch schlimmer. Azra hatte mich monatelang unterstützt, mich mit für sie untypischer Liebenswürdigkeit behandelt, aber sie konnte ganz unvermittelt aus der Haut fahren. Wahrscheinlich dachte sie, ich hätte mich schon ein wenig erholt und wäre dem gewachsen. Sie war an der Tür einem meiner Schüler begegnet, und als wir uns zum Tee in den Garten setzten, legte sie los.

»Ich verstehe einfach nicht, dass du diesen Kindern hilfst«, sagte sie. »Jemand wie du, mit deiner politischen Einstellung. Du drillst sie mit all diesem Zeug, damit sie es auf eine *Privatschule* schaffen! Haben sie nicht sowieso schon genügend Vorteile, die privilegierten kleinen Schwachköpfe?« Sie zog den Teebeutel aus ihrer Tasse und warf ihn ins Blumenbeet. »Hast du keine Schuldgefühle?«

Die hatte ich natürlich, aber das ließ ich nicht durchblicken. »Ich brauche das Geld«, sagte ich. »Und außerdem sind das auch nur *Menschen,* oder? Ich glaube mich zu erinnern, dass *du* das mal gesagt hast.«

»In welchem Zusammenhang?«

»Es ging um Sex.«

»Du hast *Sex* mit ihnen?«

»Nein! Du hast damals gesagt, es spiele keine Rolle, welches Geschlecht jemand hat. ›Das ist das Letzte, was mich interessiert‹, hast du erklärt. ›Ich sehe einfach den Menschen – alles andere schert mich einen Dreck!‹ Du warst ziemlich verächtlich, muss ich sagen. Ziemlich resolut.«

»Ich weiß nicht, wovon du sprichst.«

»Ach, vergiss es.«

»Nein, sag mir, was du meinst. Willst du behaupten, ich versuche dich zu verunsichern?«

»Natürlich nicht! Tut mir leid, aber du tust manchmal genau das, was Greg deiner Ansicht nach getan hat.«

»Greg? Was hat der denn damit zu tun?«

»Du machst mich nieder.« Ich hielt inne. »Vergiss es. Wahrscheinlich bin ich ein bisschen pathetisch.«

Wir saßen im Garten. Ich starrte Gregs Kräutersortiment an, säuberlich einzeln in Terrakottatöpfe gepflanzt. Natürlich wurden sie inzwischen von Unkraut erstickt. Er hatte großartig gekocht, viel besser als ich. Rezepte von Ottolenghi, mit Zutaten, die man kein zweites Mal verwendete; unsere Küchenschränke standen voller obskurer Päckchen und Flaschen. Und er hatte es geliebt, Abendessen zu veranstalten. Das war eine seiner besten Eigenschaften. Er bereitete gern alles vor, reihenweise gehackte Kräuter, je geheimnisvoller desto besser, dazu das obligatorische Häufchen Granatapfelkerne. Er schrieb, am Küchentisch stehend, sogar Platzkärtchen. *Wer soll neben unserer ruppigen Freundin Azra sitzen?*

Ja, sie war ruppig, da hatte er recht. Plötzlich vermisste ich ihn so sehr, dass mir die Tränen in die Augen schossen. Warum hatte er mich verlassen, gerade als wir frei waren, überall hinzufahren und zu tun, was uns beliebte? Wir hatten so viele Pläne gehabt. Es war angenehm, gemeinsam alt zu werden. Bereute er es, unser gemeinsames Leben aufgegeben zu haben? Wollte er wirklich wie ein Eremit leben, dort, an der sturmgepeitschten Küste, und nur mit einem Fahrrad als Transportmittel?

Um das Thema zu wechseln, erzählte ich ihr von dem Mann, der bei der örtlichen Autowaschanlage arbeitete und der, wie ich herausgefunden hatte, Syrer war. Eine von Azras vielen Tätigkeiten war die Arbeit mit syrischen Flüchtlingen am Gemeindezentrum in Tottenham. Ich berichtete, wie höflich und nett die Autowäscher waren. »Das einzige Problem ist, dass sie mein Radio wieder auf Kiss FM gestellt haben und ich Radio 4 nicht mehr reinkriege.«

»Ach, sei doch nicht so eine Memme.«

Ich brach in Gelächter aus. »Memme?«

»Du bist eine absolut kompetente Frau, zieh dir nicht dieses Hilflos-Hemdchen an.«

»Was ist bloß in dich gefahren?«

»Gar nichts!« Sie neigte den Kopf nach hinten und leerte ihren Becher. »Ich sage bloß, dass du sehr wohl lernen kannst, ein Radio einzustellen. Das ist nicht Raketentechnik.«

Wenn sie in dieser Stimmung war, musste man behutsam mit ihr umgehen. Ich antwortete nicht, und wir saßen schweigend da. In der Nacht hatte es geregnet, und die Narzissen ließen immer noch die Köpfe hängen. Ich erinnere mich sehr genau an diesen Tag, daran, wie zerstreut Azra wirkte, angespannt und nervös wie ein Rennpferd. Ich dachte: Manchmal mag ich dich wirklich überhaupt nicht.

Mitte April geschah etwas, das alles verändern sollte. Zu dem Zeitpunkt schien es nicht von Bedeutung zu sein. Ich empfand es eher als Material für eine komische Anekdote, die lustiger ist, wenn man sie erzählt, als wenn man sie erlebt.

Ich war zur Beerdigung eines Mannes eingeladen, den ich kaum kannte. Er war der Ehemann einer Frau, die ich vor langer Zeit kennengelernt hatte, als ich kurzzeitig im örtlichen Chor mitsang. Wir versammelten uns jeweils Montagabend, um selbstgebackene Haferkekse zu essen und Händels *Messias* einzustudieren. Ich mochte die Leute dort, wirklich: Sie verabscheuten die Konservativen und brachten ihre Abfälle zu den Recyclingcontainern. Aber ihr verworrener Liberalismus und die Autos voller Hundehaare konnten mich nicht täuschen. Unter der zur Schau getragenen Bescheidenheit pulsierte ein rücksichtsloser Ehrgeiz für ihre Kinder und ein Netzwerksystem von Nepotismus und Kolonnenspringerei, das selbst den Herrscher von Usbekistan beeindruckt hätte. Heute würde man diese Leute die großstädtische Elite nennen und für den Brexit verantwortlich machen. Damals nannte ich sie einfach nur die selbstzufriedenen Verheirateten, deren Sprösslinge allesamt mühelos beim BBC oder bei Top-Anwaltskanzleien unterzukommen schienen.

Als Mutter von Kindern, die sich standhaft weigerten, etwas zu erreichen, blieb ich nicht lange in dem Chor. Ich konnte mich an Anna, die nun trauernde Witwe, kaum erinnern. Zu jener Zeit hatten die Muster-Ehefrauen von Muswell Hill eine ganz spezielle äußere Erscheinung: marineblaue Outfits, samtene Haarreifen und Lacklederschuhe mit kleinen Messingschnallen. Man konnte sie kaum auseinanderhalten.

Aus diesem Grund wäre ich beinahe nicht zu der Trauerfeier gegangen; es kam mir aufdringlich vor, mich Menschen anzuschließen, die ich kaum kannte und die einen

Mann betrauerten, an den ich mich kaum erinnerte. Aber ich musste unbedingt aus dem Haus. Ein Dachdecker reparierte gerade das Loch in der Decke des Küchenanbaus und flirtete dabei bemüht mit mir. Ich merkte, dass er mit dem Herzen nicht dabei war – ich war viel zu alt –, aber nachdem er einmal angefangen hatte, fühlte er sich offenbar verpflichtet weiterzumachen. Ich fürchtete das Knarren der Leiter, wenn er herunterstieg, um einen Tee zu trinken. Außerdem hatte ich den Verdacht, dass er mich übers Ohr haute.

Also kleidete ich mich dem Anlass entsprechend düster und fuhr zum Golders-Green-Krematorium. Die Trauernden bewegten sich bereits hinein, als ich eintraf. Ich erkannte niemanden, aber das war nicht weiter überraschend.

Ich nahm ziemlich weit hinten Platz. Den Sarg konnte ich kaum sehen, ebenso wenig die ausgestellten Fotos. Außerdem hatte ich vergessen, mir die Agende mitzunehmen. Also brauchte ich eine Weile, um zu begreifen, was vor sich ging. Wir standen alle auf, um »All Things Bright and Beautiful« zu singen. Dann setzten wir uns wieder, und ein junger Mann in Armeeuniform ging zum Mikrofon.

»Wir sind hier, um das Leben von Dawn zu feiern«, sagte er mit zitternder Stimme. »Meine Schwester ist uns viel zu früh genommen worden. Ihr Kampf gegen die Krankheit und ihre Tapferkeit in diesen letzten herausfordernden Monaten sind uns alle eine Lehre gewesen. Selbst als sie ihre Beine schon nicht mehr bewegen konnte, lächelte sie noch, denn das war Dawn, wie sie leibte und lebte. Sie war die beste Schwester der Welt, und ich bin sicher, dass niemand hier im Raum nicht von ihrer Freundlichkeit und Großzügigkeit profitiert hat. Ich möchte die Dawn, die wir liebten, mit einem kurzen Gedicht feiern.«

Mist. Ich war auf der falschen Trauerfeier gelandet.

Das kann leicht passieren. In Golders Green ist der Zeitplan straff, rein und raus in dreißig Minuten, kein Leerlauf. Immer wieder sah ich auf die Uhr. Es war so wenig Verkehr gewesen, dass ich eine halbe Stunde zu früh da war.

Ich rutschte unruhig auf meinem Stuhl herum und wurde knallrot im Gesicht. Einige Gäste, die spät dran waren, hatten neben mir Platz genommen, und ich konnte mich nicht unbemerkt davonstehlen.

Also saß ich es aus. Dawn war offenbar eine wunderbare Frau gewesen, doch wer ist nicht wunderbar, wenn er tot ist? Trotz meiner Angst, entdeckt zu werden, fühlte ich mich in Dawns Lebensgeschichte hineingezogen; offenbar war sie mit einer Vielzahl persönlicher Tragödien konfrontiert gewesen, die einen weniger starken Charakter umgeworfen hätten. Als die Zeremonie zu Ende war, flüchtete ich hinaus in den Nieselregen. Dabei wandte sich ein Fremder an mich und fragte: »Ich kenne nicht die Hälfte von diesen Leuten, und Sie?«

Vielleicht war das der Zeitpunkt, als die Saat gelegt wurde. In dem Augenblick musste ich ein Kichern unterdrücken, während ich davoneilte. Ich weiß noch, wie ich dachte: Wenn doch Greg daheim wäre, dann könnte ich ihm das erzählen und wir hätten was zu lachen.

Aber es war niemand zu Hause. Als ich zurückkehrte, nachdem ich die zweite Trauerfeier durchgestanden hatte, war der Dachdecker weg. Er hatte sein Geld genommen und einen Aschenbecher voller Kippen sowie einen Scheißhaufen in der Kloschüssel hinterlassen.

Ich rief Azra an, um es ihr zu erzählen, aber sie war nicht da. In diesem Frühjahr kam das häufig vor. Wie sich herausstellte, war sie wieder einmal in Frankreich. Eine ihrer Geldquellen war, *brocantes* zu durchstreifen und alte Spitzen und Leinenbetttücher zu kaufen – offenbar waren diese inzwischen, wo die Leute vergessen hatten, wie anstrengend das Bügeln ist, wieder beliebt. Sie brachte sie in ihrem Kleinbus mit zurück und verkaufte sie auf Antiquitätenmärkten.

Eine Woche später war sie wieder zu Hause. Ihre Tür stand offen, und ich sah sie, an das Abtropfbrett gelehnt, in ihrer Küche stehen. Sie las in einer Zeitung und aß kalte Tortellini aus einem Topf. Wie ich sie in diesem Moment liebte!

Sie wandte sich um. Wie schön sie war! Strahlend, tatsächlich, mit diesem wilden Haar und dem breiten, großzügigen Mund. Sie war eine dieser attraktiven Frauen, die aussehen, als hätten sie ein Geheimnis – wie ein Kind, das eine verbotene Süßigkeit genascht hat; und als hätten sie Dinge im Kopf, die nur sie selbst amüsant finden.

Plötzlich wurde ich misstrauisch. »Gibt es da einen Mann, auf den du stehst?«

»Wie bitte?«

»In Frankreich. Ist das der Grund, warum du so oft dort hinfährst?«

Azra bekam einen solchen Lachanfall, dass er am Ende in Husten überging. Ihre schmalen Schultern zitterten. Mich überraschte diese Überreaktion ein wenig. Als sie sich wieder erholt hatte, versicherte sie mir, das sei nicht der Fall. Aus irgendeinem Grund war ich erleichtert. Wieder einmal spürte ich, wie sehr ich sie brauchte. Beim Gedanken, sie könnte in eine Liebesaffäre verschwinden, fühlte ich mich trostlos und verlassen.

Ich erzählte ihr, wie ich als ungeladener Gast Dawns

Trauerfeier miterlebt hatte und dass ich mich dieser unbekannten Frau plötzlich seltsam nah gefühlt hatte. Dass offenbar ein Mensch erst sterben musste, bevor Menschen weite Reisen auf sich nahmen, um ihre Liebe zu zeigen – warum tat man das nicht, wenn der Mensch noch am Leben war?

»Und keiner hat mich gefragt, warum ich da bin«, sagte ich, »weil bei Beerdigungen Menschen aller Art auftauchten: Menschen aus der Vergangenheit, aus Lebensabschnitten, von denen niemand etwas weiß. Unsere Leben bestehen aus so verschiedenen Bereichen.«

»Meine Freundin Tabitha besucht Hochzeiten, ohne eingeladen zu sein«, erzählte Azra. »Sie wohnt in Kidderminster, in der Nähe eines großen Hotels, wo ständig Hochzeiten stattfinden. Also zieht sie sich etwas Hübsches an und mischt sich unter die Gäste, lässt sich mit Prosecco volllaufen und stibitzt Kanapees. Das ist ihr Wochenendprogramm. Besser als alles andere, was man in Kidderminster machen kann.«

Wer war Tabitha? Es bestätigte meine Meinung. Wenn Azra starb, würde diese unbekannte Tabitha bei der Beerdigung auftauchen, und niemand hätte eine Ahnung, wer sie war und woher sie Azra kannte. Aus Azras kurzer Karriere als Schauspielerin? Aus der Zeit, als sie in New Mexico mit einem Bildhauer zusammengelebt hatte? Aus Greenham Common? Aus der Grundschule?

Ich weiß noch, dass ich Azra anstarrte, die gerade Kaffee für uns machte. Sie trug ein türkisfarbenes Shirt, psychedelische Leggings und Ohrringe, die ich ihr geschenkt hatte – kleine silberne Eicheln, die tanzten, wenn sie sich bewegte. Ich kannte sie seit dreißig Jahren, aber es gab so vieles, was ich sie nie gefragt hatte. So viel Unbekanntes, obwohl sie meine beste Freundin war. Vielleicht ging es ihr mit mir genauso.

Das allerdings bezweifelte ich. Azra war nicht neugierig. Sie lebte im Moment, ohne groß zu reflektieren. Ich hatte diesen animalischen Geist immer bewundert, aber heute fühlte ich mich bei dem Gedanken einsam. Würde sich je jemand meine Fotoalben ansehen wollen? Wer fragte mich nach meiner Schulzeit? Ich glaube, sie kannte nicht einmal die Namen meiner Eltern.

Ich saß zusammengekauert auf ihrem Sofa. Der Regen peitschte gegen das Fenster. Der Besuch im Krematorium hatte mich aufgewühlt. Die Zeit wurde knapp. Würde ich wirklich allein sterben?

Diese nackte Angst konnte mein Blut gerinnen lassen. Und die Bitterkeit ... ach, sie verzehrte mich. Die Erinnerung an die zweite Trauerfeier – die, zu der ich eingeladen gewesen war – schmerzte immer noch. Ich hatte ein paar der Anwesenden erkannt – Paare, die nach all den Jahren immer noch zusammen waren. Und sie sahen vollkommen glücklich aus! Beim Leichenschmaus beobachtete ich, wie sie einander Teller mit belegten Broten brachten oder sich gegenseitig die Krümel abklopften. Wie ich sie beneidete. Was hatten diese Frauen getan, um solche Hingabe zu verdienen? *Sie* waren nicht verlassen worden. *Sie* hatten Arme, die sich nachts um sie schlangen, um allen Schrecken abzuwehren.

Eine Frau namens Anthea Mills, jetzt dicker, aber immer noch unerträglich selbstgefällig, trieb mich in die Enge. Sie schwärmte von ihren Enkeln, die alle großartig in der Schule waren, alle in der Nähe wohnten und täglich bei ihr ein und aus gingen. »Wir haben kaum mal einen Moment für uns, stimmt's, Schatz?« Sie stieß ihren Mann mit dem Ellbogen in die Seite. »Also verdrücken wir uns am Wochenende nach Paris, nur wir zwei. Ich kann es kaum erwarten!«

»Am liebsten hätte ich sie erschossen«, vertraute ich Azra an.

Dass Azra für diese gutbürgerliche Prahlerei nur Verachtung übrighatte, versteht sich von selbst. »Wahrscheinlich sind sie total unglücklich. Und nur zu feige, sich zu trennen.«

»Sie sahen nicht unglücklich aus.«

Sie hob die Augenbrauen. »Willst du wirklich jemanden finden? Bist du nicht erleichtert, allein zu sein? Ich dachte, du kommst inzwischen besser zurecht.«

Beschämenderweise füllten sich meine Augen mit Tränen. Eine weinende alte Frau ist kein schöner Anblick. Das überlässt man besser den jungen, und die haben heutzutage ja genug Grund zum Weinen.

»Ach, meine Liebe.« Azra setzte sich neben mich und legte mir den Arm um die Schultern. »Sei nicht traurig.«

Da brach es aus mir heraus. »Ich kann es nicht ertragen. Ich hasse alle Paare und meine Rolle als Anstandswauwau, der auf den Rücksitz des Autos verfrachtet wird. Kapieren die nicht, wie einsam man sich da fühlt? Und wenn ich allein ins Kino gehe, fühle ich mich wie diese schmuddeligen Typen in Soho, als Soho noch Soho war ...«

»Dann nimm doch mich mit.«

»... und am Ende renne ich raus, bevor das Licht angeht, damit niemand mich mitleidig anschaut. Ich hasse es, hasse es, *hasse* es. Und ich hasse mich selbst, weil ich den Leuten ihr Glück nicht gönne.«

»Schätzchen, es ist erst sieben Monate her ...«

»*Du* kommst zurecht. Du lebst gern allein, aber du bist

nicht wie ich.« Beschämt über meinen Ausbruch stand ich auf und riss ein Stück Küchenrolle ab.

»Besorg dir doch wieder einen Hund.«

Ich putzte mir die Nase. Draußen auf der Straße heulte eine Sirene. Azra wohnte in Tottenham, und diese Melodie zog sich durch ihre Tage. Erst in der Woche zuvor war gegenüber jemand erstochen worden; der Klebestreifen, den die Polizei angebracht hatte, hing immer noch an einem Laternenpfahl. Sie wurde gut damit fertig. Ich hingegen merkte, wie ich immer ängstlicher wurde. Schon das Geräusch der Türklingel erschreckte mich. Ich stellte mir mich in der Zukunft vor, eine verschrumpelte Eremitin, die hinter ihren geschlossenen Fensterläden kauert.

»Ich bin nicht ich selbst«, sagte ich. »Ich werde langsam verrückt. Immer wieder wache ich auf und denke, unten wäre ein Einbrecher. Oder auf dem Dach. Oder war es ein sehr schweres Eichhörnchen?« Sogar beim Öffnen von Briefen befiel mich inzwischen Panik. Das erzählte ich ihr nicht; es war zu demütigend. Azra brauchte keinen Mann, der sie vor der bedrohlichen weiten Welt beschützte.

Stattdessen sagte ich: »Ob er mich wohl vermisst?«

»Vergiss ihn! Er ist ein Vollidiot. Du musst nach vorn blicken.«

Wir saßen still da. In mir stieg der Verdacht auf, dass Azra langsam die Geduld mit mir verlor. Wurde ihr meine Abhängigkeit zu viel? Sogar eine Freundschaft wie unsere hat ihre Grenzen.

Sie war so unerschrocken, das war das Problem. In ihrer Straße gab es eine Moschee, wo die Gläubigen ihre Schuhe am Eingang abstellten. Eine Woche zuvor war sie aus dem Gemüseladen gekommen und hatte gesehen, wie ein Mann die Schuhe auflas und in eine Mülltonne warf. Sie brüllte ihm Flüche nach, jagte ihn die Straße hinunter und schlug ihn so heftig sie konnte mit ihrer Einkaufstasche, dass die Karotten durch die Luft flogen.

Ein anderes Mal hatte sie die Reifen eines nagelneuen SUV aufgeschlitzt, der eine antirassistische Demonstration blockierte. Und so weiter und so fort. Ihr war es egal, ob sie verhaftet wurde. Wie ängstlich ich mich neben dieser Stadtkriegerin fühlte. Und obwohl sie mich manchmal in Verlegenheit brachte, war ich stolz auf ihren kompromisslosen Mut.

Azra drehte sich eine Zigarette. Sie war die Einzige in meinem Bekanntenkreis, die noch rauchte. »Mit einer Frau ist es manchmal besser, weißt du.«

»Ja, das hast du schon mal gesagt.«

»Wir kennen den Körper der anderen, und wir lachen mehr.«

»Ich habe da wenig Neigung«, sagte ich spröde.

Sie hob die Augenbrauen. »Und woher weißt du das, wenn du es nie probiert hast?«

Von jedem anderen Menschen wäre das eine Aufforderung gewesen, aber Azra kannte ich zu gut, um das zu vermuten.

»Also, du magst bi sein oder nicht oder was auch immer, aber ich will einen Mann«, sagte ich. »Ich will die Klobrille hochgeklappt vorfinden. Nenn mich ruhig altmodisch.«

Sie lachte und lehnte sich dann wieder auf dem Sofa zurück. »Na schön, du hast gewonnen.« Sie zog einen Tabakfaden zwischen den Zähnen hervor.

Sie saß da und rauchte. Ich saß neben ihr und ordnete die Fernbedienungen in einer Reihe an. Zu Hause besaß ich eine noch größere Sammlung. Einige davon waren mir ein Rätsel, und wahrscheinlich würde ich niemals herausfinden, wozu sie gehörten. Hatten wir jemals etwas von Panasonic besessen?

»Wenn du einen Typen willst, dann wirst du dich ranhalten müssen«, erklärte sie. »Wenn sie vorgehabt haben, ihre Frauen zu verlassen, haben sie das inzwischen getan – und zwar vor zehn Jahren, für ein jüngeres Modell. In unserem Alter ist es ein bisschen spät für das Spiel. Jetzt bekommen sie schon allerhand Zipperlein und müssen sich mit der Frau, die sie haben, zurückziehen, denn wer sollte sie sonst pflegen? Außerdem lieben sie ihre Enkel innig, weil sie ihnen Hoffnung geben, wenn die Welt so beschissen ist, und weil sie sie den Eltern zurückgeben können, wenn sie Schmerzen haben.« Sie zuckte die Schultern. »Also wirst du warten müssen, bis ihre Gattinnen sterben, und dann schnell zupacken, weil sofort eine ganze Horde Frauen aus allen Löchern kriechen – nein, galoppieren – wird, bewaffnet mit Töpfen und Beileidskarten ...«

»... und ihren gärtnerischen Fähigkeiten, weil er den Garten hat verkommen lassen ...«

»... weil er zu beschäftigt damit war, sich um seine Frau zu kümmern«, sagte Azra.

»Und sie werden sich anhören, wie er damit prahlt, wie großartig seine Frau war«, sagte ich, »und ihm beipflichten, selbst wenn sie sie nicht leiden konnten ... sie sind ja nicht dumm ...«

»... und sie werden entzückend hilflos sein: *Könntest du bitte mal nach meinem Auto sehen, es macht so ein komisches Geräusch ...*«

»... aber nicht zu bedürftig, weil das abstoßend ist«, sagte ich.

»Und sie wissen, dass er Jüngere anziehend finden wird, also werden sie in Gesprächen alle Register ziehen, damit er sich einfach für sie interessieren *muss*. Wenn man alt wird, muss man ganz schön schuften ...«

»... und sie werden ihn zum Lachen bringen ...«

»... etwas, das er seit Jahren nicht getan hat, weil seine Frau im Sterben lag und er sie mit Kartoffelbrei fütterte und ihr die Haare zurückhielt, wenn sie sich wegen der Chemo übergeben musste ...«

»... wenn sie überhaupt noch Haare *hatte*«, ergänzte ich.

»... Weil er so lange mit dem Tod gelebt hat, mit all seinen Gerüchen und seiner Traurigkeit, wünscht er sich jemanden, der vor Gesundheit strotzt, also erwähne um Himmels willen deine Gebrechen nicht. Davon hat er ein für alle Mal genug ...«

»... und die jungen Frauen haben zwar enge kleine Mösen, aber das verstehen sie nicht, und sie wissen nicht, wer Alma Cogan ist, und wenn er sie nicht gerade vögelt, wird er sich mit ihnen schrecklich einsam fühlen.«

Erschöpft fielen wir einander in die Arme.

»Du könntest auch im Internet suchen«, sagte Azra. »Aber das ist voll von großartigen, intelligenten Frauen, während die Männer alle Mistkerle sind ...«

»... oder Spinner ...«

»... denn warum sollten sie sich die Mühe machen, online zu gehen, wenn sie unter wunderbaren Frauen wie uns wählen können?«

Aneinandergekuschelt saßen wir da. Wie rätselhaft das alles war!

*

Im Lauf dieser Monate wurde ich immer abhängiger von Azra. Ich schämte mich, dass ich sie während meiner Ehe oft wochenlang vergessen hatte. Nicht dass sie mir das übelgenommen hatte, bestimmt nicht. Wahrscheinlich merkte sie es nicht einmal. Aber wenn ich unterrichtete, war ich zu beschäftigt, und im Urlaub verschwanden Greg und ich nach Dorset. Als Wissenschaftler erledigte er viele Forschungsarbeiten online und konnte überall arbeiten.

Außerdem hatten wir Kinder, Azra nicht. Vom Tag ihrer Geburt an werden Kinder zum Schwerpunkt, und das bleibt für immer so. In dieser Hinsicht zählte Azra zu den Nichteingeweihten. Manchmal bedauerte ich sie; manchmal beneidete ich sie um ihr freies Leben in ihrer sonnendurchfluteten kleinen Wohnung in einem Brennpunktviertel im Norden von London, die erbebte, wenn Busse vorbeifuhren. Selbst wenn sie das Geld dazu gehabt hätte, wäre sie nicht umgezogen. Sie wohnte dort schon immer und kannte all die Ladenbesitzer – die Türken, Afghanen, Bengalis – einschließlich der Namen ihrer Kinder.

In Muswell Hill hingegen kaufte man bei Waitrose, dem exklusiven Supermarkt ein. Und man hatte, im Gegensatz zu Azra, vom Immobilienboom profitiert. Unsere Generation hatte das Glück gehabt, zum richtigen Zeitpunkt zu kaufen, um dann in aller Seelenruhe beobachten zu können, wie unsere Häuser zu Millionenobjekten wurden. *Wie unfair*, pflegten wir mit gespielter Besorgnis zu sagen. Meine Freunde hatten ebenfalls klug investiert, spielten ihre Erwerbungen aber herunter: »Ach, das ist bloß ein kleines Ding zum Vermieten«, oder »Für unsere Kinder, damit sie eine Startbasis haben«, oder »Natürlich können wir es uns nicht leisten, aber ich habe überraschend etwas von meinem Onkel geerbt, und natürlich mussten wir eine Riesenhypothek aufnehmen«.

Auch ich saß auf einem Vermögen. Und ich lebte in einem

Haus, das viel zu groß für mich war. Es war bereits zu groß gewesen, als Greg noch da war. Er hatte gesagt: »Ich will nichts, du kannst alles behalten«, aber ich hegte den Verdacht, dass er diese unverschämte passive Aggression bald bereuen und wieder zur Vernunft kommen würde. Aus seinen spärlichen, unregelmäßigen Mails ging nichts dergleichen hervor, und außerdem befand ich mich in einem tiefen Loch und war unfähig, Entscheidungen zu treffen. Oben gab es noch drei weitere Zimmer, einschließlich seines Arbeitszimmers, das nun leer stand. Mir war bewusst, dass ich Mieter hätte aufnehmen sollen, aber der Gedanke, Fremde im Haus zu haben, war fast noch schlimmer, als allein zu sein. Schritte auf der knarzenden Treppe, in der Küche umeinander herum schlurfen, das zögerliche Klopfen an der Badezimmertür. Azra sagte, ich solle eine syrische Familie aufnehmen – sie seien sauberer und höflicher als englische –, aber ich machte Ausflüchte.

»Warum ziehst du nicht einfach bei mir ein?«, fragte ich. »Du sagst, du bist abgebrannt – na, du könntest deine Wohnung vermieten und damit echt Geld verdienen. Du sagst immer, du hättest gern einen Garten. Außerdem könnte es lustig sein.«

Sie schüttelte den Kopf. »Nein, danke«, sagte sie. Zwei Worte, die ich zutiefst verabscheute. Ich wusste zwar, dass ihre Unabhängigkeit ihr wichtig war, fühlte mich aber trotzdem zurückgewiesen. Niedergemacht.

Ich musste meine alles verschlingende Bedürftigkeit vertuschen. Meine Sehnen anspannen und von ihr lernen. Ich rief sie viel öfter an, als gesund war. Verzweiflung ist bei jungen Menschen in Ordnung, genau wie ein kurzer Rock, aber einer Siebzigjährigen steht sie nicht gut zu Gesicht.

Im Mai verlor ich zwei meiner Schüler, weil ihre Familien von London wegzogen Ich wusste, dass Azra meine Nachhilfetätigkeit missbilligte, aber diese Jungs hatte ich besonders gern gemocht. Sie hatten mich zum Lachen gebracht, und ihre Gesellschaft fehlte mir. Also fragte ich sie, ob sie in einem ihrer diversen Jobs Unterstützung brauchte.

»Ich will kein Geld. Ich will bloß etwas Nützliches tun.« Meine Stimme brach vor Selbstmitleid. »Dann komme ich aus dem Haus und höre auf zu grübeln.«

Azra hatte eine junge Freundin namens Shania, die in Dalston einen Blumenladen führte. Ich kannte Shania ebenfalls, weil ich sie an der Schule unterrichtet hatte. Ich mochte sie sehr; sie war ein ernsthaftes, zielstrebiges Mädchen gewesen, das bereits in jungen Jahren Floristin hatte werden wollen. Jetzt betrieb sie ihr eigenes Geschäft und belieferte die lokale Gastronomie und angesagte Lokale. Wie die meisten Floristen sorgte sie auch für Blumenschmuck bei Hochzeiten, Beerdigungen und Hausgeburten. Azra half mit ihrem Lieferwagen aus, wenn sie viel zu tun hatte.

Azra sagte, wir könnten das gemeinsam machen. Es würde Spaß machen, und ich könnte im Auto sitzen bleiben und nach den blöden Parkwächtern Ausschau halten.

An diesem Tag fühlte ich mich seltsam schwerelos. Ich hatte kaum geschlafen und war dann in einem Traum versunken, in dem ich von einer Klippe stürzte, während meine Mutter oben stand, den Mund zu einem stummen Schrei aufgerissen. Das fiel mir erst wieder ein, als ich das Hinterzimmer des Blumenladens betrat. Shania stand da und steckte Nelken in ein »DAD« aus Blüten, das den halben Tisch einnahm.

An diesem Morgen waren auch Nachrichten von meiner Tochter gekommen, die mich durcheinanderbrachten. Greg hatte mir eine seiner knappen, formellen Mails geschickt, in der es um die Versicherung für das Haus ging, und als PS angefügt, unsere Tochter habe sich von ihrer langjährigen Partnerin Freyja getrennt. Das hatte mich vollkommen aus der Fassung gebracht. Warum hatte Lucy *mir* das nicht erzählt? Warum lieber ihrem Vater als mir? Glaubte sie, ich würde mich zu sehr aufregen? War sie unglücklich, oder hatte sie ihre Freundin aus freien Stücken verlassen? Plante sie, Reykjavik den Rücken zu kehren und nach England zurückzukommen? Ich versuchte, sie anzurufen, erreichte aber nur den Anrufbeantworter. Sie arbeitete in einem Fernsehstudio und schaltete ihr Handy aus, wenn Aufnahmen liefen.

Insgesamt fühlte sich an diesem Morgen alles ziemlich irreal an. Der Nachgeschmack meines Albtraums lag mir noch auf der Zunge. Ich betrachtete das aus Blumen gesteckte »DAD« auf Shanias Arbeitstisch. Es war ein heißer Tag, und der Ventilator surrte; die weißen Blätter von DAD zitterten, als wären sie sich der Tatsache bewusst, dass sie ihr Leben ausgehaucht hatten. Ich erinnerte mich daran, wie ich einen Monat zuvor als ungebetener Gast ein fremdes Begräbnis besucht hatte. Wie seltsam ich mich gefühlt hatte – aber auch merkwürdig lebendig.

Azra plauderte mit Shania, während diese Sträuße zusammenstellte, die in den Wagen geladen werden sollten. In Zellophan verpackt und mit Bast umwickelt, lehnten sie an der Wand. Kleine Säckchen mit Dünger waren mit Klebstreifen daran geklebt. Zwischen den Stängeln steckten Karten mit Botschaften der Liebe, Glückwünsche und Beileidsschreiben, geschrieben in Shanias schöner, gestochener Handschrift. In der Schule war sie Klassenbeste in Kunst gewesen.

»Pru hat sich letztes Jahr von ihrem Mann getrennt«, sagte Azra.

Shania wandte sich mir zu, ihr Gesicht weich vor Sorge. »O nein. Geht es dir einigermaßen?«

»Und jetzt sucht sie einen neuen Kerl«, erklärte Azra. »Ich habe ihr gesagt, dass sie schnell sein muss, wenn sie einen guten erwischen will, weißt du, was ich meine? Sie gehen weg wie warme Brötchen, lauter hungrige Frauen warten nur darauf, zuzuschlagen. Natürlich trägt jeder sein Päckchen – wer nicht in unserem Alter –, aber ich glaube, es ist seltsamer, wenn das nicht der Fall ist. Und Witwer sind besser als Geschiedene, weil sie nicht verbittert sind, sondern nur traurig. Aber sie muss aufpassen, denn wer will schon als Trostpflaster missbraucht werden? Diesen Job sollte sie einer anderen Frau überlassen und ihn sich dann für die Langstrecke schnappen. Was Pru wohl auch will – warum, weiß nur der Himmel.«

Sie lachten beide. Dieses Gespräch ärgerte mich. Azra redete, als sei ich gar nicht da. Und wollte ich wirklich, dass Shania über mein Privatleben Bescheid wusste? War das nicht *meine* Angelegenheit?

Später an diesem Vormittag erledigten wir die Lieferungen. Während ich in dem Lieferwagen saß, las ich die Karten. »Danke, Mummy, dass du einen kleinen Bruder gemacht hast, der mit mir spielt«, stand auf einer davon. »Für die beste Frau der Welt«, lautete eine andere. So viele Küsse, so viel Liebe. Ich beobachtete Azra, die, geschmeidig wie ein Panther, Stufen hinaufsprang und an Türen klingelte. Sie trug ein Trikothemd und Jeans, um die Taille hatte sie sich eine Metzgerschürze gebunden und ihr Haar war mit einem Tuch hochgebunden. Dass sie freudig empfangen wurde, versteht sich von selbst – wer bekommt schon nicht gern Blumen?

Auf den Fahrten allerdings wechselten wir kaum ein Wort.

Sie wirkte besorgt. Ich nahm an, dass sie sich bloß aufs Fahren konzentrierte. Es herrschte dichter Verkehr, und einen Parkplatz zu finden, war schwer. Manchmal musste ich, wenn Azra ausgestiegen war, auf den Fahrersitz rutschen und einmal um den Block fahren oder, begleitet von einem Hupkonzert, in zweiter Reihe parken.

Ich merkte es kaum, denn meine Gedanken waren bei Lucy. Wie sehr ich sie liebte und mir wünschte, sie möge nach Hause kommen. All meine alten Emotionen überschwemmten mich erneut. Ich könnte wieder Mutter sein. Zugegeben, Lucy war eine erwachsene Frau und noch dazu sehr widerspenstig, aber sie war und blieb meine Tochter, und es wäre eine Erleichterung für mich gewesen, gebraucht zu werden. Mich zu Dank verpflichtet zu fühlen – selbst meinen besten Freunden gegenüber –, war so ein Stress. Lucy mochte mich schikanieren, aber sie gehörte zur Familie, und ich hatte vergessen, wie Familienleben sich anfühlt.

Genau in diesem Moment klingelte mein Handy. Es war Lucy. Smalltalk war nicht ihre Sache, also rückte sie geradewegs mit ihren Neuigkeiten heraus. Sie habe sich von ihrer Freundin getrennt, weil sie sich in eine andere verliebt habe – eine Frau, die mit ihr in der Requisite des Studios arbeite.

»Warum hast du es zuerst deinem Dad erzählt?«, platzte ich heraus.

»Lieber Himmel, Mum, ist das alles, was dir dazu einfällt?«

»Tut mir leid. Ich dachte nur, das bedeutet vielleicht, dass du nach Hause kommst.«

»Hier ist mein Zuhause, Island ist mein Zuhause. Alle meine Freunde sind hier. Und ich habe es Dad bloß zuerst erzählt, weil er mich von einem Kanalboot aus anrief.«

»Einem Kanalboot?«

»Um mir von seinem Urlaub zu erzählen. Er war auf dem Kennet-und-Avon-Kanal unterwegs.«

»Dein *Dad auf einem Kanalboot*? Er hat keinen blassen Schimmer von Kanalbooten.«

»Er hatte jedenfalls eine wunderschöne Zeit. Ich habe ihn noch nie so glücklich gehört.« Lucy hielt inne. »Und nach *mir* erkundigst du dich gar nicht? Ob *ich* glücklich bin?«

Ich entschuldigte mich und fragte sie, konnte mich aber nicht konzentrieren. Ein *Kanalboot*? Ich stand auf einer doppelten gelben Linie hinter einem Londis-LKW. Ein Mann lud eine Kiste voller Schachteln ab und fuhr sie in den Laden. Im Rückspiegel sah ich Azra auf mich zukommen. Sie telefonierte mit dem Handy und ließ sich Zeit. Ja, sie blieb sogar stehen, um ihr Gespräch weiterzuführen. Ich war verärgert; mit mir hatte sie den ganzen Morgen kaum ein Wort gesprochen.

Schließlich kletterte sie in die Kabine, und ich rutschte auf den Beifahrersitz.

»Greg hat Urlaub auf einem Kanalboot gemacht«, sagte ich.

»Wie bitte?«

»Er hat eine andere.«

»Wie kommst du darauf?«

»Weil ich über Kanalboote nur eines weiß, nämlich, dass man zu zweit sein muss. Es sind immer Paare. Man sieht sie, einen vorn, einen hinten.«

Sie setzte mit krachender Gangschaltung zurück und fuhr hinaus auf die Straße. Ich wusste, dass sie vom Thema Greg die Nase vollhatte, aber ich redete weiter.

»Der, der hinten sitzt, steuert, und der Vordere springt heraus und kümmert sich um Schleusen und dergleichen.

Greg hat sich nie für Kanalboote interessiert. Er hat keine *Freunde*, die an Kanalbooten interessiert sind. Das weiß ich einfach.«

»Ziehst du nicht ein bisschen voreilige Schlüsse?«

»Es sind immer Paare, Paare mittleren Alters, die kleine faltbare Stühle dabeihaben, um darauf bei einer abendlichen Pause auf dem Treidelweg Prosecco zu trinken. Sie sehen glücklich aus. *Er* klang glücklich. Natürlich lesen sie alle die *Daily Mail*.«

»Das passt nicht zu Greg.«

»Genau. Darum weiß ich, dass eine Frau im Spiel ist. Männer tun die unwahrscheinlichsten Dinge, wenn es um Sex geht. Wie dein Kumpel Wiehießerdochgleich, der für den Brexit gestimmt hat. Wir alle wissen, dass er diese grässliche Frau gevögelt hat.«

Azra bremste an einer Ampel abrupt – sie war eine furchtbare Fahrerin – und fuhr herum, um mich böse anzublitzen.

»Hör mal, Mäuschen, hör auf, dich verrückt zu machen. Vielleicht hat Greg wirklich jemanden gefunden. Er ist wahrscheinlich kein schlechter Fang. Schließlich hast auch du dich irgendwann in ihn verliebt. Und für sein Alter sieht er gar nicht übel aus – volles Haar, schön flacher Bauch und ziemlich intelligent, sofern man es erträgt, ihn über den Währungsfonds oder andere Themen, über die er schreibt, schwadronieren zu hören. Dazu noch ein hübsches Häuschen in Dorset.« Sie zuckte die Achseln. »Ich meine, wenn man verzweifelt ist, akzeptiert man doch allerhand.«

»Bisher hast du anders über ihn gesprochen.«

Sie zwang den Schalthebel in den ersten Gang und bog links ab. Das Auto hinter uns hupte. »Ich hatte ihn als Vollidioten bezeichnet, weil ich zu dir stehe und es nicht ertrage, wenn du verletzt wirst. Natürlich war er ziemlich langweilig, aber das gilt für die meisten Leute. Das ist der Grund, warum ich mit niemandem zusammenleben will. Und auch keiner mit mir.«

»Kannst du nicht einfach anrufen und es rausfinden?«
»Wie bitte?«
»Auf irgendeine raffinierte Weise.«
»Pru, er *mag* mich nicht!«
»Doch, natürlich.«

Das war nicht wahr. Greg hatte nicht nur Angst vor ihr, er hielt sie auch für überheblich. »Dieser dumme Name ›Azra‹ – sie heißt Linda, Herrgott noch mal! Und das ganze frei erfundene Bohème-Getue, Ich-bin-so-ein-Freigeist-im-Vergleich-zu-euch, und diese gekünstelte Stimme. Trau nie einem Menschen, der seinen regionalen Akzent verloren hat. Außerdem hasst sie Männer.«

Greg war natürlich eifersüchtig gewesen. Die Art, wie ich beim Telefonieren mit Azra lachte, die endlosen Gespräche. »Geplauder« nannte er es. *Über was könnt ihr bloß so lange plaudern?* Wäre sie ein Mann gewesen, hätte er es nicht Geplauder genannt.

Azra hatte recht. Ich wusste, dass ich Greg loslassen musste. An diesem Morgen war ich in Gedanken bei meiner Mutter, mein Traum hing noch in meinem Gehirn fest. Sie hatte vor ihrem Tod jahrelang an Demenz gelitten. War bei mir auch schon eine Schraube locker? Oft wird Demenz durch eine traumatische Erfahrung ausgelöst oder durch einen Schock, und ich spürte die Auswirkungen der Geschehnisse immer noch. Sogar stärker, je mehr Zeit verging.

Ich dachte, ich müsste mich inzwischen schon besser fühlen. »Komm darüber weg und schau nach vorn«, sagte Azra. Linda. Azra. Wie sie sich auch immer nannte. Sie war meine

Freundin, meine Verbündete in der Wildnis. Sie schien gut zurechtzukommen, aber ich schaffte es nicht.

Weil ich einen Mann wollte. Ich war so hungrig, dass ich hätte schreien mögen. Die Wärme eines Mannes in meinem Bett, der die Dämonen verscheucht. Seine Arme um mich, sein Geruch. Sein Gewicht zwischen meinen Beinen.

An wen würde ich mich klammern können, wenn ein dritter Weltkrieg kam? Oder eine Pandemie, die Millionen dahinraffte? Würde ich allein sterben, von Schmeißfliegen umschwärmt?

Am nächsten Tag sah ich meinen Hund, Sidney. Er war draußen vor dem Supermarkt angebunden.

»Sidney!«

Mein Herz machte einen Sprung, und ich stolperte auf ihn zu, während meine Einkaufstaschen mir gegen die Beine schlugen. Mein lieber Hund, er hatte die ganze Zeit über auf mich gewartet. *Monate*lang. Fast ein *Jahr*. So treu sind Hunde. Wie hatte er überlebt? Wer hatte sich um ihn gekümmert? Es waren noch mehrere andere Hunde dort angebunden, aber nur ein Border Collie. Nur ein Sidney.

»Ich bin's!«, rief ich, während Tränen mir in die Augen schossen.

Er blieb sitzen, hechelte mit heraushängender Zunge in der Hitze.

Natürlich war es nicht mein Hund. Schlanker, jünger. Mit brennenden Augen drehte ich ab und ging zum Auto.

Verrückt, oder was? Ich setzte mich ziemlich aufgelöst in den Wagen. Natürlich war er tot, mein treuer Freund. Niemand hatte mich so geliebt wie er. Sein Kopf hatte auf meinem Schoß geruht, und Joni Mitchell hatte gesungen, als er diese Welt verließ.

Türen knallten, Autos kamen und fuhren davon. Ich blieb, von Trauer übermannt, dort sitzen. Trauer um meinen Hund, um meine Ehe. Um Gregs Zärtlichkeit. Wie er an kalten Morgen, bevor ich zur Schule fuhr, das Auto angewärmt hatte. Wie er meine Brille geputzt hatte. Er war ein hervorragender Tänzer – mein Gott, konnte er einen Jive hinlegen! Die meisten englischen Männer tanzten wie Holzpuppen. Wir hatten ein gutes Leben zusammen, und ich glaubte, dass er mich liebte.

Von Selbstmitleid verzehrt saß ich da und schluchzte. Als ich einmal angefangen hatte, konnte ich nicht mehr aufhören.

Ich musste diesen Zustand abschütteln. Es gab Schlimmeres, als in einem Fünf-Zimmer-Haus in Muswell Hill mit Bücherregalen und Fensterläden und einem offenen Kamin zu wohnen, einen Apfelbaum im Garten und nette mittelständische Nachbarn zu haben, die ich seit einer Ewigkeit kannte. Welches Recht hatte ich, in meinem Auto zu heulen, während die Welt in Flammen stand, Migranten ertranken und Igel bald ausgestorben sein würden? Jeden Tag, wenn ich den *Guardian* las, spürte ich, wie sich wieder ein Abflussloch öffnete und die Hoffnung dahinsickerte, Tausende von Badewannen voll und Gallonen von Tränen. Und hier saß ich und quälte mich wegen meiner Ehe.

Also fragte ich in der nächsten Woche Azra, ob ich ihr bei den Syrern helfen könne. Jeden Samstag fuhr sie zu Supermärkten, wo sie ihren Transporter mit übriggebliebenen Lebensmitteln belud, die sie an Familien in ihrem Viertel verteilte. Anschließend half sie im Gemeindezentrum im entlegensten Winkel von Tottenham aus.

Azra hatte die Lebensmittel bereits abgeholt. Ich schnallte mich für die nächste Wildwestfahrt durch die Hauptstraßen von Nord-London an.

»Fatima mag Erdnussbutter«, sagte Azra. »Also habe ich für sie ein Glas mitgehen lassen, während ich für die anderen Sachen unterschrieb. Einer ihrer Söhne leidet an Mukoviszidose, und ihr Ehemann schlägt sie.« Wir bogen um eine Ecke. Hinter uns schlingerten die Müllsäcke. »Wir haben immer zu viel Brot. Das Problem ist, dass sie nur die geschnittenen Laibe brauchen können, weil kaum einer ein Schneidebrett besitzt.«

Wie ich Azra an diesem Tag liebte! Alles war vergeben, denn sie mochte Leuten wie mir gegenüber manchmal kurz angebunden sein, aber Schwächeren gegenüber zeigte sie sich von ihrer besten Seite; warmherzig und sorgsam erkundigte sie sich nach ihren Kindern und half, in den Säcken nach besonderen Kostbarkeiten zu suchen, etwa einem Körbchen Erdbeeren.

Als wir mit den Lieferungen fertig waren, fuhren wir zum Gemeindezentrum. Es befand sich in einem ehemaligen Teppichgeschäft an einem besonders trostlosen Straßenabschnitt. LKWs donnerten in Abgaswolken vorbei. Die Innenwände waren mit Sonnenblumen und hüpfenden Kindern bemalt. Es gab ein Café, wo Azra das Essen verstaute, das wir nicht verteilt hatten. Männer spielten Backgammon, und Mütter beugten sich mit ihren Kindern über Schulhefte.

Azra schien sie alle gut zu kennen, schüttelte Hände und sprach mit Leuten. Ich blieb zögernd an der Tür stehen, abgelenkt durch den Gedanken, dass ich vielleicht nie wieder Sex haben würde. Ich beobachtete ein kleines Mädchen, das an einem Bein ihres Teddys saugte. Als ich in ihrem Alter war, konnte ich mir siebzig Jahre gar nicht vorstellen. Da musste man doch schon tot sein. Als ich zur Schule ging, war einer unserer Lehrer vierzig, und auch das bedeutete für mich so gut wie tot. In all den Jahren, in denen ich unterrichtete, hatten meine Schüler bestimmt das Gleiche über mich gedacht. Der Gedanke an Sex wäre nicht nur abstoßend, sondern unvorstellbar gewesen. Wenn er ihnen überhaupt jemals in den Sinn kam, was ich bezweifelte.

Azra telefonierte schon wieder. Sie stand mit dem Rücken zu uns anderen an der Wand neben den Toiletten. Ihre Schultern zuckten vor Lachen, und meine Zuneigung zu ihr verflüchtigte sich. Sie trug ihre grüne Lederjacke und den langen Spitzenrock, den sie bei Oxfam gekauft hatte. Er war mit seinem spinnwebartigen Saum einer ihrer weniger gelungenen Käufe. Warum hatte sie mich überhaupt mitgenommen, wenn sie die ganze Zeit telefonierte?

Ich war zu schüchtern, mich vorzustellen, und starrte stattdessen aus dem Fenster. Gegenüber, über einem Taxibüro, hing ein Plakat, das für eine Bekleidungsfirma warb und ein Model in zerrissenen Jeans zeigte. Was für eine verrückte Welt, dachte ich. Zerlumpte Kinder auf der anderen Seite des Planeten, die in Fabriken schufteten, um Jeans herzustellen, die für gutbetuchte Kinder der westlichen Welt als modisches Statement absichtlich zerrissen wurden. Ich wollte diese zweifellos klischeehafte Beobachtung teilen und fühlte mich plötzlich trostlos.

Die Einsamkeit, so stellte ich fest, ließ mich immer wunderlicher werden. Wenn ich durch mein leeres Haus ging, schrumpfte ich zu etwas, das gar nicht mehr Mensch zu nennen war. Die sozialen Zwänge fielen von mir ab. Ich furzte im Bett, genau wie Azra vorgeschlagen hatte, und wusch mich nicht oft genug. An meinen Beinen waren die Haare gewachsen. Zwar sprach ich nicht mit mir selbst – noch nicht –, aber ich stellte fest, dass die bloße Anwesenheit eines anderen Menschen eine zivilisierende Wirkung hat. Und mein Zeitgefühl hätte sie sicher auch wiederhergestellt. In den letzten Monaten hatte ich einen Drink genommen, mir ein Abendessen gekocht, es gegessen, abgespült und mich für die Nacht umgezogen, um dann beim Blick auf die Uhr festzustellen, dass es erst halb acht war.

Vielleicht würde mir ein Mieter meine Abende zurückgeben, einfach, indem er da war. Selbst wenn wir nicht viel gemeinsam hatten.

Azra beendete ihr Telefonat und kam herüber. Sie schwitzte in dieser Jacke. Sie war nicht das geeignete Outfit für Lebensmittellieferungen, selbst für sie, und ich fragte mich, ob sie hinterher verabredet war.

Ich fragte: »Gibt es hier jemanden, der ein Zimmer braucht? Irgendjemand von diesen Leuten? Gibt es eine Liste oder so was? Ich weiß nicht, wie ich vorgehen soll.«

»Dafür habe ich jetzt keine Zeit«, sagte sie. »Ich muss los. Leider fahre ich nicht in deine Richtung, aber ich kann dich bei der U-Bahn absetzen.«

Dann scheuchte sie mich hinaus.

Azras Schauspielkarriere war von kurzer Dauer gewesen. Ein kleiner Auftritt in *Casualty*, avantgardistisches Zeug auf Kneipenbühnen, solche Sachen. Ich weiß noch, wie Greg und ich uns zu gottverlassenen Veranstaltungsorten in Zone 3 durchgeschlagen und auf Bänken gesessen hatten, um in einem Zustand ätzender Verblüffung stinklangweilige osteuropäische Produktionen zu verfolgen. Sie kam nie groß heraus. Das Problem war, dass Azra für Hauptrollen nicht schön genug war – zu groß und zu eckig, mit breitem Gesicht und Zähnen wie Grabsteine. Wichtiger noch, sie war keine Teamplayerin, gehörte nirgends dazu. Um als Schauspieler zu überleben, braucht man nicht nur Talent, sondern auch ein gewinnendes Wesen, und sie hatte sich den Ruf erworben, schwierig zu sein, besonders bei den Regisseuren und ganz besonders, wenn diese männlich waren.

Also verlief ihre Karriere im Sand, und sie wandte sich anderen Dingen zu. Aber sie hatte eine angeborene Begabung für Erfindung und Neuerfindung; allein schon ihr Akzent, die gedehnte Sprechweise der Mittelschicht, war irgendwo zwischen Sunderland und London entstanden. Greg sagte einmal: »Sie hat etwas Unechtes, findest du nicht? Etwas nicht ganz Reales.« Doch Greg hatte ihr ja noch nie getraut.

Ich hingegen schon. Ich hätte ihr mein Leben anvertraut.

Ich bekam keinen syrischen Mieter. Ich hatte gehofft, am folgenden Samstag wieder bei der Essenslieferung mitzufahren, und geplant, dann weitere Erkundungen einzuziehen. Das Gemeindezentrum wurde offenbar von einem netten Bärtigen geführt, der gerade Anschlagzettel aufhängte, als ich da war. Vielleicht war er der richtige Ansprechpartner.

Doch Azra erklärte, sie sei am Wochenende nicht da – offenbar wieder eine Kurzreise nach Frankreich – und jemand anderer werde ihren Dienst übernehmen. Also beschloss ich, es noch eine Woche zu verschieben.

Außerdem hatte ich bei der ganzen Sache durchaus Hintergedanken. Ich merkte, dass mein Ziel vor allem war, Azra zu beeindrucken. Ehrlich gesagt hatte es mich verletzt, dass sie angesichts meines Vorschlags, bei mir einzuziehen, schaudernd zurückgeschreckt war. Sie hätte auch auf nettere Weise ablehnen können. Jetzt konnte ich den Spieß umdrehen und sie überraschen. Mit einem syrischen Asylanwärter zusammenzuwohnen, wäre eine Art Retourkutsche.

In den vergangenen Tagen allerdings hatte ich kalte Füße bekommen. Was war, wenn mein Mieter und ich nicht miteinander zurechtkamen? Ich konnte ihn schlecht hinauswerfen, wo er doch so viel durchgemacht hatte. Eine weitere Vertreibung nach so vielen zuvor.

Also ging ich nicht in das Zentrum. Aber ich musste in die Richtung, weil ich Azra etwas hinterlassen wollte. Sie hatte am Sonntag Geburtstag, und obwohl sie Geburtstage als unwichtig abtat, schenkte ich ihr immer etwas. Jetzt hatte ich ihr ein Buch über Renaturierung sowie eine geschmackvolle Gwen-John-Karte besorgt. Beides, so wusste ich, würde in den Briefkasten passen.

Und ich hatte Lust auf einen Ausflug. In ihrer Straße gab es jede Menge Läden, die Gemüse und Gewürze günstig verkauften. Also beschloss ich, einkaufen zu gehen und das Päckchen einzuwerfen. So kam ich wenigstens mal aus dem Haus.

Ich nahm den Bus dorthin. Er war voller Kinder, die auf ihren Eltern herumkletterten, die sie anblafften, aber bedingungslos liebten. An diesem Morgen war mein Selbstmitleid noch schlimmer als gewöhnlich. Ich dachte: Ich bin für niemanden der wichtigste Mensch. Ich hatte mir eingebildet, für Azra die Wichtigste zu sein, doch sie hatte offenbar jemand anderen. Die Zeichen waren unverkennbar: die Abwesenheiten, die Telefonate. Ich hatte geglaubt, sie sei meine Gefährtin in der Wildnis, meine Verbündete und Inspiration. Wenn sie mich führte und den Weg durchs Unterholz bahnte, konnten wir der Zukunft gemeinsam ins Auge sehen.

Der Bus blieb an einer Baustelle stehen. In diesem Jahr,

2018, hatte man das Gefühl, ganz London werde umgegraben und gewendet wie ein gigantischer Komposthaufen. Später erinnerte ich mich an jede Einzelheit dieses Tages. Und ich hatte eine starke Vorahnung. Ich nahm an, dass mich das einfache Vorhaben, in einem anderen Stadtteil einzukaufen, nervös machte. In letzter Zeit war jede Entscheidung für mich mit Furcht verbunden; ein banaler Samstag, an dem viele Leute sich in den Straßen drängen, verursachte Herzklopfen. Also beschloss ich, das Einkaufen zu verschieben. Als Erstes würde ich das Päckchen einwerfen.

Ich stieg aus dem Bus und ging zu Azras Wohnung über Karims Imbiss. An ihrer Straße gab es viele türkische Restaurants. Sie ging am liebsten ins Yassar Halim.

Und da sah ich sie, im Yassar Halim. Sie saß an einem Tisch am Fenster, halb verdeckt von einem Gummibaum, und sprach mit einem Mann.

Es war Greg.

Drei

Ich wusste es. Ich wusste es einfach. Man merkt es, nicht wahr, wenn zwei Menschen miteinander ins Bett gehen? Man merkt es an der Körpersprache, an der Art, wie einer des anderen Gesten spiegelt. Sie tun es natürlich unbewusst. Ich wusste es sofort.

Die beiden beugten sich über den Tisch hinweg zueinander, beide das Kinn in die Hand gestützt. Sie unterhielten sich angeregt, ganz in ihrer eigenen Welt versunken. Greg trug ein blaues Hemd, das ich nicht kannte.

Sie hatten mich nicht gesehen. Ich wirbelte herum und stolperte davon. Dabei sagte ich mir: Azra liest ihm gerade die Leviten. Sie sagt ihm, dass es mir schlecht geht und dass er dumm ist, mich zu verlassen, dass wir eine großartige Ehe hatten und dass er das alles wegwirft. Dass es sich um eine Alterskrise handelt und er sich zusammenreißen und nach Hause kommen soll. Dass sie als treue Freundin sich Sorgen um mich macht.

Ich sagte mir: Sie hat die Frankreichreise nur vorgeschoben, weil sie diesen Termin ausgemacht hatte und mir nichts davon sagen wollte, falls das Gespräch erfolglos bleibt. Sie ist meine Freundin; sie steht auf meiner Seite. Sie liebt mich.

Ich muss in den falschen Bus gestiegen sein, jedenfalls dauerte es lange, bis ich zu Hause ankam. Ich schenkte mir einen Wodka ein und setzte mich an den Küchentisch. Zum ersten Mal seit dreißig Jahren wünschte ich mir eine Zigarette, aber meine Hände zitterten sowieso zu sehr, um eine anzuzünden. Im Garten sprang ein Eichhörnchen durchs Blumenbeet und versuchte, etwas zu finden, was es vergraben hatte. Die Erde flog in alle Richtungen.

Sie hassten einander doch! *Sie ist unecht, so überheblich!*, hatte Greg gesagt. *Er ist ein Vollidiot*, hatte sie gesagt. Beharrlich hatten sie über Monate hinweg einen Deckmantel gestrickt. Oder vielleicht fanden sie einander auch tatsächlich irritierend; schließlich ist Reibung oft die Basis für sexuelle Anziehung: Man denke nur an Elizabeth Bennet und Darcy. Meine Ehe mit Greg war eher von Liebenswürdigkeit geprägt gewesen als von Leidenschaft – abgesehen von der Anfangszeit. Und selbst damals waren wir eher kameradschaftlich als stürmisch miteinander umgegangen. Wir mochten einander; wir waren Freunde, sentimentale liberale Freunde. Wir hatten so viel gemeinsam.

Wann hatte es angefangen, das zwischen ihm und Azra? Vor Monaten? Vor *Jahren*? Lüge um Lüge. Kein Wunder, dass sie mir gegenüber in der letzten Zeit gereizt gewesen war; sie fühlte sich schuldig.

Ich schob meinen Stuhl zurück, rannte ins Bad und erbrach mich.

»Wie war's in Frankreich?«
»Schön.«
»Wo bist du hingefahren?«
»Eine kleine Stadt in der Bretagne.«
»Wie heißt sie?«
»St. Suplice-Deux-Eglises.«
»Warum?«
»Warum was?«
»Warum bist du dort hingefahren?«
»Es gibt dort sonntags einen großen *marché aux puces*.«
»Was ist ein *marché aux puces*?«
»Ein Flohmarkt.«
»Erfolgreich?«

»Was?«

»Deine Reise. Erfolgreich?«

»Geht so.«

»Was hast du gekauft?«

»Dies und das.«

»Was?«

»Ein paar Bettdecken. Eine kleine Kommode. Wieso?«

»Wieso was?«

»Wieso interessiert dich das so?«

»Ich habe dich mit Greg gesehen.«

»Wie bitte?«

»Ich habe dich mit Greg gesehen. Am Samstag.«

Sie zögerte keine Sekunde. »Ach, das.«

»Ja, das.«

»Ich wollte nicht, dass du es erfährst.«

»Also hast du gelogen.«

»Ja.«

»Getan, als wärst du unterwegs.«

»Ja.«

»Warum sollte ich es nicht wissen?«

»Weil ich mit ihm reden musste. Ihn zur Vernunft bringen. Ich wollte nicht, dass du es weißt, weil du dir dann vielleicht Hoffnungen gemacht hättest, aber es hat nicht funktioniert. Er wird nie zurückkommen.«

»Weil er dich hat.«

»Wie bitte?«

»All die Male, wo du angeblich nach Frankreich gefahren bist, warst du in Wirklichkeit in Dorset, nicht wahr?«

Endlich wurde es still am anderen Ende der Leitung.

»Wie lange geht das schon?«

Wieder Stille. Ich konnte Azra atmen hören.

»Fünf Jahre«, sagte sie.

Und es kommt noch besser. Sie war zu feige, um mir gegenüberzutreten. Meine kühne, furchtlose Freundin. Ex-Freundin. Die Frau, die Reifen aufschlitzte und Islamophobe durch die Straßen jagte. Sie schickte mir eine Mail – wie erbärmlich ist das denn?

> Eigentlich ist es eine Erleichterung. Ich habe mich so schuldig gefühlt, weil ich dich gernhabe, es machte mich regelrecht krank, dich anzulügen. Ich weiß, dass du es für Verrat hältst, aber das, was Gregory und ich erleben, ist größer als wir alle.

Sie hatte ihr Schreiben sauber in Paragraphen unterteilt. Auch keine Rechtschreibfehler, dabei war sie an der Grenze zur Legasthenikerin. Sie hatte sich Mühe gegeben.

> Ich habe gemerkt, dass das Leben kurz ist und wir, wenn wir das Glück haben, der Liebe zu begegnen, unserem Herzen folgen müssen. Ich entschuldige mich von ganzem Herzen für mein Verhalten, aber lange Zeit wollte ich es nicht wahrhaben. Ich hoffte tatsächlich, dass es nur eine Affäre ist und bald vorbeigeht. Du kennst mich! Keiner hätte davon erfahren, und Gregory und ich hätten es abhaken können. Doch mit der Zeit merkten wir beide, dass wir die Liebe unseres Lebens getroffen hatten.

> Immer wieder wollten wir es dir sagen, aber wir haben es hinausgeschoben. Unverzeihlich, ich weiß, aber so ist es. Es ist schrecklich, Schmerz zu verursachen und, wie man so schön sagt, was ich nicht weiß, macht mich nicht heiß. Doch als du uns gesehen hast, hatten wir tatsächlich gerade beschlossen, es zu tun. Gregory ist von Dorset ge-

kommen, um es mit mir zu besprechen. Wir wollten dich anrufen und dann zu dir kommen, um es dir zu sagen.

Du hättest es sehr bald erfahren. Ich habe einen Mieter für meine Wohnung und ziehe in ein paar Wochen aus, um mit ihm in Mortimer's Creek zu leben. Vielleicht funktioniert es nicht – wer weiß? –, aber ich bin ehrlich gesagt nie glücklicher gewesen, und der einzige Wermutstropfen ist, dass du deswegen leiden musst. Ich habe die Gegend in Dorset immer geliebt, und es fängt für uns beide ein neues Leben an.

Ich war verblüfft. Sie bat mich ja praktisch, ihr Glück zu wünschen. Ich hatte immer gewusst, dass Azra ein dickes Fell hatte, aber das hier war atemberaubend brutal.

Und sie bat mich nicht um Erlaubnis, mit *meinem* Mann in *meinem* ehemaligen Cottage zu leben. Offenbar hatte der Sex sie vollkommen verwirrt.

Ich wurde die Bilder nicht los. Azras lange, dürre, olivhäutige Beine um Gregs blasse, weiche Mitte geschlungen. Sie hatte wunderschöne Beine. Wenn sie nach Dorset kam, hatten wir zusammen am Strand gesessen. Sie hatte mir einen Spritzer von ihrer Teebaum-Feuchtigkeitscreme gegeben. Während ich sie einrieb, starrte ich neidisch auf ihre schönen, wohlgeformten Beine und die schmalen Füße. Neben ihren wirkten meine unappetitlich blass, und die vielen blauen Flecken, die ich mir irgendwann geholt hatte, waren hartnäckig unter der Haut geblieben und immer noch zu sehen.

Ich stellte mir ihre vollen, sinnlichen Lippen vor, wie sie sich um Gregs Schwanz legten.

Wo hatten sie es getrieben? In ihrer Wohnung zweifellos,

aber hatten sie auch heimlich mein Schlafzimmer genutzt, wenn ich nicht da war? Sie sagte nun, es laufe schon seit fünf Jahren. Damals hatte ich noch Vollzeit gearbeitet und kam erst abends nach Hause. Greg war vermeintlich an der Börse gewesen oder in der Bibliothek zum Recherchieren, aber er konnte sich die Zeit frei einteilen und hatte jede Menge Gelegenheit, sich davonzuschleichen. Dann war er in den Ruhestand getreten und hatte alle Zeit der Welt. Und anschließend, als er mich verlassen hatte, um »sich selbst zu finden« ... der Schweinehund. *Der Schweinehund.* Dieser traurige Blick. *Wir sind seit Jahren nicht mehr glücklich gewesen. Ist es nicht an der Zeit, den Mut aufzubringen, als Freunde auseinanderzugehen? ... Ich brauche das Alleinsein, um meinen spirituellen Weg zu beginnen.* Sein hageres, knochiges Gesicht, der Adamsapfel, der sich auf und ab bewegte. Greg hatte immer etwas von einem Asketen an sich gehabt. Nicht das Gesicht eines Ehebrechers.

Natürlich war ich wütend. Und ganz schrecklich verletzt. Immer noch suchte ich in der Vergangenheit nach Anhaltspunkten. Wie Greg zu einer Konferenz in Scarborough gereist war und meine Anrufe nicht angenommen hatte; wie Azra gleichzeitig zu einem Schreibkurs nach Devon gefahren war – dabei las sie nie Romane, eigentlich überhaupt keine Bücher. Gregs Kanalbooturlaub – natürlich war sie dabei gewesen. Die endlosen Telefonate. Dann ihre plötzliche und überraschende Begeisterung für Schönheitsbehandlungen – überhaupt nicht ihr Ding. Sie nahm mich sogar mit in eine Wellnesseinrichtung, wo wir massiert, enthaart und mit heißen Steinen traktiert wurden. Wir lachten viel und tranken Sauvignon, waren Leute vom gleichen Schlag. Das war kurz nach Gregs Auszug, und ich hatte geglaubt, Azra wollte mich einfach ein bisschen verwöhnen –

sie bezahlte sogar für uns beide. In Wirklichkeit hatte sie sich nur aufpoliert, um meinem Ehemann zu gefallen.

Zahllose weitere Vorfälle kamen mir in den Sinn. Greg, der im anderen Zimmer telefonierte. *Oh, das ist bloß ein Student, der mich braucht*; Greg, der anfing laufen zu gehen. *Ah, da fließen die Endorphine, es gibt nichts Besseres!* Greg im Cottage, wie er sich über Azra beugte und die langweilige Rübensuppe inspizierte, in der sie rührte – sie war eine hoffnungslose Köchin: *Das sieht interessant aus, wie macht man das?* Greg, der am Strand saß und Azra in ihrem lindgrünen Badeanzug zusah, wie sie ins Wasser schritt, von den Wellen zurückgedrängt wurde, lachte, schließlich eintauchte. Greg, der ihr zusah, die Hand über die Augen gelegt.

Gregs Therapeut, der seine Depressionen linderte und ihm Zugang zu seinen Gefühlen verschaffte. Ha! Nicht schwer zu erraten, wer für diese magische Wandlung verantwortlich war!

Wie konnte ich bloß so dumm sein?

»Warum hast du es mir nicht gesagt?«
»Es tut mir leid.«
»Ist das alles, was dir einfällt?«
Schweigen.
»Ist dir eigentlich klar, wie ich mich fühle?«
»Es tut mir leid, Pru.«
»Sie ist meine beste Freundin. Na ja, jetzt natürlich nicht mehr.«
»Nein.«
»Und sie wird bei dir *einziehen*? In unser Cottage? Ohne dass du mich auch nur gefragt hast?«

»Wir wollten dich ja fragen. Darum bin ich nach London gekommen.«

»Wissen die Kinder Bescheid?«

»Sie sind keine Kinder mehr.«

»Du weißt, was ich meine.«

»Heute Abend rufe ich sie an, jetzt, wo alles heraus ist.«

»Warum konntest du nicht ehrlich sein? Zu mir? Zu ihnen? Du bist wirklich erbärmlich, ein zutiefst erbärmlicher, verlogener, mickriger Widerling. Ich kann gar nicht glauben, dass du so, so ...«

»Hör mal, wenn du dich so verhältst, können wir nicht reden. Beruhige dich doch erst mal ...«

»*Beruhigen?*«

»... und wir sprechen später darüber. Ich rufe dich morgen an.«

Greg rief nicht an und antwortete auch nicht auf meine E-Mails. So ein Feigling war er. Und Azra ebenfalls. Das hatten sie gemeinsam.

Es war Anfang Juni und herrliches Wetter. Man konnte die Pflanzen praktisch wachsen hören, sie knisterten und drängten ans Licht und spotteten meiner in meinem Elend. Ich stach und riss den Löwenzahn aus der Wiese, als wären all die gelben Köpfchen kleine Ehebrecher.

Wissen Sie, worum ich noch mehr trauerte als um meine Ehe? Ich trauerte, weil ich Azra verloren hatte, um die Art, wie wir zusammen gelacht und gelästert hatten. Vor allem aber um die Vision von Freiheit, die sie mir gegeben hatte. Sie war mein Leuchtturm auf dem Weg in die Zukunft gewesen, und der war nun verschwunden. Ihr furchtloses, einzelgängerisches Leben war eine Lüge gewesen. All diese Jahre über hatte sie mich betrogen, und nun hatte sie nicht nur unsere Freundschaft zerstört, sondern auch meine Möglichkeit, allein weiterzumachen. Alles war nur Schein gewesen.

Jetzt war sie aus meinem Leben verschwunden. Ich wusste nur, dass sie in zwei Wochen zu meinem Mann ins Cottage ziehen würde. Nachts lag ich wach und stellte sie mir in quälenden Einzelheiten vor. Azra, die auf Gregs Schoß saß, auf dem durchgesessenen Sessel am Feuer, jeder einen Becher Tee in der Hand. Sonnenlicht, das am Morgen durch die Fenster strömte; Azra, wie sie nackt dastand und mit tiefen Atemzügen die Meeresluft einatmete. Greg trat hinter sie. Er vergrub sein Gesicht in ihrem Haar; er ließ seine Zunge ihre Wirbelsäule hinunterwandern. Vor langer, langer Zeit, in den Anfangstagen, hatte er das bei mir gemacht.

Am schlimmsten war allerdings die Vorstellung des Alltäglichen. Abspülen, Einkaufen im nahe gelegenen Supermarkt. Das Herumlaufen mit den Handys in der Hand auf der Suche nach Netz. Greg und ich waren uns einig gewesen, dass wir unsere alten Tage nicht in Mortimer's Creek verbringen konnten. Es war herrlich für einen Urlaub, aber nach einem Monat würden wir verrückt werden.

Die beiden anscheinend nicht.

Lucy war in meinem Namen außer sich vor Wut. »Dieser verlogene Fiesling!«, spuckte sie ins Telefon. »Mit dem spreche ich nie wieder ein Wort!« Unsere Tochter hatte immer ein schwieriges Verhältnis zu ihrem Vater gehabt. Ich nehme an, er hatte sich eine intellektuelle, mädchenhafte Tochter gewünscht, und sie war weder das eine noch das andere. Sie war direkt und sportbegeistert – manchmal auch ziemlich aggressiv. Ich liebte sie natürlich über alles, und die Crew in den Fernsehstudios auch. Dort gehörte sie einfach dazu. Sie war stark und mutig; in ihrer Freizeit war sie immer zu irgendeinem Gletscher unterwegs.

Max reagierte weniger heftig. »Geht's dir gut, Ma?« Das war eigentlich alles. Er versuchte, Mitgefühl zu zeigen, wusste aber nicht, wie er das anstellen sollte. Im IT-Bereich war er brillant; die Welt der Emotionen hingegen war für ihn unerforschtes Terrain und besser zu meiden. Er tendierte ein bisschen zum Autismus, der Gute. Als er ein Kind war, kannte ich den Begriff noch nicht, doch als man Greg und mir gegenüber dieses Wort auf unseren Sohn anwandte, war das fast eine Erleichterung für uns gewesen.

Ich liebte Max innig und hatte immer versucht, ihn nicht mit meinen Problemen zu belasten. Also fragte ich ihn nach seiner Arbeit. Er entspannte sich und versuchte, mir etwas zu erklären, was ich nicht verstand. Währenddessen begann mein Herz, wild zu klopfen.

Denn ich traf eine so kühne Entscheidung, dass mir die Knie ganz weich wurden.

Vier

Vielleicht fragen Sie sich, was mein Motiv dafür war, nach Dorset zu fahren? Welchen Sinn sollte es haben? Ich hatte keine Ahnung. Ich kochte einfach vor Wut über Gregs Schweigen. Wenn er nicht mit mir reden wollte, dann würde ich ihm den Schock seines Lebens versetzen, indem ich plötzlich vor seiner Tür stand. Hatte ich diese kleine Genugtuung etwa nicht verdient?

Ich wollte das Weiße in seinen Augen sehen. Ich wollte ihn irgendeine Art von Erklärung stottern hören. Ich wollte, dass er angesichts meines Elends litt und Gewissensbisse bekam. Ich wollte ihn anschreien und zum Weinen bringen. Ich wollte, dass er merkte, was er getan und was er verloren hatte.

Weiß der Himmel.

Ich wollte ihn einfach sehen.

Die Zeit war knapp. In ein paar Tagen würde Azra eintreffen. Ich fuhr schnell, überholte Lastwagen, brachte Autos zum Hupen. Ich raste um Kreisel, ließ die Gänge krachen und erreichte schließlich die A 303. Es war Vormittag; schon jetzt ballten sich Gewitterwolken zusammen. Ein Motorrad röhrte vorbei; auf dem Rücken der Jacke des Fahrers stand *»Wenn du das lesen kannst, ist das Mädchen runtergefallen«*. Ich war die Strecke unzählige Male gefahren; während ich dasaß und das Lenkrad umklammerte, schien der Wagen – aus irgendeiner Erinnerungsspur heraus – von selbst den Weg zu finden.

Natürlich konnte es sein, dass Greg nicht da war. Ich hatte keine Ahnung, was er so machte. Vielleicht war er bei Azra in London; er konnte überall sein.

Falls das Haus leer war, hatte ich ja den Schlüssel und konnte hinein. Und dann? Seine Kleider zerschneiden? Das Haus anzünden? Oder verwesende Garnelen in die Vorhangschiene stopfen?

Meine Emotionen schwankten wild von mörderisch bis nüchtern. Vielleicht machte ich mir auch einfach nur eine Tasse Kaffee und verabschiedete mich von allem. Verbrachte einen Tag am Meer und legte meine Ehe endlich zu den Akten.

Ich hatte keinen Plan. Ich wusste bloß aus irgendeinem Grund, dass er da sein würde.

Und das war er auch.

Das Cottage lag abgelegen. Unser nächster Nachbar war ein wortkarger Bauer mit bösartigen Hunden. Sein Sohn saß gerade wegen Kindesmissbrauchs im Gefängnis. Ich sah niemanden dort und fuhr vorbei, während die Hunde sich laut heulend gegen den Stacheldraht warfen.

Ich parkte ein Stück entfernt, außer Sichtweite des Cottages. Ich wollte Greg überraschen; wenn er mich sah, lief die Memme vielleicht davon.

Memme. Plötzlich vermisste ich Azra, sogar ihre Verachtung. Eine Weile blieb ich im Auto sitzen; jetzt, wo ich angekommen war, spielten plötzlich meine Nerven verrückt. Ja, fast wäre ich umgedreht und nach Hause gefahren.

Es war Mittag. Die Wolken hatten sich verzogen. Ich saß da und wartete darauf, dass mein Herzschlag sich normalisierte. Die Straße führte hügelabwärts nach Mortimer's Cove, eine kleine Bucht, die hauptsächlich aus Klippen und Felsen bestand. Unser Cottage lag auf halbem Weg nach unten, umgeben von Bäumen und Magerwiesen.

Greg war zu Hause. Sein Fahrrad lehnte an der Veranda.

Ich versteckte mich hinter einem Weißdornbusch und sah hinüber.

Er hatte die Eingangstür blau gestrichen. Neben dem Haus wuchs eine frisch gesetzte Kletterpflanze; sogar aus dieser Entfernung konnte ich den Bambusstecken sehen, an dem noch das Verkaufsschildchen hing. Zu beiden Seiten des Weges war die Wiese gemäht worden; es roch nach frischem Grasschnitt. Wir hatten im Garten nie viel gemacht, aber im Lauf des vergangenen Jahres war Greg offensichtlich fleißig gewesen, um seiner Geliebten einen würdigen Empfang zu bereiten. Auf einer Seite war ein neues Beet entstanden, in dem noch die Grabgabel steckte, und unter dem Wohnzimmerfenster stand eine Ansammlung von Töpfen. Viel Glück; es ging nach Norden hinaus, da bekamen die Pflanzen nie Sonne.

Alles sah tadellos aus. Greg war ein ordentlicher Mann. Er bügelte die Geschirrtücher. Ich fragte mich, wie lange er wohl mit Azras schlampiger Art zurechtkommen würde.

Natürlich kannte ich die Antwort. Er würde sich einen Dreck darum scheren.

Wir besaßen das Cottage seit dreißig Jahren. Wie herrlich war der erste Sommer gewesen! Die Kinder waren damals noch klein und sprangen nach der langen Fahrt wie befreit aus dem Auto. Skipper, unser Hund, rannte im Garten herum und erleichterte sich an der Regentonne. Ich erinnerte mich an Augenblicke so tiefen Glücks, dass es mir schwer ums Herz wurde. An den Tag, an dem ein paar Schafe in den Garten kamen und wir vier wild mit den Armen wedelten und riefen, während Skipper sie durch ein Loch im Zaun hinausjagte, wobei an ihren Hinterteilen der Mist hing wie Kugeln an einem Weihnachtsbaum. Wie Greg und ich das Wohnzimmer strichen und dabei im Duett »Mockingbird« sangen, während aus dem Garten Kindergeschrei heraufdrang. Abends flogen die Motten durchs Fenster herein und hefteten sich wie Broschen an die Wand. Unsere Aladins-Höhle.

Das Cottage war nicht pittoresk – ein einfaches, gipsverputztes Bauernhaus –, aber wir liebten es. Bei Ebbe rannten wir die Straße hinunter, gingen schwimmen und lagen an dem winzigen Kiesstrand. Selbst im Hochsommer verirrte sich kaum jemand hierher. Über uns ragten die Klippen auf, in denen unzählige Vögel zwitscherten: Krähen und Seemöwen, die, in ihren Nestern verborgen, plauderten und zankten. »Wie vorstädtische Hausfrauen«, sagte Greg und blinzelte nach oben. »Halt bloß den Schnabel, Mavis, sie sagt bestimmt das Gleiche über dich.«

Unfähig, mich zu rühren, stand ich auf der Straße. Das war nicht mehr mein Ort. Das war alles Vergangenheit. Unsere fröhlichen, sonnenverbrannten Kinder waren jetzt unscharfe Gestalten mittleren Alters auf Skype, deren Mundbewegungen nicht mit den Worten synchron waren und die viele Meilen entfernt irgendwo auf der Welt ihr eigenes Leben führten und ihre eigenen Probleme hatten. Ich kannte sie eigentlich kaum mehr.

»Was machst du hier?«

Ich fuhr herum. Greg stand hinter mir. Sein Haar war feucht, sein T-Shirt dunkel vom Schweiß.

»Was ist los?« Seine Stimme klang schrill vor Panik. »Ist Azra etwas zugestoßen?«

»Natürlich nicht!«, fauchte ich. »Dann hätte sie dich doch angerufen. Ich spreche sowieso nicht mehr mit ihr.«

Stille trat ein. Greg stand da und schnaufte wie ein Hündchen. Seine Haare kamen mir dünner vor. Sein Gesicht mit der Höckernase glänzte verschwitzt. Er hatte sich jetzt schon verändert. So viel Zeit war vergangen, dass er sich in einen sehnigen Fremden verwandelt hatte, der zum Laufen ging und dessen Kopf von eigenen Träumen erfüllt war. Mir kam es unvorstellbar vor, dass wir den Großteil unseres Erwachsenenlebens im selben Bett geschlafen hatten.

Natürlich hätte ich nach Hause fahren sollen. Jetzt, wo er wusste, dass es Azra gutging, wirkte Greg unaufmerksam. Ich dachte: Wie kann ich auf einen Mann wütend sein, den ich kaum kenne?

Er wischte sich mit seinem grün getupften Taschentuch über die Stirn. Zumindest diese Geste war mir vertraut. »Ich muss unter die Dusche«, sagte er. »Willst du reinkommen oder so?«

Es war nicht gerade eine begeisterte Einladung, aber ich nickte und folgte ihm ins Haus.

Ich hätte es nicht tun sollen. Natürlich nicht. Nichts, was ich zu sagen hatte, konnte etwas verändern. Außerdem war ich in einem solchen Zustand, dass ich gar nicht mehr wusste, warum ich überhaupt gekommen war – wenn das überhaupt je der Fall gewesen war.

Ebenso wenig war ich auf den Schock vorbereitet, den ich beim Eintreten in das Wohnzimmer erlebte. Alles war wie immer – die beiden Sessel, der Flickenteppich, der Holzofen mit der gesprungenen Scheibe. Die vertrocknete Grünlilie auf dem Fensterbrett – der Himmel wusste, wo wir die herhatten; wir hatten sie beide langweilig gefunden, aber sie hatte sich als dauerhafter erwiesen als unsere Ehe.

Alles wie immer und doch ganz anders.

Greg deutete auf den Sessel. »Fühl dich wie ...«

Zu Hause. Er hielt inne. Ein peinliches Schweigen entstand, dann ging er nach oben.

Ich hörte das vertraute Knarren der Bodendielen und die

Badezimmertür, die sich schloss, dann das Geräusch des Riegels. Wir hatten nie den Riegel benutzt, ja nicht einmal die Tür geschlossen, wenn wir geduscht hatten.

Ich entsann mich jener letzten, schrecklichen Tage in Muswell Hill, als er ins Gästezimmer gezogen war. Wie wir beide uns versteckt hatten, immer wachsam auf die Geräusche des anderen lauschten, wenn er sich durchs Haus bewegte, das Klappern des Bestecks, wenn jeder allein frühstückte. Wie er herauskroch, wenn ich verschwunden war, und umgekehrt, wie Figuren in einer Schweizer Uhr. Einmal, als wir zufällig im selben Raum waren, hatte Greg aus Gewohnheit den Arm um meine Schulter gelegt und war dann zurückgezuckt, als wäre er gestochen worden.

Als Greg wieder herunterkam, hatte ich mich gefasst. Er stand in der Tür, so groß, dass sein Kopf seitwärts geneigt war. Das verlieh ihm einen fragenden Blick. Ein Bild aus der Vergangenheit stieg vor mir auf – Greg, wie er lächelnd in seiner Küchenschürze dort stand. *In einer halben Stunde gibt's Abendessen, okay?* Wie er sich unter dem Türstock durchduckte, um mir ein Glas Wein zu reichen.

Heute trug er einen neuen grauen Trainingsanzug. Er hatte Trainingsanzüge nie gemocht. Vielleicht hatte Azra ihn gekauft. Doch auch das konnte ich mir nicht vorstellen. Ich wusste überhaupt nichts mehr.

Ich sollte nicht hier sein und mich selbst quälen.

»Ich werde jetzt etwas essen«, sagte er. »Möchtest du auch was?«

Ich folgte ihm in die Küche. Er öffnete die Kühlschranktür und hockte sich hin, um den Inhalt zu begutachten.

»Es gibt noch ein bisschen Risotto von gestern Abend, aber nicht genug«, sagte er. »Wir könnten Hummus mit Toast essen. Magst du?«

Seine Stimme war kühl, aber das war auch nicht überraschend. Ich setzte mich an den Tisch. Das Schweigen hing zwischen uns, während er herumlief, Brot in den Toaster schob, Gläser mit Wasser füllte – neue rote Gläser, wie mir auffiel, ziemlich schön. Er stellte die Dose Hummus auf den Tisch. Ihn in eine Schüssel zu füllen oder ein wenig zu verfeinern, war kein Thema. Auf dem Fensterbrett sah ich einen Topf Basilikum und eine Schale mit Tomaten, aber damit hielt er sich nicht auf. Verständlich. Und ich hatte sowieso keinen Hunger.

Der Toast sprang hoch. Wir fuhren beide zusammen. Er legte mir eine Scheibe auf den Teller, setzte sich mir gegenüber und schob mir den Hummus zu. Ich spürte seinen Blick, als ich den Plastikdeckel abnahm und die Versiegelung zu öffnen versuchte. Er half mir nicht. Schließlich schaffte ich es, und ich strich mir etwas auf den Toast. Dann schob ich den Hummus zu ihm herüber. Er bestrich seinen Toast und sah mich an.

»Also, wie kann ich dir helfen?«

»Was?«

»Warum bist du hier? Gibt es etwas, was du abholen möchtest?« Er räusperte sich. »Bevor sich alles, du weißt schon, verändert?«

»Nein.«

»Mir ist vollkommen klar, dass du das Recht hast, zu nehmen, was du willst, aber ich weiß auch, dass du in einem sehr viel wertvolleren Anwesen wohnst ...«

»Das ist nicht der Grund für mein Hiersein!«, fauchte ich.

Er legte seinen Toast weg. »Was dann?«

Ich hielt inne. »Nichts. Ich wollte einfach mal raus aus London. Es ist so ein schöner Tag. Ich wollte einen Spaziergang machen.«

»Einen Spaziergang?«

»Zum letzten Mal.«

Sehen Sie? Auch ich war feige. Genau wie er und Azra. Natürlich hätte ich sagen müssen: »Ich bin hier, weil du meine Mails nicht beantwortet hast, du wehleidiger kleiner Dreckskerl. Ich wollte Klartext mit dir sprechen. Bist du mir das etwa nicht schuldig?«

»Verstehe.« Greg wirkte etwas überrascht. Erleichtert wahrscheinlich. Gott allein wusste, was in seinem Kopf vor sich ging. Wir waren einfach zwei Fremde, die ein freudloses und mageres kleines Mahl zusammen einnahmen.

Er blickte auf meinen Teller. »Willst du das nicht aufessen?«

Ich schüttelte den Kopf.

Er beugte sich über den Tisch, schnappte sich meinen Toast und aß ihn auf. Die Liebe hatte ihm offensichtlich Appetit gemacht. In ein paar Tagen würde Azra ihm gegenübersitzen. Ich hätte wetten können, dass sie Salat und ein Glas Wein bekam. Im Kühlschrank hatte ich eine Flasche Chablis gesehen. Himmel, ich hätte gern etwas getrunken.

Nun hätte ich aufbrechen sollen. Ich spürte, wie die Wut sich zusammenbraute. Blinde, rücksichtslose Wut. Ich sah zu, wie Greg das letzte Stück Toast in den Mund schob. Dieser Mann, den ich geliebt hatte, der zu den Klängen unserer Beach-Boys-CD mit mir durch diese Küche getanzt war. Der, seinem Verhalten nach, gerade einen ganz normalen Tag verlebte, trotz der unwillkommenen Unterbrechung.

Greg riss ein Stück Küchenrolle ab und tupfte sich auf eine überkorrekte, gekünstelte Art die Lippen ab, die mich immer geärgert hatte.

»Willst du einen Apfel?«, fragte er.

Er griff nach der Schale, schnitt einen entzwei und reichte mir die Hälfte. Früher war das ein kameradschaftlicher Akt gewesen; er hatte den Apfel in vier Teile geschnitten und das Kerngehäuse entfernt, um mir dann zwei Viertel zu reichen. Früher war unser Leben so gewesen. Kleine Gesten, so klein, dass sie kaum wahrnehmbar waren.

Und dann sagte er etwas, das mich überraschte. »Soll ich dich begleiten?«

Hinter dem Cottage führte ein Pfad durch Ginstersträucher hinauf zum Küstenweg. Man musste im Gänsemarsch gehen und streifte mit den Beinen die Dornen. Ich folgte Gregs grauem Trainingsanzug. Wir hatten diesen Spaziergang Tausende von Malen gemacht. Er führte an den Klippen entlang, das Gras federte und war mit Schafsköteln übersät. Jedes Jahr hatten wir die Glockenblumen bewundert, die zu ihrer geheimen Melodie tanzten. Nach anderthalb Kilometern führte der Weg über ein paar Stufen bergab zur nächsten Bucht. Wir würden rechts abzweigen, Richtung Festland gehen und durch den Scragg Wood zurück.

Greg ging so langsam, dass ich ihm fast in den Rücken lief. Das verwirrte mich. Er war extrem gut in Form und schritt normalerweise so aus, dass ich nur mit Mühe hinterherkam. Wahrscheinlich, so mutmaßte ich, war er müde von seinem Lauf.

Als wir oben auf den Klippen angekommen waren, wurde der Weg breiter und wir konnten Seite an Seite gehen. Ich öffnete den Mund, um zu fragen »Geht es dir gut?«, aber das war unangemessen, also schwieg ich.

Eine Weile trotteten wir schweigend dahin. Über uns sausten kreischend die Mauersegler vorbei wie kleine Düsenjets. Abgesehen davon war es unheimlich still; kein Lüftchen regte sich. Die Sonne brannte auf uns nieder. Kein Mensch begegnete uns. Es war, als wäre die Welt plötzlich unbewohnt, und nur das glitzernde Meer unter uns und die Kondensstreifen, die sich kreuz und quer über den Himmel zogen, blieben zurück. Eine Stimmung, die ich gar nicht stören mochte.

Greg schritt einher wie ein Professor – mit gesenktem Kopf, die Hände hinter dem Rücken, einen sorgenvollen Ausdruck im Gesicht. Er *war* ja auch ein Professor.

»Schuldest du mir nicht eine Erklärung?«, fragte ich.

»Wie bitte?« Er hob den Kopf.

»Eine Entschuldigung. Eine Erklärung. Einfach der Höflichkeit halber, weißt du.«

»Was genau soll ich denn sagen?«

»Es wäre nett gewesen, wenn du meine Mails beantwortet hättest.« Meine Stimme zitterte. »Wenn du mich behandelt hättest wie ein menschliches Wesen.«

»Ich sagte schon, es tut mir leid.«

»Es *tut dir leid*? Ist das nicht ein bisschen dürftig?«

Er blieb stehen. »Was könnte ich sonst sagen?«

»Dieser ganze Selbstfindungsmist! Du hast meine Freundin gevögelt, meine *beste* Freundin. Du hättest dir wenigstens jemanden suchen können, den ich nicht kenne. Hast du auch nur die leiseste Ahnung, wie weh das tut? So viele Jahre, und du hast nicht mal den Anstand, mir reinen Wein einzuschenken ...«

»Beruhige dich, Liebes.«

»*Liebes?*«

»Es hat keinen Sinn, das jetzt wieder aufzuwärmen.«

Er legte mir eine Hand auf die Schulter. Ich schüttelte sie ab.

»Du hast keinen Schimmer, wie ich mich gefühlt habe, stimmt's?«

Er seufzte und fuhr sich mit der Hand durchs Haar. »Was willst du wissen?«

»Alles. Wann es anfing ...«

»Na gut, na gut.« Er hob kapitulierend die Hände. »Wenn du es wirklich wissen willst. Willst du? Wirklich?«

Ich hätte nicht nicken sollen. Denn der Ausdruck in seinem Gesicht veränderte sich. Die Erinnerung ließ seine Züge weich werden.

»Das Posaunenkonzert«, sagte er.

»Was?«

»Dort fing es an.«

»Welches Posaunenkonzert?«

»Dein ehemaliger Schüler, wie heißt er doch gleich? In der Methodistenkapelle im Finsbury Park.«

»Ach so, ja.«

»Aus irgendeinem Grund kam Azra des Weges.«

Jetzt fiel es mir wieder ein. Das Konzert dauerte nur eine Stunde, und anschließend hatten wir geplant, zu dritt einen Film im Holloway Odeon anzusehen, irgendeinen Thriller mit Cate Blanchett. Aber ich fühlte mich nicht wohl, also ging ich nicht mit, sondern nach Hause.

»Weißt du was? Azra und ich waren kaum jemals miteinander allein gewesen«, sagte Greg. »In all den Jahren. Ist das nicht komisch? Ich fand sie ja ehrlich gesagt immer ein bisschen kratzbürstig, manchmal fast schon aggressiv. Und sie stand sehr loyal zu dir.«

»Ach ja?« Ich lachte.

»Sie ritt immer auf Frauenrechten herum, war sogar ziemlich männerfeindlich. Und dann das ganze Lesbenzeug – na, das war ziemlich abschreckend. Ich hatte das Gefühl, dass sie mich nur deinetwegen tolerierte, ohne mich auch nur im Geringsten zu mögen.« Er hielt inne. »Aber an diesem Abend veränderte sich alles.«

Er lächelte doch tatsächlich ... ein verträumtes Lächeln.

»Weißt du, als wir da im Kino im Dunklen saßen, geschah etwas. Sie spürte es auch. Es war absolut außergewöhnlich – wie ein *Blitz*, der durch unsere Körper fuhr. Ich habe nie etwas dergleichen erlebt. Ich meine, wir berührten uns ja nicht oder so was, uns überkam einfach dieser ... dieses blitzartige Etwas. Ich glaube, wir bekamen den Film gar nicht mit, jedenfalls kann ich mich an nichts erinnern.« Er hielt inne. »Anschließend brachte ich sie zur Bushaltestelle, und als der Bus davonfuhr, spürte ich, wie mein Herz explodierte, und weißt du was? Ich brach in Tränen aus. Mitten auf der Holloway Road. Schrecklich peinlich.« Seine Augen wurden feucht. »Ich war verloren. Ich war verloren, aber ich war gefunden. Weißt du, was ich meine?«

»Nein.«

»Natürlich kämpften wir dagegen an ...«

»Du kannst jetzt aufhören.«

»... aber es war größer als wir, es war vollkommen verzehrend. Und im Lauf der Wochen wurde es stärker und stärker, und tiefer, und ... ach ...« Er brach ab. »Ich kann es nicht richtig beschreiben ... Körper und Seele, ich war besessen. Ich hätte nie geglaubt, dass ich so fühlen könnte, dass *überhaupt irgendwer* so fühlen könnte ...« Er sprach immer schneller. »Ich *sehnte mich* nach ihr, Tag und Nacht, ich litt körperliche Schmerzen, es zerriss mich förmlich ...«

Ich starrte ihm ins Gesicht, das vor Liebe gerötet war. Er hatte vollkommen vergessen, dass ich da war.

»Ich fühlte mich zum ersten Mal in meinem Leben lebendig.« Seine Stimme bebte. »Der Hunger nacheinander war alles verzehrend. Die gestohlenen Momente des Glücks, der Liebesakt – oh, der Liebesakt, den kann ich unmöglich beschreiben ...«

»Dann lass es bitte.«
»Es war anders als alles, was ich bis dahin erlebt hatte.«
»Schluss jetzt!«
»Die Leidenschaft, die totale, umwerfende Leidenschaft ...«
»Hör auf jetzt! *Hör auf*!«
Aber, würde man es für möglich halten? Er tat es nicht.

TEIL ZWEI

Eins

Zwei Wochen später sah ich das Kleid.

Vielleicht zwei Wochen; ich hatte das Zeitgefühl verloren. Wie gesagt, ich befand mich im freien Fall. Überhaupt zu funktionieren, kostete mich übermenschliche Anstrengung. Morgens zog ich mich an, meist dieselben Kleidungsstücke wie am Vortag; scheinbar stand ich meine Nachhilfestunden durch, obwohl die Wörter auf den Seiten verschwammen. Gelegentlich wusch ich mich. Ab und zu aß ich etwas.

Habe ich Ihnen das erzählt? Was habe ich Ihnen erzählt?

Es brachte mich um, in diesem Haus festzusitzen. Ich musste raus aus London. Plötzlich überkam mich das Bedürfnis, im Meer zu schwimmen. Dass Mortimer's Creek nicht in Frage kam, versteht sich von selbst. Tatsächlich kam mir ganz Dorset wie vergiftet vor. Also fuhr ich gen Osten nach Kent, zum nächstgelegenen Strand, den ich kannte.

Wieder war es ein wunderschöner Tag. *Die Leidenschaft, die totale, umwerfende Leidenschaft.* Die Worte kugelten in meinem Kopf herum, während ich die Autobahn entlangfuhr. Wie konnte ein Mann so etwas zu einer Frau sagen, die er geliebt hat und die die Mutter seiner Kinder ist? Welche Art Mensch kann einen anderen so brutal zerstören? Natürlich hatte ich es herausgefordert, aber das war keine Entschuldigung. Ich fuhr schnell, überholte eine Reihe von Lastwagen. *Ich sehnte mich nach ihr, Tag und Nacht ... Der Liebesakt, oh, der Liebesakt.*

Später an diesem Tag ging ich die Hauptstraße in Deal entlang. Ich kannte die Stadt; als Kind war ich in den Ferien mit meinen Eltern hier. Ich dachte gerade über ihre zänkische Beziehung nach, als ich an dem Wohltätigkeitsladen vorbeikam.

Etwas im Fenster fesselte meinen Blick. Es war ein kleines schwarzes Kleid. Ein klassisches kleines Schwarzes – betont zurückhaltend und doch ausgesprochen verführerisch. Ein Kleid, wie es damals, in den 1950ern, die Geliebte von jemandem getragen hätte, damals, als die Leute rauchten und auf Cocktailpartys gingen und eine Geliebte eine Geliebte nannten.

Es überraschte mich, ein solches Kleid im Hochsommer in einer Küstenstadt zu finden, wo die Läden voll waren von Freizeitkleidung im Matrosenstil und pastellfarbenen Shorts. Es erzählte von Martinis und Ehebruch. Von Sex, von Tod.

Von Beerdigungen.

Ich kenne hier niemanden. Die Worte fielen mir wieder ein. Das Golders-Green-Krematorium und die Ansammlung von Fremden, die nach der Trauerfeier für jemanden, den ich nicht kannte, aus dem Saal drängten.

Alles kann sich in Sekundenschnelle verändern, nicht wahr? Da trat ich nun hinaus in die grelle, verwirrende Sonne, das Kleid in einer Tüte, die Tüte in meiner Hand. Ich merkte, dass ich Fremde, sogar Hunde, wie eine Blöde anlächelte. Besonders Hunde.

Du wirst warten müssen, bis ihre Frauen sterben, und dann schnell zupacken. Azra, die mit ihrer sauberen Katzenzunge ein Zigarettenpapier anleckte. *Witwer sind besser als Geschiedene, weil sie nicht verbittert sind, sondern nur traurig.*

Ich fuhr nach Hause. In meinem Kopf drehte sich alles. Ein Hitzschlag, ich hätte mich nicht in die Sonne legen sollen. Morgen würde ich diese verrückte Idee vergessen haben.

Und am nächsten Tag vergaß ich sie tatsächlich den ganzen Vormittag lang. Erst als ich das Haus verließ, bemerkte ich die Tragetasche, die im Flur lag, und alles fiel mir wieder ein. Mein erster Gedanke war: Warum sollte ich im Hochsommer ein schwarzes Wollkleid anziehen?

Dann erinnerte ich mich und fing an zu lachen. Ich betrachtete mein Spiegelbild – sonnenverbrannte Nase, ungebürstetes Haar. Ich hatte meine Brille gesucht, und da war sie, auf meinem Kopf. Verrückt, wirklich. Verrückte alte Fledermaus.

Verrückt, einen solchen Plan auch nur für eine Nanosekunde ins Auge zu fassen.

Zwei

Früher war ich ziemlich wild, das habe ich Ihnen noch nicht erzählt. Sogar Greg wusste höchstens die Hälfte. Als wir uns kennenlernten, ließ ich alles hinter mir und studierte eifrig an der pädagogischen Hochschule. Dann kamen die Kinder, was alles verändert. Ich konnte mich an den Menschen, der ich gewesen war, und an die Risiken, die ich damals eingegangen war, kaum mehr erinnern.

Ich war nicht die Einzige. Man braucht sie sich bei Waitrose nur anzusehen, diese Matronen aus Muswell Hill, diese vernarrten Großmütter mit ihren Chören und ihrem Sauerteig. Auch sie haben vielleicht ein jüngeres Selbst, das sie nicht wiedererkennen würden, ohne zu erröten. Sex mit zwei verschiedenen Männern auf derselben Party, mit einem auf der Toilette und mit dem anderen in der Garderobe. Ein Quickie im Stehen in einer Gasse in Soho mit einem karibischen Trommler, der mit Heroin vollgepumpt war. Flotte Dreier im *Swiss Cottage Holiday Inn*. Diese Art Unsinn. Ich erstarre auch jetzt noch, wenn mir ein Mann einfällt, an den ich seit fast fünfzig Jahren nicht gedacht habe und der inzwischen wahrscheinlich Großvater ist. Urgroßvater. Der mich längst vergessen hat. Der vielleicht schon tot ist.

Azra hatte weiter ihre Abenteuer gelebt, während ich mich dem Ernst des Lebens ergab und Greg treu blieb. Hin und wieder war ich in Versuchung geraten, aber ich hatte sie aus Feigheit und Loyalität im Keim erstickt. Aus Liebe eigentlich – wenn auch aus der zerfaserten und geflickten Liebe einer langen Ehe.

Man sieht ja, wo mich das hingebracht hat.

Erst einmal blieb es Fantasie, bis ich eines Tages im Juli die Regionalzeitung aufschlug. Eigentlich hatte ich die Idee schon vergessen.

Doch als ich die Seiten umblätterte, blieb mein Blick an einer Todesanzeige hängen. »Susan Edwardes, geliebte Ehefrau von Evan, Mutter von Gina und Lisa ...« Das Foto eines käsigen, reizlosen Gesichts. Susan war mit achtundsechzig gestorben. Die Trauerfeier sollte zwei Tage später im Golders-Green-Krematorium stattfinden.

Mein Herz schlug schneller. Warum nicht einfach so zum Spaß hingehen? Es wagen? Zur Abwechslung von der schmerzhaften sommerlichen Einsamkeit? So dachte ich damals. Es fällt mir schwer, mich nach allem, was dann geschah, zu erinnern, aber das war tatsächlich meine Motivation. Vielleicht machte ich mir auch selbst etwas vor; wenn ich es herunterspielte, bekam ich keine Angst.

Tatsächlich zitterten meine Hände, als ich mich verrenkte, um den Reißverschluss des Kleides zu schließen. Ich hätte noch ein Paar Hände gebraucht. Wie sehr ich mir einen Mann wünschte! Schon jetzt fing ich lächerlicherweise an, mir für mich und Evan Edwardes, den trauernden Witwer, Drehbücher zu überlegen.

Es war ein sonniger Tag. Da das Krematorium nur wenige Kilometer entfernt lag, beschloss ich, zu Fuß zu gehen und meine schicken Schuhe in einer Tasche mitzunehmen. Über dem Kleid trug ich Gregs schwarzen Regenmantel, den er zurückgelassen hatte. Paul Smith, ziemlich elegant. Obwohl ich einen passenden Hut gehabt hätte, brachte ich es nicht über mich, ihn aufzusetzen. Ich war nämlich ganz darauf eingestellt, an der Tür des Krematoriums umzudrehen.

Aber ich marschierte schnurstracks hinein.

Die West Chapel war gesteckt voll. Diese Susan Edwardes war offenbar beliebt gewesen. Und eine echte Matriarchin. Von meinem Platz aus konnte ich sehen, wie sich die für Angehörige reservierten vorderen zwei Reihen mit Kindern und Enkelkindern füllten. Auch ältere Leute, unter ihnen zweifellos der Ehemann. Die Erwachsenen trugen schwarz, und viele von ihnen hielten sich Taschentücher an die Nase.

Ich saß neben einer älteren Dame, die durch ihre Brille die Gottesdienstordnung studierte. Als die Orgel zu spielen begann, zog sie ihr Handy hervor und begann eine Nachricht zu tippen. Das machte mich stutzig und nachdenklich. Diese Leute hier – wie gut hatten sie die tote Frau gekannt? Wie gut kennen wir einander überhaupt?

Ich dachte an Greg und daran, wie wenig er über meine Vergangenheit wusste. In vierzig Jahren hatten wir kaum jemals über meine Kindheit geredet. Ebenso wenig hatte ich ihn nach seiner gefragt. All diese gemeinsamen Jahre, und ich hatte ihm nie erzählt, wie ich in der Schule von Stephanie Jenkins gemobbt wurde oder wie ich mir beim Schlittenfahren den Arm gebrochen hatte. Von dem Fuchs, den mein Vater an dem Tag, an dem Kennedy erschossen wurde, im Wohnzimmer fand; wie war er dort hingeraten? Von Geisterhand, oder was? Überall war Fell. Ich habe ihm nie von der Fehlgeburt meiner Mutter erzählt, ein Junge, und wie mein Vater das traurige kleine Päckchen unter den Fliederstrauch in der hintersten Ecke des Gartens begraben hatte. Kleine Dinge, große Dinge. So viel ungesagt. Worüber hatten wir überhaupt geredet?

Stumpf saß ich da und starrte die Schuppen auf den Schultern des Mannes vor mir an. Er war so groß, dass er mir die Sicht versperrte; ich hatte keine Ahnung, wer am Rednerpult sprach. Wobei ich die Person ja sowieso nicht gekannt hätte. Die alte Frau neben mir hatte ihr Handy weggesteckt und suchte nun nach einem Taschentuch. Sie fand keins, und ich reichte ihr ein Papiertaschentuch. Sie nahm es und schnäuzte sich trompetend die Nase, wie ein Mann.

Wir standen auf, um »Bleib bei uns« zu singen. Einen Augenblick lang fühlte ich mich geborgen. Ich war ein Eindringling, ich hätte nicht da sein dürfen, doch als der Gesang anschwoll, merkte ich, wie auch mir Tränen in die Augen schossen. Denn erst dann wurde mir die Wahrheit bewusst: dass ich einfach nur Trost suchte. Und dass ich ihn hier fand, umgeben von den Trauernden. Wir alle trauerten um jemanden, den wir verloren hatten.

Kein Wunder, dass ich das kleine schwarze Kleid gekauft hatte. »Ich trauere um mein Leben«, sagt Tschechows Mascha. Und es war kein Wunder, dass Beerdigungen mich anzogen. Daran war nichts Seltsames. Ich wollte einfach unter Menschen sein, die ebenfalls Schmerz zu bewältigen hatten. Gemeinsam fällt es leichter.

Eine Last fiel von mir ab. Verträumt saß ich da, während die Trauerfeier weiter und zu Ende ging. Worte schwebten an mir vorbei. Susans langen Berufsjahre als Krankenschwester ... wie innig sie ihre fünf Enkel geliebt hatte ...

Ich hörte nicht aufmerksam zu. Die Sonne war herausgekommen, strömte durch die Fenster und badete mich in Vergebung. Wie dumm ich gewesen war! Wenn das hier zu Ende war, würde ich mich davonstehlen und nach Hause gehen. Niemand wüsste irgendetwas, und diese absurde Episode würde der Vergessenheit anheimfallen.

Doch das stimmte nicht. Susan wurde in die Flammen geschoben, und wir, die Lebenden, traten hinaus in den Sonnenschein. Und dort fand ich mich plötzlich in der Reihe derer wieder, die darauf warteten, dem Witwer, Evan, die Hand zu schütteln.

Zum Entkommen war es zu spät. Sein fester Griff schloss sich um meine Hand.

»Herzliches Beileid«, murmelte ich.

»Danke.«

Er war großgewachsen und überraschend attraktiv. Feingeschnittene Züge, volles Haar. Ich hatte anderes erwartet, wenngleich ich nicht wusste, was.

Ich versuchte mich weiterzubewegen, aber er hielt immer noch meine Hand.

»Und wer sind Sie?«

»Prudence«, sagte ich. »Ich war mit Ihrer Frau in der Schwesternschule.«

»Dann sind Sie also auch ein Nottinghamer Mädel?«

»Ja«, log ich. »Aber wir hatten uns seit einer Ewigkeit nicht gesehen.«

»Nun, es ist schön, dass Sie heute gekommen sind.« Er lächelte auf mich herunter. »Ich hoffe, ich sehe Sie später bei uns zu Hause.«

Ich schenkte ihm ein vages Lächeln und ging davon. In dem Moment fragte eine Frau: »Braucht jemand eine Mitfahrgelegenheit?«

Und dann passierte das Allerseltsamste. Ein Blitz durchfuhr mich. Pures Adrenalin. Ich dachte: Warum zum Teufel nicht? Plötzlich fühlte ich mich lebendiger als die ganzen letzten Jahre – lebendig auf eine leichtsinnige, aufregende Weise – und spürte den Duft von Gefahr in meinen Nüstern.

»Ja, bitte«, sagte ich.

Zum Glück waren die übrigen Mitfahrer im Auto übellaunige Teenager. Sie diskutierten die ganze Fahrt über mit ihrer Mutter darüber, wie lange sie bei dem Leichenschmaus bleiben müssten. Einer namens Josh war zu einer Party eingeladen und wollte, dass die Mutter ihn nach Enfield fuhr. Ich verhielt mich ruhig und arbeitete innerlich an meiner Geschichte. Als wir bei dem Haus ankamen, glaubte ich sie schon fast selbst.

Evan, so erfuhr ich, war Tierarzt. Seine Praxis befand sich am Hendon Broadway und das Familienanwesen – ein freistehendes Fachwerkhaus zwischen schattenspendenden Nadelbäumen – in einer Sackgasse abseits der Hauptstraße. Der Vorplatz war voller Autos, und die Haustür stand offen. Ich hörte Stimmengewirr und hätte beinah gekniffen, aber jetzt gab es kein Zurück mehr.

Im Wohnzimmer drängten sich bereits die Menschen, und es kamen immer weitere dazu. Ein junger Mann in einem zu großen Anzug stand mit einem Tablett voller Gläser an der Tür.

»Ich bin Arthur«, sagte er. »Möchten Sie einen Prosecco? Dort drüben stehen belegte Brote. Sind Sie eine Freundin von Oma? Es tut mir leid, aber hier sind viele Leute, die ich nicht kenne.«

Seine Stirn war voller Pickel. Ein Enkelkind anzulügen, noch dazu eines, das an Akne litt, brachte ich nicht übers Herz. Also bedankte ich mich nur und betrat den Raum.

Die Teenager aus dem Auto hatten schnurstracks das Sofa erobert. Dort lümmelten sie sich, schrieben Textnachrichten und nahmen mit ihren langen Beinen allen Platz ein. Eine Frau mittleren Alters mit Kopfputz starrte sie wütend an, aber sie rührten sich nicht von der Stelle. Sie kauerte sich auf die Armlehne des Sofas, fing meinen Blick auf und winkte mich mit einem hochroten Fingernagel zu sich.

»Waren Sie nicht bei ihrem Sechzigsten?«, fragte sie. »Ich vergesse niemals ein Gesicht.«

»Nein«, sagte ich. »Ich hatte schon lange keinen Kontakt mehr mit ihr.«

»Mein Gott, war sie besoffen, was? Wissen Sie noch, wie sie mit Donald getanzt hat? Heute würde man es twerken nennen. Ziemlich krass, aber da zeigte sich, wie Susan wirklich war.« Sie zog mich zu sich heran. »Sie hat es sogar bei meinem Harold probiert, aber er hat sie abblitzen lassen, er ist wirklich ein Schatz. Und dabei war sie angeblich meine Freundin.« Sie schüttelte den Kopf; die schwarzen Federn zitterten. »Ehrlich gesagt habe ich sie nie leiden können. Ihr ganzer überschwänglicher Mädchencharme konnte mich nicht täuschen. Hat sie es bei Ihrem auch probiert?«

»Bei meinem was?«

»Ihrem Ehemann.« Sie deutete auf Evan, der in der anderen Ecke des Raumes stand. »Der arme alte Evan. Kein Wunder, dass er lieber mit Hunden zu tun hat.«

»Ich hatte einen Border Collie«, sagte ich. »Er ist seit fast einem Jahr tot, und ich vermisse ihn jeden Tag.«

Die Frau leerte ihr Glas. »Gott weiß, wie er es mit ihr ausgehalten hat. Besonders nach dem, was in Hastings passiert ist.« Sie ging davon.

Über die Menge hinweg begegnete mein Blick dem von Evan. Er lächelte mich an und kam auf mich zu.

»Sie haben also zusammen als Schwestern gearbeitet«, sagte er.

»Äh, nein, nur gelernt.«

»Prudence ... Prudence ...« Er überlegte einen Augenblick.

»Der Name kommt mir bekannt vor. Haben Sie sich mit ihr eine Wohnung in der Nethercott Road geteilt?«

»Äh, nein.«

»Aber Sie haben zusammen im Gen gearbeitet?«

»Wo?«

»Im Allgemeinen Krankenhaus in Nottingham.«

Ich schüttelte den Kopf. »Ehrlich gesagt kannte ich sie nicht gut. Wir begegneten uns nur im Unterricht und gingen ansonsten getrennter Wege.«

Er nickte. »Sie war beliebt, Gott segne sie. Hatte immer viele Freunde.«

»Auf jeden Fall.« Ich spürte, wie Schweiß meine Achselhöhlen hinunterlief.

»Und eine erstklassige Schwester. Wir waren so stolz, als sie den Preis bekam.«

Ich musste mich irgendwie retten. »Ehrlich gesagt habe ich nie als Schwester gearbeitet«, sagte ich. »Ich bin nach London gezogen und Lehrerin geworden, dann habe ich geheiratet und Kinder bekommen. Aber vor kurzem haben mein Mann und ich uns getrennt, und nun sah ich die Anzeige in der Zeitung und habe mich an Ihre Frau erinnert und daran, wie gern ich sie hatte.« Die Mischung von Lügen und Wahrheit brachte mich durcheinander, aber ich hielt durch. »Darum bin ich heute gekommen, um ihr die letzte Ehre zu erweisen und Ihnen zu sagen, wie leid es mir tut.«

Evans Augen füllten sich mit Tränen. Er zog mich an sich und schloss mich in die Arme. Das kam so unerwartet, dass mir das Blut ins Gesicht schoss.

»Danke«, sagte er. Dann ließ er mich los und trocknete sich die Augen.

Ich erschrak über meine Reaktion. Mich hatte so lange

schon niemand mehr berührt, dass ich einen Augenblick brauchte, um wieder zu Atem zu kommen.

Genau in diesem Moment tippte jemand Evan auf die Schulter. Im Davongehen drehte er sich zu mir um, hob die Augenbrauen und zuckte mit den Schultern. Das hatte etwas Intimes, etwas Verschwörerisches.

Ich fuhr mit einem Ruftaxi nach Hause und setzte mich in den Garten. Es war früher Abend, und Schatten fielen auf den Rasen. In der Forsythie sang eine Amsel ihr perlendes Lied. Obwohl ich vom Wein Kopfschmerzen hatte, stieg Zufriedenheit in mir auf. Ich hatte es geschafft! Azra wäre stolz auf mich gewesen. Ich war in die Trauerfeier für eine Unbekannte hereingeplatzt und hatte mich von ihrem Ehemann umarmen lassen. *Du musst schnell sein*, hatte Azra gesagt. Das Kleid hatte mir Kühnheit verliehen. Das können Kleider natürlich; sie können einen in jemand anderen verwandeln. Sonst gäbe es keine Modeindustrie.

Doch womit ich nicht gerechnet hatte, war Evan. Denn einem außerordentlichen Glücksfall sei Dank hatte sich der trauernde Witwer als bemerkenswert attraktiv erwiesen. Hochgewachsen, sonnengebräunt, Lachfältchen.

Ich verzehre mich nach einem Mann. Doch seit meiner Begegnung mit Greg war mir der Gedanke noch absurder vorgekommen. Greg hatte den letzten Rest meines bereits stark angeschlagenen Selbstbewusstseins zunichtegemacht, und Bitterkeit und Zorn waren geblieben. Das steht niemandem gut, schon gar nicht in meinem Alter.

Jetzt spürte ich, wie der alte Mechanismus wieder zu arbeiten begann. Mich überkam die Erregung, die Liebesgeschichten begleitet, ein Gefühl, das ich seit meiner Jugend nicht mehr erlebt hatte.

Ich weiß, was Sie jetzt sagen werden. Wäre es nicht grausam, werden Sie sagen, einen trauernden Mann ins Visier zu nehmen? Einen Mann, der wegen seines Verlusts kraftlos und durcheinander ist? Verhielt man sich da nicht wie der Löwe, der die schwächste Antilope aus der Herde wählt?

Doch, natürlich. Haben Sie schon mal vom Überleben der Stärksten gehört?

Wichtiger noch: Wie sollte ich Evan überhaupt wiedertreffen? Wir waren uns vollkommen fremd. Wir hatten uns vielleicht drei Minuten unterhalten. Er hatte mich umarmt, aber bei einem solchen Anlass umarmt man sich viel – schließlich war es ein Leichenschmaus gewesen! Wie sollte ich bloß eine Ausrede finden, um ihn wiederzusehen? Vorgeben, für einen Energieversorger zu arbeiten und kommen, um seinen Zähler abzulesen?

Dumme Idee.

Aber mir fiel etwas Besseres ein.

Ich hatte meinen Regenmantel bei ihm vergessen.

Drei

Am nächsten Morgen setzte ich mich hin und googelte »Tierarztpraxis Hendon«. Auf meinem Schreibtisch stand ein gerahmtes Foto von Max und Lucy, als sie noch klein waren. Sie hingen wie Fledermäuse kopfüber an einem Klettergerüst, aber ich ließ mich durch ihre lieben Gesichter nicht ablenken.

Ich fand die Praxis, rief dort an und wurde schließlich zu Mr. Edwardes durchgestellt. Nach kurzem Zögern – hatte er mich vergessen? – erinnerte er sich und schlug vor, ich solle einmal abends nach der Arbeit vorbeikommen.

»Ihren Regenmantel habe ich nicht gesehen, aber der ist sicher irgendwo.«

Er klang ausgesprochen freundlich. Ich sagte, ich werde am Freitag vorbeikommen.

Mein Vater hatte immer gesagt: »Erwarte nicht zu viel, dann wirst du nie enttäuscht werden.« Das mag zwar eine etwas pessimistische Philosophie zu sein, um sie einem Kind weiterzugeben, aber wie viele Depressive bezog er aus seiner eigenen Negativität eine makabre Befriedigung – ja, er machte sich sogar lustig darüber.

Jetzt beruhigten seine Worte meine Nerven. Ich hatte keinerlei Erwartungen. Ich ging nur meinen Regenmantel holen. Ich gab mir keine Mühe, mich schön zu machen, und fuhr mit einem metaphorischen Achselzucken nach Hendon.

In der Sackgasse standen nur zwölf Häuser, dennoch konnte ich einen Moment lang nicht erkennen, welches Evan gehörte. Schließlich fand ich das richtige Haus, aber es kam mir seltsam schutzlos vor.

»Ich habe die Koniferen abschneiden lassen.« Evan führte mich herein. »Susan hat sie immer gehasst und wollte Sonne im Schlafzimmer haben, weil sie sich dort den ganzen Tag aufhielt, aber nun ist es natürlich zu spät. Das Ende kam schneller als erwartet. Möchten Sie eine Bloody Mary?«

Ich nickte. »Ja, gern. Aus irgendeinem Grund denke ich immer nur im Flugzeug daran, dass ich diesen Cocktail mag. Woran das wohl liegt?«

Evan schüttete sich aus vor Lachen und verschwand in der Küche. Ich hörte Gläser klirren.

Ich sah mich im Wohnzimmer um. Es war in Beige gehalten und unspektakulär: schwere Vorhänge mit Troddeln, beiger Teppich, Familienfotos in Silberrahmen. Von der Trauerfeier waren viele Blumensträuße übrig, manche noch in Zellophan verpackt, manche begannen schon zu welken. Der Regenmantel lag säuberlich gefaltet auf einem Stuhl.

Ich starrte durchs Fenster auf die Reihe von Baumstümpfen, wo die Koniferen gestanden hatten. Was tat ich hier bloß?

Evan kam mit einem Tablett zurück, auf dem die Bloody Marys standen.

»Leider kein Sellerie«, sagte er.

»Sellerie habe ich immer als sinnloses Gemüse empfunden«, erwiderte ich.

Wieder brach er in Gelächter aus – ein überraschendes Bellen. »Sie sind das reinste Tonikum«, sagte er. »Wenn Sie wüssten, wie lange ich nicht mehr gelacht habe.«

Er trug Jeans und ein rotes T-Shirt; er sah geduscht und rasiert und sportlicher aus, als ich ihn in Erinnerung hatte. Gut zu Fuß; lockerer. Als er mir das Glas reichte, stellte ich ihn mir in seinem Tierarztkittel vor, wie er den Kopf eines

Hundes streichelte, der auf seinen Knien einschlief. Auf jeden Fall hatte er bestimmt schon viele Wesen sterben sehen.

Wir setzten uns, er in den Sessel, ich aufs Sofa. »Ich habe Ihren Regenmantel gefunden«, sagte er und deutete darauf.

»Eigentlich gehört er meinem Ex-Mann.« Hatte ich ihm erzählt, dass ich Single war? Ich wusste es nicht mehr. »Er hat ihn vergessen mitzunehmen, als er auszog.«

Ich wartete einen Moment, um meine Worte sacken zu lassen. Vielleicht mit Erfolg.

»Na, jedenfalls ist es gut, dass Sie den weiten Weg hierher auf sich genommen haben«, sagte Evan.

»Kein Problem.«

»Und auch zur Beerdigung. Es hat mich sehr berührt, wie viele Leute gekommen sind. Und wie nett sie waren. Unglaublich viele Menschen haben mich besucht. Im Kühlschrank steht genügend Essen für eine Armee.«

Azras heiseres Lachen. *Weil sofort eine ganze Horde Frauen aus allen Löchern kriechen – nein, galoppieren – wird, bewaffnet mit Töpfen und Beileidskarten.*

»Offenbar war sie sehr beliebt«, sagte ich. »Ich wünschte, wir wären in Kontakt geblieben.«

»Ich habe über ihre Zeit an der Schwesternschule alle möglichen Geschichten gehört.« Er grinste. »Ich wette, Sie beide haben jede Menge Blödsinn angestellt.«

»Das auf jeden Fall.«

»Manches davon nicht zur Veröffentlichung geeignet, nehme ich an.«

Ich hob anzüglich die Augenbrauen.

»Susan war so lebenshungrig, nicht wahr?«, sagte er.

»Kann man wohl sagen!«

»Und doch war sie so ein unglaublich fürsorglicher Mensch.«

Ich nickte. »Ja, das stimmt.«

»Waren Sie bei dem legendären Campingausflug dabei?«

»Äh, bei welchem?«

»Gab es denn mehrere? Ich meine den nach Tenby. Wo die Hells Angels ... Sie wissen schon ... es muss ziemlich erschreckend gewesen sein.«

»Ach so, ja.«

Ich musste das beenden. Also platzte ich heraus: »Mein Mann ist übrigens auch gestorben.«

Evan starrte mich an. »Oh, das tut mir so leid.« Er beugte sich vor und legte eine Hand auf mein Knie.

»Ich habe gesagt, wir hätten uns getrennt, weil ich immer zu weinen anfange, wenn ich über seinen Tod spreche, und weil ich andere damit in Verlegenheit bringe.«

»Das verstehe ich gut«, sagte Evan.

»Und es erspart mir, immer wieder die Einzelheiten zu erzählen.«

Seine Hand lag immer noch auf meinem Knie. »Wann war das, wenn ich fragen darf?«

»Vor zwei Monaten.«

»Gütiger Himmel.«

»Krebs. Wie bei Ihrer Frau.«

Evans Gesicht wurde weich. Er zog die Hand weg und rieb sich den Nacken.

»Wie schrecklich«, sagte er. »Wie lange war er ...?«

»Ein paar Jahre. Prostata. Dann Metastasen in den Knochen.«

Seine Augen wurden feucht. »Wie kommen Sie zurecht, wenn ich fragen darf?«

»Ich lebe von einem Tag zum anderen. Natürlich vermisse ich ihn schrecklich. Man fühlt sich so einsam, wenn man in einem leeren Haus herumgeistert. Ganz besonders am Abend.«

Evan nickte. »Das merke ich auch gerade. Als die Familie da war, war das sehr tröstlich. Susan war in den letzten Wochen von Liebe umgeben. Man schickte sie aus dem Krankenhaus nach Hause, weil man nichts mehr für sie tun konnte und sie am Ende bei uns sein wollte.« Wir hatten unsere Cocktails ausgetrunken; er starrte auf unsere blutbeschmierten Gläser. »Aber sie konnten nicht für immer bleiben, und jetzt sind sie weg und es ist ... na ja, jetzt ist es mir in aller Deutlichkeit klargeworden. Dass sie nicht zurückkommt. Dass ich jetzt allein bin.« Er blickte auf und sah plötzlich erschöpft aus. »Gott sei Dank habe ich meine Arbeit. Ich glaube, sonst würde ich zusammenbrechen.«

»Nur so kann man gesund bleiben, nicht wahr? Durch die Arbeit.«

Evan nickte. »Aber es ist dann seltsam, nach Hause zu kommen und meinen Schlüssel benutzen zu müssen. Sie hat den Schnapper immer offen gelassen, weil sie sowieso zu Hause war. Oder im Garten.«

Er stand auf und ging zum hinteren Fenster. Ich folgte ihm. Seite an Seite betrachteten wir die von Unkraut überwucherten Blumenbeete.

»Ihr geliebter Garten«, sagte er. »Sehen Sie ihn sich jetzt bloß an. Ich verstehe überhaupt nichts von Pflanzen. Das war ihre Domäne.« Er zuckte die Achseln. »Bei mir hat sogar der Rasenmäher seinen Geist aufgegeben.«

Wir beobachteten eine Katze, die durchs Gras strich. Sie blieb stehen, funkelte uns an und schlich dann weiter.

Ich sagte: »Ich habe einen Rasenmäher.«

Als ich zu Hause ankam, ließ ich mich in einen Sessel fallen. Es dauerte eine Weile, bis mein Herzschlag sich normalisiert hatte. Alles war viel besser gelaufen, als ich es mir in meinen wildesten Träumen vorgestellt hatte. *Du musst schnell sein.* Das war ich gewesen. Evan und ich hatten ein langes, von Gefühlen bestimmtes Gespräch geführt. Als ich gegangen war, hatte er mich vor der Haustür umarmt. Am Sonntag würde ich den Rasenmäher ins Auto laden und erneut zu ihm fahren. Es lief überraschend leicht.

Und der Mann war zweifellos ein guter Fang. Ich hatte beim allerersten Versuch Glück gehabt. Groß und attraktiv, in Kontakt mit seinen Gefühlen, viele nahe Familienangehörige. Außerdem erfolgreich; ich hatte den nagelneuen BMW bemerkt, der auf dem Vorplatz stand, in der Nähe der Baumstümpfe. Und noch dazu liebte er Tiere! Er heilte ihre Leiden und schickte sie, wenn das nicht funktionierte, friedlich in den Tod. Was hätte mich an ihm abstoßen sollen?

Ja, ich mochte ihn; ich mochte ihn wirklich. Er war offen und ehrlich; wir brachten einander zum Lachen. Als wir Seite an Seite am Fenster standen, verspürte ich einen Anflug von Begehren.

Also, warum hatte ich mich in Lügen verstrickt? Die Lügen, was Susan betraf, waren schlimm genug, aber notwendig. Sie waren meine Eintrittskarte in Evans Leben, und ich hatte dafür gesorgt, dass meine Verbindung zu ihr so lange zurücklag, dass keine weiteren Komplikationen zu befürchten waren. Das Thema war nun Gott sei Dank erschöpft.

Aber die Geschichte über Greg ... wie dumm ich gewesen war, damit herauszuplatzen. Ich wusste, warum ich es getan hatte. Ich hatte mich aus dem Gespräch über Susan retten müssen. Aber es gab noch tiefer liegende Gründe. Ich wollte Evans Mitgefühl; ich wollte, dass die geteilte Trauer schlagartig Vertrautheit entstehen ließ. Wir saßen im selben Boot, wir beide; nur ich konnte verstehen, was er empfand.

Und es hatte ja auch funktioniert, oder? Plötzlich waren wir einander nah gewesen und hatten es beide spüren können. Ich hatte die Frauen mit den Töpfen um Längen abgeschlagen.

Aber ich musste meine Schritte sorgfältig setzen. Mit jenen impulsiven Worten hatte ich ein Minenfeld geschaffen. Der beste Weg nach vorn würde sein, das Thema »mein Mann« ganz und gar zu meiden. Wenn es zur Sprache kam, würde ich einfach sagen, das Ganze sei noch zu frisch, um darüber zu sprechen, und dass Evan, was seine Frau betraf, sicher ähnlich empfinde. Es würde eine Erleichterung sein, nicht auf unserem gemeinsamen Verlust herumzureiten. Wenn die Beziehung allerdings gedieh, konnten sich künftig Schwierigkeiten ergeben. Was zum Beispiel würde passieren, wenn er mit meinen Kindern sprach? Oder mit meinen Freunden?

Vielleicht würde ich meinen Stolz hinunterschlucken und gestehen, dass ich die Geschichte erfunden hatte. Ich würde ihm sagen, dass mein Mann mit meiner besten Freundin abgehauen war und mich das so verletzt, so zutiefst gedemütigt hatte, dass ich es nicht fertigbrachte, die Wahrheit zu sagen.

Egal. Damit würde ich mich befassen, wenn die Zeit dafür reif war. Wenn überhaupt irgendetwas reifte. Es war sehr gut möglich, dass Evan nicht das geringste Interesse an mir hatte, sondern einfach nur höflich war. Vielleicht bildete ich mir alles nur ein. Schließlich war ich ziemlich aus der Übung, was Herzensangelegenheiten betraf. Es war erst zehn Tage her, dass Evan seine Frau verloren hatte; er war sicher nicht in der Verfassung für eine neue Liebesgeschichte. Vielleicht wollte dieser Mann einfach nur, dass sein Rasen gemäht wurde.

Den Samstag über war ich sehr unruhig. Meine Emotionen liefen Amok; ich fühlte mich wie ein Teenager. Ich versuchte, meine Nerven durch Wäscheaufhängen im Garten zu beruhigen, gewöhnlich eine therapeutische Aktivität. Auch Backen besänftigte die Seele, aber ich hatte niemanden, für den ich hätte backen können, und Evan konnte ich unmöglich meinen legendären Orangen-Polenta-Kuchen präsentieren. Das wäre zu weit gegangen.

In Evans Hof parkten drei Autos. Was war los? Ich stellte meinen Wagen an der Straße ab, zog den grasverkrusteten Rasenmäher aus dem Kofferraum und zerrte ihn über das Pflaster.

Als ich zwischen den Autos hindurchmanövrierte, kam ein kleines Mädchen aus dem Haus gerannt. Sie trug ein malvenfarbiges Engelsgewand samt Diadem. Hinter ihr tauchte eine Frau auf.

»Lyra! Komm wieder rein.«

Das kleine Mädchen sah mich und blieb stehen. Sie drehte sich zu ihrer Mutter um. »Da ist eine Gärtnerin gekommen.«

Die Frau sah mich stirnrunzelnd an. »Zerkratzen Sie nicht unser Auto, ja?« Sie deutete auf den Rasenmäher. »Sie können ihn hintenherum bringen.« Sie nahm das Mädchen an der Hand und ging wieder hinein.

Ich schaffte es, den Rasenmäher zwischen den abgeschnittenen Bäumen hindurch und am Haus vorbeizuschieben. Als ich um die Ecke bog, blieb ich wie angewurzelt stehen.

Mehrere Erwachsene saßen auf der Terrasse beim Kaffeetrinken. Sie wandten die Köpfe und starrten mich an. Einige erkannte ich von der Beerdigung wieder. Mehrere Kinder liefen herum; der Junge Arthur, jetzt kein Kellner mehr, kickte lustlos einen Fußball im Garten herum.

Evan kam mit einem Krug Saft aus dem Haus.

»Prudence!«, rief er. »Wie schön, Sie zu sehen! Lassen Sie das Ding stehen und kommen Sie rüber zu uns. Man hat mich überfallen. So eine nette Überraschung. Kommen Sie, lernen Sie meine Familie kennen. Holt bitte jemand einen Stuhl?«

»Nein, wirklich«, stotterte ich. »Ich lasse den Rasenmäher einfach hier und hole ihn später wieder ab.«

»Auf gar keinen Fall, kommen Sie und trinken Sie mit uns einen Kaffee. Oder lieber einen Grapefruitsaft? Meine Tochter Gina hat ihn mit ihrem NutriBullet gemacht. Der macht offenbar alles zu Saft, einschließlich der Küchenspüle.«

Gina war, wie sich herausstellte, die Frau, die ich gerade schon kennengelernt hatte. »Ich bin eine blöde Kuh.« Sie wandte sich an die anderen. »Ich habe sie für die Gärtnerin gehalten.«

Evan schüttete sich aus vor Lachen. »Nein, sie ist eine alte Freundin deiner Mutter. Erkennst du sie nicht? Sie war bei der Beerdigung.«

Jemand brachte mir einen Stuhl, und Evan stellte uns vor.

»Das ist meine Tochter Gina, ihr Mann Terry, ihre kleine Tochter Lyra und ihr Sohn Arthur. Das ist Lisa, meine andere Tochter, mit ihrem Partner Hendrik, und das sind ihre Kinder Lola und Sam, und hier die kleine Anna-Belinda.«

In meinem Kopf drehte sich alles. Jemand reichte mir ein Glas Saft.

»Anna-Belinda zeigt uns später, was sie im Tanzunterricht gelernt hat«, sagte Evan. »Nicht wahr, meine Liebe?«

Heute trug Evan einen taubenblauen Pullover. Er sah aus wie ein Profi-Golfer – weiße Zähne, gebräunte Haut, gesund wie Perry Como. Im Schoß seiner Familie kam er mir vor wie ein anderer Mensch. Er war ein Fremder, und ich hatte hier nichts zu suchen. Wie hatte ich ihn jemals attraktiv finden können?

»Ich könnte gleich den Rasen mähen«, sagte ich. »Wenn Sie mir zeigen, wo eine Steckdose ist. Dann kann ich nach Hause fahren.«

»Reden Sie keinen Unsinn«, sagte Gina. »Das macht doch schrecklichen Krach.«

»Gina!«, mahnte ihr Mann.

»Da verstehen wir ja unser eigenes Wort nicht mehr.«

Ihr Mann schob seinen Stuhl zurück. »Wisst ihr was, *ich* übernehme das. Es ist nicht viel Rasen; das ist gleich erledigt.«

Gina starrte ihn wütend an. »Bist du der Meinung, es macht weniger Lärm, wenn *du* mähst?« Sie seufzte. »Männer, also wirklich. Ihr seid immer so beflissen!«

»Psst!« Ihr Mann blickte kurz in Richtung der Kinder.

»Bei der Spülmaschine machst du es genauso.«

»Was?«

»Du räumst mit einem kleinen Seufzer die Teller um ...«

»Weil *du* sie falsch reinstellst.«

»Genau! Es geht immer um Macht, nicht wahr?«

Lisas Kaffeetasse schepperte, als sie sie auf den Unterteller stellte. »Hört mal, gerade ist Mum gestorben, können wir uns jetzt mal beruhigen?« Ihre Stimme zitterte. »Wir sind wegen Dad hier. Denken wir doch mal an ihn, oder?«

»Danke, meine Liebe«, sagte Evan. »Aber ehrlich gesagt ist es kein Problem. Wir sind alle gerade ein bisschen dünnhäutig. Das ist verständlich.« Er warf mir einen kurzen Blick zu. »Prudence weiß, wovon wir sprechen. Sie hat das auch alles durchgemacht.«

Ich erstarrte. Zum Glück begann es genau in diesem Moment zu regnen. Alle standen auf, um ins Haus zu gehen. Gina nahm ihre Strickjacke von der Stuhllehne. Ich sagte zu ihr: »Ich verabschiede mich. Den Rasenmäher kann ich ein andermal holen.«

Evan bekam das mit. Während die Kinder ins Wohnzimmer drängten, suchte sein Blick den meinen und er formte mit den Lippen: *Gehen Sie nicht.*

Angesichts dieser plötzlichen Komplizenschaft machte mein Herz einen Sprung. *Störe ich denn nicht?*, fragte ich lautlos zurück. Er grinste und schüttelte den Kopf. *Bleiben Sie zum Mittagessen.*

Mein Verlangen nach ihm wallte wieder auf, doch gerade da forderte seine Enkelin seine Aufmerksamkeit. Wir waren jetzt im Wohnzimmer. Er ging auf die Knie, und sie inspizierten etwas, das sie auf dem Teppich gefunden hatte. Ich starrte auf die kahle Stelle an seinem Hinterkopf, braun wie poliertes Karamell. Wie wurde man als Tierarzt so braun? Kümmerte er sich um Großvieh? Wer besaß in Hendon schon Großvieh? Ich wusste nichts über diesen Mann. Sein in Beige gehaltenes, spießiges Wohnzimmer war nicht mein Geschmack, doch momentan empfand ich das Eintauchen in dieses Familienleben als unverhofftes Abenteuer. Riskant, ja, aber macht nicht gerade das ein Abenteuer aus?

Ich ging in die Küche. Evans erwachsene Töchter kauerten vor dem geöffneten Kühlschrank.

»Himmel noch mal, wir hätten wirklich kein Essen mitzubringen brauchen«, sagte Gina. »Hier ist alles voller Quiche.«

»Sie haben keine Zeit verloren, was?« Lisa studierte die Aufkleber. »Wer ist Audrey?«

»Sie wohnt auf Nummer sechs.«

»Und Mum ist gerade erst unter der Erde.«

»Sie wurde verbrannt.«

»Egal, wahrscheinlich wollen sie einfach nur helfen.«

»Ja. Sie stellen sich eben vor, wie es ihnen selbst in dem Fall ginge.«

Sie drehten sich um und sahen mich.

»Kann ich etwas helfen?«, fragte ich.

Gina erhob sich mit Mühe. Erst jetzt bemerkte ich, dass sie betrunken war. Vielleicht hatte sie ihren eigenen Grapefruitsaft heimlich mit Alkohol versetzt.

»Wir werden im Zimmer essen müssen.« Sie reichte mir zwei mit Frischhaltefolie überzogene Plastikschüsseln. »Die können Sie hineintragen.«

Das Esszimmer war leer. Einer dieser förmlichen, polierten Tische, auf denen man nichts abzustellen wagt, um keine Spuren zu hinterlassen, dominierte den Raum. Ich stand mit den Schüsseln da.

Gina kam mit einem Tablett voller Besteck herein. Sie drehte es um; die Messer, Gabeln und Löffel fielen klappernd auf den Tisch.

»Das reicht«, sagte sie. »Jeder kann sich selbst bedienen.« Sie deutete auf die Schüsseln. »Schmeißen Sie das irgendwo hin.«

Sie strich sich das Haar zurück. Sie war so dünn, dass ich eine Essstörung vermutete. Auf ihrem T-Shirt stand: »Ich war in Disneyworld Orlando«. Ihre kompromisslose Art erinnerte mich an meine eigene Tochter.

»Sie kennen also Mum aus der Schulzeit«, sagte Gina.

»Nein«, sagte ich. »Von der Schwesternschule.«

»Dann wissen Sie ja, wie sie war.«

»Nein, eigentlich nicht.«

»Ich meine bloß, hören Sie nicht auf das, was Lisa sagt.«

»Was sagt sie denn?«

»Hören Sie einfach nicht hin.«

»Aber sie hat doch gar nichts gesagt.«

»Besonders wenn sie den roten Paschmina erwähnt.« Gina zog die Frischhaltefolie von einer Schüssel. »Mum hat immer gesagt, ich könnte den haben. Das war abgemachte Sache.«

Wir starrten auf einen wenig verlockenden Nudelsalat. Aber verlockend sind Nudelsalate eigentlich nie. Sie zog die Frischhaltefolie von der zweiten Schüssel, in der ebenfalls Nudelsalat zum Vorschein kam.

»Die manipulative dumme Kuh«, murmelte sie.

»Wer?«

»Mum natürlich! Ich wette, sie war in der Grundschule schon so. Stimmt das? Hat sie Sie gegen Ihre beste Freundin aufgehetzt, solche Sachen?«

»Ich kannte sie in der Grundschule noch nicht.«

»Die Art, wie sie uns, ihre eigenen Töchter, gegeneinander ausgespielt hat, war unverzeihlich. Wie ein Puppenspieler. Ein bösartiger, hexenartiger Puppenspieler. Es hat unser Verhältnis so beschädigt – die arme Lisa, sie tut mir wirklich leid. Und dann war da noch die Sache mit Dad.«

»Welche Sache?«

»Man stelle sich vor! In Builth Wells. Ein Wunder, dass er nicht auf der Intensivstation gelandet ist.« Sie schnaubte entrüstet. »Ha! Und so eine war Krankenschwester. Eine Lachnummer.«

»Was ist passiert?«

»Klar, sie war Alkoholikerin, aber können Sie sich vorstellen ...«

»Eigentlich nicht.«

»Als sie krank wurde, hat er sich vollkommen aufgeopfert. Der arme alte Dad, er vergab ihr alles, dieser giftigen Zicke. Ich nicht. Um ganz ehrlich zu sein, ich habe keine einzige Träne vergossen, als sie starb.«

In diesem Augenblick öffnete sich die Tür, und die anderen kamen herein. Sie lachten über irgendeinen Witz und brachten einen Hauch von Normalität mit.

Während des Mittagessens beobachtete ich Evan, aber er sah mir nicht in die Augen. Der kurze Moment der Vertrautheit war vorbei. Er schnitt das Essen für Anna-Belinda – ganz offensichtlich war er ein hingebungsvoller Großvater – und diskutierte mit seinen Schwiegersöhnen über Kricket.

Mein Kopf schwirrte noch von Ginas Enthüllungen. Wer war diese Susan gewesen? Ich wurde nicht schlau aus ihr. Die Lobeshymnen bei der Beerdigung waberten noch in meinem Kopf ... *treusorgende Mutter, liebende Ehefrau, beliebt in der Gemeinde* ... die hohlen Phrasen, die uns allen vertraut sind und mit denen wir alle auf unsere Reise ins Unbekannte geschickt werden. Bilden sie jemals wirklich den Menschen ab? Ginas Ausbruch hatte wie ein Bulldozer der Wahrheit all das dem Erdboden gleichgemacht. Nun ja, ein Bulldozer *ihrer* Wahrheit. Jeder von uns hat seine eigene Wahrheit, und diese Susan, so wurde langsam klar, war ein ebenso widersprüchliches Wesen gewesen wie wir alle.

Nicht dass mich das etwas angegangen wäre. Ich war dieser Frau nie begegnet. Zum Glück schien auch niemand ein mehr als flüchtiges Interesse an unserer angeblichen Freundschaft zu haben. Und doch verdichtete sich meine eigene, fiktive Erinnerung an Susan zu etwas so Kompaktem, dass ich fast schon selbst daran zu glauben begann. Ausgelassene Zeiten im Schwesternheim. Ich war noch nie in Nottingham gewesen, aber jetzt war ich dort und sah mich und Susan unter einem Konzert bewundernder Pfiffe die imaginären Straßen entlangstolzieren. In meinem wahren Leben war ich damals, in den 1970ern, eher eine Hippiemieze gewesen, aber diese Prudence war ein sportliches Mädchen, das mit seinen Mitschülerinnen auf dem weitläufigen Gelände des General Hospital, wo immer das sein mochte, Korbball spielte. Susan und ich verloren in derselben Woche unsere Jungfräulichkeit. Anschließend spannte sie mir meinen Freund, einen angehenden Arzt, aus, und ich sprach nie wieder mit ihr.

»Alles okay?«, fragte Evan.

»Ja, danke.«

»Sie sind sehr still gewesen, aber bei meiner Familie ist es auch schwierig, selbst zu Wort zu kommen.«

Das Mittagessen war vorbei, und ich rüstete mich zum Aufbruch. Er entschuldigte sich für das Durcheinander, das ich vorgefunden hatte, aber der Familienbesuch sei spontan gewesen.

»Ich hoffe, Gina hat Ihnen nicht das Ohr abgekaut«, sagte er. »Sie kann ziemlich direkt sein.«

Wir standen allein vor der Haustür. Ich sagte, es sei schön gewesen, und dankte ihm. Er gab mir einen flüchtigen Kuss auf die Wange und verschwand im Haus.

Zwei Wochen lang hörte ich nichts von Evan. Dann schickte er eine Nachricht, in der er nach meiner Adresse fragte. Er schrieb, er habe seinen Rasen gemäht und wolle mir den Rasenmäher zurückbringen. Fünf Minuten später piepte mein Telefon erneut. Oder ob ich den Rasenmäher abholen wolle, dann würde er mich am Sonntagabend zum Essen einladen? Wenn ja, dann bliebe ihm genug Zeit zum Einkaufen – falls er im Supermarkt noch Muscheln bekam, könne er Spaghetti alle Vongole zaubern, seine Spezialität.

Die Einladung heiterte mich auf. Es waren scheußliche zwei Wochen gewesen. England erfreute sich in diesem August einer Hitzewelle, doch ich verbrachte die meiste Zeit im Bett. Wenn ich mal aufstand, trugen mich meine Beine kaum die Treppe hinunter. *Ich trauere um mein Leben.* Wenn mir ganz unvermittelt meine Situation bewusst wurde, brach ich zusammen, als hätte mich ein Sandsack getroffen. Die Antidepressiva wirkten kaum mehr, aber ich hatte nicht die Kraft, mich anzuziehen und zum Arzt zu gehen.

Davon habe ich Ihnen schon genug erzählt, nicht wahr? Aber in dieser Phase war es besonders schlimm. Traumatisierte Menschen beginnen zu stinken, und ich war nicht in der Verfassung für ein *dinner à deux*. Tatsächlich hatte ich kaum an Evan gedacht. Aber seine Nachricht rüttelte mich so weit zurecht, dass ich es schaffte, zu baden und sogar meine Haare zu waschen. Beim Föhnen bemerkte ich, dass die grauen Haaransätze nur allzu deutlich sichtbar waren. »Du bist wunderschön«, hatte Azra gesagt, aber sie war ja auch eine Lügnerin.

Ich fuhr nach Hendon, und Evan bat mich hinein. Er trug eine mit Gänseblümchen bedruckte Schürze, die zweifellos seiner verstorbenen Frau gehört hatte.

»Komm rein, komm rein, schön dich zu sehen. Hast du was dagegen, wenn wir uns duzen?« Ich schüttelte den Kopf, und er führte mich, die Hand auf meinem unteren Rücken, ins Wohnzimmer. Sie fühlte sich kräftig und gebieterisch an. Da wusste ich, dass wir zusammen ins Bett gehen würden.

Und er machte uns Dry Martinis, ein weiteres vielversprechendes Zeichen. Hoffnung stieg in mir auf. Und Angst. Plötzlich war ich mir des alternden Körpers bewusst, der unter meinem Sommerkleid steckte. Wie würde er mit einem fremden Mann zurechtkommen? Besser gesagt, wie würde *er* damit zurechtkommen?

Doch bald tat der Alkohol seine magische Arbeit. Mein Kopf schwirrte, und ich merkte, wie die Hemmungen von mir abfielen. Ich ertappte mich dabei, dass ich, um das Thema Susan auszuklammern, über meine eigene Familie quasselte.

»Max ist ein netter Kerl, sehr lieb – er wohnt in Pasadena –, aber es ist ihm immer schwergefallen, Freunde zu finden, von einer Freundin ganz zu schweigen. Er starrt die ganze Woche über auf einen Bildschirm und unternimmt ausgedehnte Fahrradtouren in der Wüste. Er macht alles, ist erschreckend fit. Und sehr sanft – er würde keiner Fliege etwas zu Leide tun.« Ich trank meinen Martini aus. »Als die beiden noch klein waren, hat Lucy ihn oft vermöbelt. Sie ist ebenfalls ziemlich fit, fährt Stromschnellen mit dem Kanu und was weiß ich, aber sie hat einen viel heftigeren Charakter. Von ihrer neuen Freundin hat sie sich schon zweimal getrennt.«

Während ich drauflosredete, sah mich Evan mit erhobenem Cocktailstäbchen prüfend an. Stellte er sich meine Kinder vor, oder fragte er sich, wie es wohl wäre, mit mir zu schlafen? Er schob sich die Kirsche in den Mund. Ich fragte mich, ob er genauso nervös war wie ich.

»Ich wünschte, ich könnte sie öfter sehen«, sagte ich. »So wie du. Du hast wirklich Glück.«

»Bei uns hat die Familie immer zusammengehalten«, sagte Evan. »Aber das lag an Susan, Gott hab sie selig. Sie war immer für alle da, hundertprozentig. Alle haben sie vergöttert. Sie war ein wunderbarer Mensch, so großzügig und liebevoll. Immer stellte sie die anderen an erste Stelle.«

Ich unterdrückte meine Zweifel. War das die giftige Trinkerin, die mit Douglas getwerkt hatte, was immer das war und wer immer er war? Die schurkische Manipulatorin, die ihrer eigenen Tochter ein Gräuel war – einer Tochter, die keine Träne vergossen hatte, als sie starb?

»Ich kümmere mich mal um die Muscheln«, sagte Evan und stand auf. »Willst du zusehen, oder würde das den Zauber brechen?«

Ich lachte. Meine Güte, ich mochte diesen Mann wirklich.

Also stand ich bei ihm im Knoblauchdunst, während er die Spaghetti alle Vongole zubereitete und mit großer Geste in den Muscheln rührte. Ich konnte sie fast weinen hören. Ich sah ihre Schalen sich öffnen und dachte: arme kleine Kerle, Opfer eines Massenmordes – aber ich hielt den Mund. Es wäre wenig taktvoll gewesen, nicht wahr? Wobei für eine Muschel ihr eigener Tod natürlich genauso bedeutsam ist wie Susans.

»Möchtest du vielleicht die edle Flasche Wein öffnen, die du mitgebracht hast?«, fragte Evan.

Ich entkorkte die Flasche und holte, seinen Instruktionen folgend, eine Schüssel Salat aus dem Kühlschrank und machte ihn an. Es war angenehm kameradschaftlich, fast schon wie bei einem verheirateten Paar; das hatte ich lange nicht erlebt. Er deckte den kleinen Tisch in der Küche, was mir besser gefiel als die sterile Förmlichkeit des Esszimmers. Schließlich zündete er noch eine Kerze an und dämpfte das Licht.

Das Abendessen war köstlich. Beim Essen fragte er mich nach meinem Mann, aber ich lenkte das Gespräch in eine andere Richtung. Wir unterhielten uns über Urlaub in Italien (beide dafür), Kreuzfahrten (er dafür, ich dagegen), Oper (er dafür, ich verstand nichts davon), Stierkampf (beide dagegen), Bruce Springsteen (beide dafür).

Die Flasche Wein hatten wir ausgetrunken. Ich fühlte mich angenehm beschwipst. Er sagte, leider habe er kein Dessert, aber ob ich einen Kaffee wolle? Ich schüttelte den Kopf. Dann herrschte Stille.

Er beugte sich über den Tisch und sah mir in die Augen. »Du hast keinen Hund, nicht wahr?«

»Nein«, erwiderte ich überrascht. »Wieso?«

»Kein Tier, wegen dem du nach Hause musst?«

»Nur eine Katze.«

Er faltete seine Serviette. »Dann hält uns also nichts davon ab, die Nacht zusammen zu verbringen?«

Er führte mich ins Schlafzimmer. Wir hatten beide ein wenig Schlagseite und fielen aufs Bett – o Gott, das Bett, in dem Susan gestorben war. Die Schranktür stand offen; ich sah aus dem Augenwinkel eine Packung Windeln für Erwachsene. Evan stieß die Tür mit dem Fuß zu.

Er nahm mein Gesicht in die Hände und küsste mich. Sein Mund schmeckte nach Wein und Knoblauch. Trotz der Peinlichkeit war es schwindelerregend schön, begehrt zu werden.

Lebendig zu sein.

»Das wollte ich den ganzen Abend schon tun«, flüsterte er in mein Haar. Er schob das Kleid von meiner Schulter, drehte mich um und öffnete geschickt mit einer Hand meinen BH.

Ich habe große Brüste. Zwar sind sie im Lauf der Jahre ein wenig schlaff geworden, aber als ich wieder auf dem Rücken lag, sah ich, wie seine Augen groß wurden vor Staunen. Sein Atem ging schneller. Er umschloss jede Brust mit einer Hand wie ein kleiner Junge, der so etwas noch nie gefühlt hat. Er streichelte mit seinem Finger meine Haut. Dann beugte er sich vor und schloss den Mund um eine meiner Brustwarzen. Mich durchfuhr es wie ein elektrischer Sturm. Ich fühlte mich verehrt.

Zu meinem Schrecken brach Evan plötzlich in Tränen aus. Er wich zurück und vergrub das Gesicht im Kissen, eine Hand immer noch um meine Brust gelegt. Er sagte etwas, aber seine Stimme war dumpf.

»Was ist los?«, flüsterte ich.

»Es tut mir leid.« Er drehte sich auf den Rücken. »Es tut mir so leid.«

Einen Augenblick lang schwieg er. Ich hörte den Verkehr unten auf der Hauptstraße rauschen.

Er sagte: »Weißt du, sie hatte eine Brustamputation. Beidseitig ...«

Er brach ab, unfähig fortzufahren, und holte ein paar Mal tief Luft. Ich wusste nicht, was ich tun sollte. Er saß zusammengekauert auf der Bettkante und wandte mir den Rücken zu. Ich legte die Arme um ihn. Er war starr vor Trauer.

»Ich kann leider nicht«, sagte er.

»Nein.«

»Ich dachte, ich könnte, aber ...«

»Das macht nichts. Es tut mir einfach so leid.«

Er hob den Kopf. »Sie war meine große Liebe.«

Eine Weile lang saßen wir nur da. Ich bemerkte einen zusammengeklappten Rollstuhl, der von einer Decke verhüllt unter dem Fenster stand. Draußen in der Dunkelheit bellte ein Fuchs.

Ich sagte: »Möchtest du, dass ich die Nacht hier verbringe? Wir könnten einander bloß im Arm halten?«

»Ich glaube nicht.« Er schüttelte den Kopf. »Ich dachte, ich schaffe es. Ich habe mich wirklich darauf gefreut. Ich habe sogar meine eigene Unterwäsche angezogen.«

»Wie bitte?«

»Weißt du, bisher habe ich ihre getragen. Ihre Unterhosen. Ich kann dir das erzählen, weil wir uns wohl nie wiedersehen werden, nicht wahr?« Er sprach in Richtung Schranktür. »Ich wollte einfach ihre Nähe spüren. Wahrscheinlich hältst du mich für verrückt.« Er zuckte die Achseln. »Bin ich wohl auch.«

Ich streichelte seinen Rücken, aber er wandte sich nicht um. »Dann gehe ich jetzt mal«, sagte ich.

Er rührte sich nicht. »Ich wünschte, es hätte mich getroffen«, sagte er.

Am nächsten Morgen bekam ich eine Nachricht.

Bitte lass das unter uns bleiben. Du bist der einzige Mensch, der es vielleicht versteht. Ich wünsche Dir das Beste für die Zukunft und hoffe, Du findest wieder zum Glück. Du hast es verdient. Rasenmäher steht vor Deiner Tür. E x

Vier

Das kleine schwarze Kleid hing, inzwischen gereinigt, im Schrank. Wenn ich etwas zum Anziehen herausholte, zitterte die Plastikhülle und blieb an den Härchen an meinen Handrücken haften. Ich konnte das Ding wochenlang nicht in die Hand nehmen.

Der Sommer ging weiter. Im Lauf der Zeit kam mir jener Abend in Hendon zunehmend unwirklich vor; ich konnte kaum mehr glauben, dass es wirklich geschehen war. Es fiel mir leichter, an Susan zu denken als an ihren trauernden Ehemann. Inzwischen hatte sie in meiner Vorstellung ein Eigenleben angenommen – die arme, verstümmelte Susan (warum hatte sie sich keine Implantate machen lassen?). Susan, die gern flirtete und ihrem Mann wahrscheinlich untreu gewesen war. Susan, die Rabenmutter. Susan, die Partymaus. Susan, die hingebungsvolle Krankenpflegerin. Susan, die die Hells Angels zum Teufel gejagt hat und in Builth Wells irgendetwas Schreckliches angestellt hat. Über ihre facettenreiche Persönlichkeit zu spekulieren, hielt mich vom Nachdenken über Evan ab. Ach, Evan. Dass ich über mein eigenes Verhalten entsetzt war und mich in Grund und Boden schämte, brauche ich wohl nicht eigens zu erwähnen.

Aber ich fühlte mich auch von neuer Energie erfüllt. Wie eine Süchtige wusste ich, dass ich es wieder tun würde. Es war bloß eine Frage der Zeit.

In diesem August sah ich wenig Menschen. Meine Schüler waren in Ferien. Azra hatte sie privilegierte kleine Schwachköpfe genannt, aber ich liebte sie, weil sie unter der Last der elterlichen Erwartungen so zu kämpfen hatten. Ich liebte sie, weil sie so nett waren. Weil sie beharrlich und verletzlich waren. Weil sie jung waren. Aber jetzt waren sie in ihre Urlaubsdomizile in Cornwall und Umbrien verschwunden. Sie besuchten ihre Familien in Teheran. Sie segelten um die griechischen Inseln oder weilten bei Schulfreunden in Cape Cod. Sie hatten Spaß.

Das Gleiche galt für meine Freunde. Die meisten waren schon in Rente, hatten die Fesseln abgeworfen und genossen ihr Alter in vollen Zügen. Sie hatten kaum Zeit zum Umpacken, ehe sie wieder verschwanden. »Euresgleichen verbringt seine ganze Zeit in verdammten Flugzeugen«, sagte meine Tochter. »Ist euch der Planet eigentlich vollkommen schnuppe?« Sie zogen durch die Welt, ritten in Nepal auf Elefanten, saßen in Machu Picchu auf der Pyramidenspitze, prosteten einander in Venedig mit Bellinis zu und posteten ihre Grinse-Selfies auf Facebook.

Man sollte sie keulen! Man sollte in den Weltkulturerbe-Hochburgen Scharfschützen aufstellen! Die Frauen erschießen und die Männer für mich übrig lassen! Sie waren seit Jahren verheiratet, sie hatten wirklich ihren Spaß gehabt. War jetzt nicht ich an der Reihe?

Mein Neid fraß mich von innen her auf wie eine Krebsgeschwulst. Aber ich hielt ihn versteckt, das tat ich ganz bestimmt. Ich legte mir kein seltsames Verhalten zu. Allerdings ließ sich nicht leugnen, dass die Einladungen weniger geworden waren. Nicht alle waren in diesem Sommer unterwegs. Wenn ich draußen herumlief, winkten mir Leute über die Straße hinweg zu. Aber das Telefon schwieg weiter. Ich war jetzt eine jener alleinstehenden Frauen, die durch das Netz rutschten.

Mein Geburtstag kam und ging. Lucy schickte eine elektronische Karte, und Max vergaß ihn ganz. Es war mein erster Geburtstag ohne Greg. Er war ein perfekter Schenkender gewesen – Bücher, Ohrringe, solche Sachen. Abendessen in Soho. Aber ein paar Jahre zuvor hatte er etwas Unerwartetes getan. Er war mit mir zum Bahnhof Waterloo gefahren, hatte auf die Abfahrtsanzeige gedeutet und gesagt: »Such dir irgendein Ziel aus, und wir fahren dort zum Abendessen hin.« Ich hatte Leatherhead gewählt, ohne ersichtlichen Grund.

Ich weiß noch, dass Gregs Ausgelassenheit mich bezaubert hatte. Sie war so untypisch für ihn. Ich hatte geglaubt, seine gerade begonnene Therapie sei der Grund. Es war mir nämlich aufgefallen, dass er freier und entspannter war. Glücklicher.

Später allerdings rechnete ich zwei und zwei zusammen, und mir wurde der Auslöser klar. Er hatte gerade angefangen, mit Azra ins Bett zu gehen. Sie war bereits in seinem Blutkreislauf, beeinflusste ihn; unsere Spritztour trug ihre Handschrift.

Und sie war immer noch in meinem Herzen, obwohl ich sie nie wiedergesehen hatte. Obwohl ich sie hasste. Pervers, oder? Doch wann hat Liebe schon mit irgendeiner Art Vernunft zu tun? Sie war in den Leuten, die ich auf der Straße sah. Ein schwingender Rock erinnerte mich daran, wie furchtlos sie mit ihren langen Beinen und silbernen Turnschuhen einherschritt. Ihre Plastikkämme steckten in den Haaren anderer Frauen. Dichte Augenbrauen oder ein sinnlicher Mund erinnerten mich an ihre reizvolle Mischung von hübsch und hässlich. Greg musste das gespürt haben, als er sich in sie verliebte. Dass ihr Geist überall war – in den Birken auf der anderen Straßenseite, in einer Tasse Kaffee –, weil er immer, immer an sie dachte.

Und ich tat es ebenfalls; das hatten wir gemeinsam. *Was tut sie gerade? Denkt sie überhaupt jemals an mich?*
Wenn ich sie wiedersah, was würde ich tun?
Der September kam, stürmisch und wild, die Tage wurden kürzer. Es war der Jahrestag von Gregs Auszug, und ich war vollkommen allein. Ich hatte für das nächste Schuljahr keine Schüler; offenbar hatte ich die Mails der Agentur nicht beantwortet. Die Heizung gab den Geist auf. Nur Greg kam mit dem unverständlichen elektronischen Bedienungsfeld zurecht. Trägheit übermannte mich, und ich konnte mich nicht aufraffen, einen Installateur zu suchen; an manchen Tagen ließ ich den Bademantel an, bis es Zeit war, wieder schlafen zu gehen.
Aber an einer einzigen Gewohnheit hielt ich fest. Jeden Donnerstag ging ich zum Laden an der Ecke und kaufte die Lokalzeitung.

Ich weiß, was Sie jetzt denken. Dass diese respektable Ehefrau und Mutter – noch dazu eine pensionierte Lehrerin – sich in eine psychisch instabile, sexuell ausgehungerte Jägerin verwandelt hatte, immer auf der Jagd nach ihrer nächsten Beute.
Genau so war es. Ich wusste, dass mein Drang außer Kontrolle geriet, doch es war niemand da, der mich hätte bremsen können. Allein die Anwesenheit eines anderen Menschen im Haus hätte mich wieder zur Besinnung gebracht. Ich hatte noch nie allein gelebt und keine Ahnung gehabt, wie sich das auf meinen Kopf auswirken würde.
Und manchmal tauchte ich auf, blinzelte in die Sonne und dachte: Ich schade niemanden, nicht wahr? Eigentlich war es doch sogar eine gute Tat. Ich machte vielleicht jemanden glücklich! Außerdem würde es nie passieren. Schließ-

lich blieb das alles reine Spekulation. Wie hoch war die Wahrscheinlichkeit, dass ich noch einmal Glück hatte – dass mir jemand gefiel und ich ihm?

Aber es war passiert, und zwar gleich beim ersten Versuch. Trotz des katastrophalen Ausgangs hatte Evan mir Selbstvertrauen gegeben. Entgegen allen Widrigkeiten waren wir füreinander attraktiv gewesen. Er hatte mich nicht zu alt gefunden und dadurch mein schwaches Selbstbewusstsein gestärkt.

Also kaufte ich Woche für Woche den *Muswell Courier*. Dann folgte ich einer strikten Routine: Ich machte mir eine Tasse Kaffee, holte mir einen Keks, nahm am Fenster Platz, setzte meine Brille auf und las – nur um die Spannung zu steigern – die ganze Zeitung, bevor ich mir die Traueranzeigen vornahm. Manchmal redete ich mir ein, es sei nur ein Spiel. Ein Jux. Ein etwas unheimliches kleines Experiment, um mich aus dem Haus zu bringen und meine Einsamkeit zu lindern.

Aber im tiefsten Innern wusste ich, dass mehr dahintersteckte. Azra spielte dabei eine Rolle; sie hatte, sosehr ich es zu verdrängen versuchte, immer noch Macht über mich. Die Todesanzeigen zu studieren, ließ mich ihr nahe sein. Wie hätten wir zusammen gelacht! Denn genau solche Sachen pflegte *sie* zu tun. Wenn ich in meinem gelben Sessel saß, war sie ebenfalls im Raum, die Füße auf den Tisch gelegt, und kippte sich den Wein hinter die Binde. *Ich hätte nie gedacht, dass du zu so was fähig bist*, hätte sie beeindruckt gesagt.

Mehr als beeindruckt. *Bewundernd*. Das konnte ich mir erst später eingestehen.

Erst Mitte Oktober fand ich ein erfolgversprechendes Begräbnis. »Yvonne (»Vronny«) Crawley, geliebte Ehefrau von Trevor«, war im Alter von fünfundsechzig Jahren gestorben. Trauerfeier in der St Luke's Church, East Finchley.

Dieses Mal würde ich mich nicht kalt erwischen lassen. Ich hatte Facebook konsultiert und meine Hausaufgaben gemacht. Warum war mir das nicht früher eingefallen?

Vronny hatte, wie sich herausstellte, die sozialen Medien begeistert genutzt und im Detail über ihr Familienleben berichtet. Viele ihr Postings drehten sich um Urlaube in ihrem und Trevors treuen Wohnmobil. Die Fotos zeigten pittoreske Ansichten der schottischen Highlands, trotz der Wolken von Insekten eines ihrer bevorzugten Ziele. »Trev sagt, ich bin ein Mückenmagnet!« Trev stammte offenbar ursprünglich aus Glasgow, hatte bei der British Gas gearbeitet und war kürzlich in Rente gegangen. Sie hatten geplant, in ihre Wohnung in Spanien zu ziehen.

Wie ein Voyeur betrachtete ich die Fotos, auf denen Trevor zu sehen war. Er machte einen netten Eindruck. Runzelig und lachend, erinnerte er mich an einen Jockey. Wahrscheinlich war er in seiner Kindheit schlecht ernährt worden. Nur mit Shorts bekleidet stand er, sehnig und sonnenverbrannt, neben einem Grill und hielt eine Wurst in die Höhe. Elegant in einem taubengrauen Anzug tanzte er anlässlich ihrer Hochzeit mit seiner Tochter Tina. Offenbar gab es drei Kinder und einen Enkel, Chip. »Der hingebungsvolle Großvater« zeigte Trevor, wie er mit dem kleinen Chip einen Fußball herumkickte. Etliche Fotos zeigten wilde Tobereien mit einem Yorkshire Terrier – »der kleine Frechdachs« – in ihrem Garten in Finchley.

Alles in allem schienen sie ein ausgelassener Haufen zu sein. Allerdings lag ein elegischer Hauch über diesen Familienfotos. Bald würde ihre Fröhlichkeit einen Dämpfer bekommen. Nur ich, eine Fremde, wusste, was kam, denn ein paar Monate später fanden Vronnys Postings ein jähes Ende.

Natürlich fühlte ich mich unwohl dabei. Doch dann dachte ich: Schließlich ist das Facebook! In Facebook kann jeder alles anschauen, das ist doch der Sinn. Also, was mache ich falsch?

Nichts. Gar nichts. Ich war bloß neugierig, recherchierte ein bisschen. Aber warum hatte ich dann Herzklopfen? Warum sprang ich, wenn es an der Tür klingelte, auf und klappte den Laptop zu?

Ich hatte in den vergangenen Monaten an Gewicht verloren; das kleine schwarze Kleid war mir zu weit geworden. Tatsächlich hatte ich schon seit einer ganzen Weile keine richtige Mahlzeit mehr zu mir genommen. Nur tütenweise Erdnüsse, kübelweise Drei-Bohnen-Salat, solche Sachen. Heruntergespült mit Wodka und Tonic. Oder, wenn ich das Einkaufen vergessen hatte, Wodka pur.

Mein Gesicht wirkte hager. Ich hatte mich schon seit einer Weile nicht mehr im Spiegel betrachtet und erschrak über mein Aussehen. Schminke würde dem abhelfen. Und meine Haare hatten auch dringend etwas Pflege nötig.

Ich fuhr rechtzeitig zur Kirche, um den Leichenwagen eintreffen zu sehen. Auf dem Sarg lag ein »MUM« aus Blumen. Jener Tag in Shanias Laden fiel mir ein. Das war in einem anderen Leben gewesen, einem Leben, in dem es Azra noch gab. Greg war verschwunden, aber damals hatte ich noch meine beste Freundin. Sie hatte Shania von meinen Problemen erzählt, aber ich hatte sie einfach für indiskret gehalten. Was für ein Verrat war da im Gange gewesen! Sie war Treppen hochgesprungen und hatte dabei in ihr Handy geflüstert. Und am anderen Ende der Leitung war zweifellos mein Mann gewesen.

Sie waren sogar zusammen in Urlaub gefahren. Es war nicht zu fassen. Ich stellte mir Azra vor, die angeblich in Frankreich weilte, wie sie am Bug eines Kanalboots stand, mit dem sie den Kennet-and-Avon-Kanal entlangschipperten. Wenn sie sich einer Schleuse näherten, sprang sie an Land. Sie drehte das Rad mit ihren dünnen, muskulösen Armen. Wasser schoss durch die Spalten der Schleusentore, und Greg, der das Ruder führte, erhob sich in ihrem Kahn wie ein Gott. Ihre Blicke begegneten sich; er reckte den Daumen in die Höhe. Dieser Greg war für mich ein ganz und gar Unbekannter. Er war der Kapitän ihres Schiffes, der Kapitän von Azras Herzen, und nachts lagen sie eng umschlungen in der vollgestopften kleinen Kabine, in der es nach Chemietoilette stank, aber es störte keinen von beiden; sie liebten einander.

»Hier dürfen Sie nicht parken.« Ein Gesicht tauchte an meinem Autofenster auf. »Oh, Entschuldigung, meine Liebe. Alles in Ordnung?«

Ich wischte mir die Augen trocken, legte krachend den Gang ein und fuhr auf den Parkplatz.

In der Kirche strömte Sonnenlicht durch die Buntglasfenster. Es war ein riesiger, scheunenähnlicher Raum und nur zur Hälfte besetzt. Dieses Mal fühlte ich mich aus irgendeinem Grund nicht fehl am Platz. Ich war einfach nur traurig – wegen mir, wegen allen. Wir alle litten, jeder auf seine Weise, manche mehr als andere. Ich stand vielleicht weit unten auf der Liste, aber ich fühlte mich mit allen verbunden.

*So nimm denn meine Hände
Und führe mich
Bis an mein selig Ende
Und ewiglich.*

Als sich die dünnen, zitternden Stimmen erhoben, stiegen auch in mir Tränen auf. Wer waren diese Leute? Es spielte keine Rolle. Mein blödsinniges Vorhaben löste sich in Luft auf, und Trauer übermannte mich.

»Entschuldigen Sie bitte«, flüsterte ich und drückte mir ein Taschentuch an die Nase. Ich quetschte mich an der Kirchenbank entlang und eilte zur Tür.

Draußen lehnte ich mich an einen Grabstein und zitterte und röchelte. Warum passierte mir das immer in der Öffentlichkeit? In der Nähe unter einem Baum lungerte ein Wärter herum. Er sah mich, ließ seine Zigarette fallen und trat sie mit dem Fuß aus. Ich hätte diese Zusammenbrüche auf meine eigenen vier Wände beschränken sollen, aber sie erwischten mich ganz unverhofft. Aus irgendeinem Grund passierte es oft auf Parkplätzen.

»Nicht traurig sein, Liebes. Sie ist an einem besseren Ort.«

Ich fuhr herum. Eine junge Frau war aus der Kirche gekommen und stand hinter mir. Sie hielt ein Baby auf dem Arm.

»Ist es nicht eine Gnade, nach allem, was sie durchgemacht hat?« Sie blickte auf ihr Baby herunter. »Barney hat sich da drin die Lunge aus dem Hals gebrüllt, aber jetzt ist er still. Typisch, nicht wahr?«

»Es hätte sicher niemand übel genommen«, sagte ich. »Auf Hochzeiten und Beerdigungen weint doch immer irgendein Baby, nicht wahr?« Ich dachte: Und immer schwirrt irgendwo eine einzige Fliege durch den Raum. Es ist immer nur eine Einzige. Warum eigentlich?

Die Frau zuckte mit den Schultern. »Vielleicht wissen sie mehr als wir. Darum weinen sie so herzzerreißend.« Sie warf das Kind über ihre Schulter wie einen Sack Gemüse. »Ich gehe wieder rein. Kommen Sie mit?«

Ich schüttelte den Kopf. »Ich glaube, ich fahre nach Hause.«

»Kommen Sie nicht mit in den Kricket-Club?«

»Besser nicht, glaube ich.«

»Seien Sie nicht töricht. Wir werden Vronny einen tollen Abschied bescheren. Es gibt Schweinebraten, und Trev hat eine Rumba-Band gebucht. Sie sind eigens aus Huddersfield angereist.«

Sie ging davon. Das Gesicht des Babys über ihrer Schulter tanzte auf und ab. Es starrte in meine Seele, wie Babys das eben tun. Dann waren sie verschwunden. Auf dem Weg lag noch das feuchte Konfetti vom Vortag.

Ermutigt durch diese Begegnung, fuhr ich zu dem Kricket-Club. Die junge Frau hatte mir gefallen. Sie hatte meine Anwesenheit ohne Fragen akzeptiert. Besser noch, sie hatte mich persönlich eingeladen. Ich fühlte mich fast wie ein geladener Gast. Außerdem hatte ich plötzlich einen Bärenhunger.

Vronny wurde begraben, darum war die Familie noch nicht eingetroffen. Das Clubhaus allerdings füllte sich bereits mit Gästen. Auf der Wiese draußen drehte ein tätowierter junger Mann einen Tierkadaver am Spieß. Drinnen standen entlang der Wände Glaskästen, in denen Kricketschläger und Trophäen ausgestellt waren. Wie so oft bei Beerdigungen war die Stimmung überraschend fröhlich. Bei Hochzeiten ist das weniger häufig der Fall, wie ich in der

Vergangenheit beobachtet hatte. Zweifellos waren alle froh, noch am Leben zu sein.

Am einen Ende des Raums gab es eine erhöhte Bühne; Mitglieder der Rumba-Band in identischen Westen waren mit einem Verstärker beschäftigt. Ich schob mich durch die Menge und suchte nach etwas Essbarem. Auf einem Tisch stand alles für den Tee bereit, aber die Männer zog es zur Bar.

Niemand bemerkte mich oder hinterfragte meine Anwesenheit. Ich mampfte ein Gurkensandwich und trank ein Glas Saft. Sieh da, ich hatte nicht die Nerven verloren. Im Gegenteil, ich fühlte mich relativ entspannt. Die Leute hier gefielen mir. Sie waren entschlossen, eine gute Zeit zu haben, und würden schon bald zu betrunken sein, um zu merken, wenn ich mir einen Schnitzer erlaubte. Außerdem hatte ich mir eine Hintergrundgeschichte zurechtgelegt. Ich hatte herausgefunden, dass Vronny in einer Schulkantine gearbeitet hatte, also würde ich einfach sagen, ich hätte an derselben Schule unterrichtet. Das war in Anbetracht all der Jahre, die ich Lehrerin gewesen war, noch nicht mal eine richtige Lüge.

Bisher hatte niemand mich angesprochen. Ich inspizierte eine Tafel an der Wand. In goldenen Lettern waren die verschiedenen Teamkapitäne aufgelistet. Das Fenster stand offen, und ich roch das Grillfleisch.

Jemand tippte mir auf die Schulter.

»Sie haben Nerven, hier aufzutauchen.«

Ich fuhr herum. Ein gerötetes Gesicht rückte drohend in mein Blickfeld.

»Wie bitte?«

»Ich sagte, Sie haben Nerven, hier aufzutauchen!«

»Es tut mir so leid«, stotterte ich. »Ich wollte nicht ...«

»Jetzt haben Sie ihn für sich.« Der Mann starrte mich an. »Reicht Ihnen das nicht? Und erzählen Sie mir bloß nicht, er hätte Sie eingeladen. Nicht einmal Trev würde etwas derart idiotisch Dummes tun.« Er beugte sich vor, sein Speichel spritzte auf meine Haut. »Also gehen Sie verdammt noch mal nach Hause! Haben Sie nicht genug Unheil angerichtet, zum Teufel noch mal? Sie werden jeden Augenblick hier sein. Glauben Sie wirklich, man will Sie hier sehen?«

Eine Frau eilte herbei. »Das ist sie nicht, du Idiot!«

»Klar ist sie es«, sagte er. »Ich würde sie überall erkennen.«

Sie zog ihn beiseite. »Du hast sie nur ein einziges Mal gesehen, nicht wahr?«, zischte sie. »Auf der Kilburn High Road. Das ist sie nicht! Setz deine Brille auf, du Schwachkopf! Diese Dame ist doppelt so alt wie sie.« Sie wandte sich mir zu. »Nichts für ungut, meine Liebe!«

Ich lernte also weder den Ehebrecher Trev kennen, noch probierte ich seinen Zupfbraten. In einem Zustand gedeckelter Hysterie fuhr ich nach Hause. Wie gern ich die Geschichte Azra erzählt hätte! Sogar Greg, kein besonders aufmerksamer Zuhörer, hätte lachen müssen. Doch nun konnte ich es natürlich niemandem anvertrauen, denn dann wäre herausgekommen, was ich im Schilde führte. Schon der Versuch, es in Worte zu fassen, gab mir das Gefühl, vollkommen übergeschnappt zu sein.

Witzig, wie manche Menschen vollkommen getrennte Bereiche kultivieren. Trev hatte seine Affäre zweifellos fein säuberlich vom Rest seines Lebens ferngehalten. Vielleicht war die Geschichte schon jahrelang gelaufen, abgeschottet in ihrem ganz eigenen Mikroklima, isoliert von der Plackerei, die den Alltag bestimmt. Nie war etwas davon nach außen gedrungen. Aber es war alles immer da. Trev hatte, während er unschuldig mit seinem Enkel herumtollte, schon den nächsten Besuch bei seiner jungen Geliebten im Kopf – so entmutigend viel jünger als ich. Ich stellte ihn mir bei einem Urlaub in den schottischen Highlands vor. Während Vronny ihre Mückenstiche kratzte, streifte Trev auf seinen krummen Jockeybeinen durch die Heide. *Ich gehe nur mal austreten*, sagte er dann, suchte aber, sobald er außer Sichtweite war, verstohlen ein Funksignal. Wie mächtig diese geheimen Leben sein können!

Ehebrecher, Transvestiten, Serienmörder – sie alle müssen sich innerlich aufspalten. Und ich auch. Ich bewahrte meine Beerdigungsausflüge in einer separaten kleinen Schachtel auf. Das war sicherer.

Vielleicht denken Sie jetzt, dass ich inzwischen genug hatte von der ganzen Idee. Tatsächlich war das Gegenteil der Fall. Meine beiden Versuche waren missglückt, aber als Katastrophen empfand ich sie nicht. Ich hatte es geschafft, mich zusammenzureißen, mich elegant anzuziehen, aus dem Haus zu gehen und die Beerdigungen vollkommen fremder Menschen zu besuchen. In meinem Zustand war das eine große Leistung. Ich hatte es geschafft! Ich hatte noch nicht den Kopf verloren, wie ich zeitweise befürchtet hatte. Ich war in die heißen, schlagenden Herzen der Leben anderer Menschen eingedrungen und unentdeckt geblieben. Dass die Chancen nicht groß waren, hatte ich von Anfang an gewusst. Alles was ich brauchte war Ausdauer.

Jetzt war es November, der trostloseste Monat des Jahres. Noch ein Winter allein, und ich würde mich umbringen.

Also kaufte ich weiterhin jeden Donnerstag die Lokalzeitung.

Fast hätte ich geschrieben: »... und dann fand ich mein nächstes Opfer«. Hoppla.

Er hieß Andy Meadows.

Andy und Prisha waren Veteranen mehrerer Ehen – insgesamt fünf, zusammengerechnet. Sie selbst hatten nicht den Bund der Ehe geschlossen – *wir sind einfach nie dazu gekommen* –, aber zwanzig glückliche Jahre miteinander verlebt, in denen nie ein böses Wort gefallen war, aber wer würde über böse Worte schon auf Facebook berichten? Sie betrieben ein eigenes Unternehmen, verkauften Mini-Schnauzer und Fairtrade-Gartenmöbel. Fotos zeigten zauberhafte Hündchen, die auf Teakbänken saßen. Sie hatten *viel zusammen gelacht*. Tatsächlich war ihr Leben offenbar eine einzige lange Party gewesen, in Gesellschaft ihrer weit verzweigten Familie und zahlreicher Großkinder. In dieser Hinsicht erinnerten sie mich an Vronny und Trevor, aber das war nicht weiter überraschend. Facebook, Instagram und Ähnlichen zufolge war das Leben tatsächlich eine einzige lange Party. Und ein einziger langer Urlaub. Florida. Bermuda. Die Schweizer Alpen. Gott wusste, wann Andy und Prisha überhaupt arbeiteten. Und wer kümmerte sich um die Hündchen?

Der altbekannte Neid stieg in mir auf. Kein Wunder, dass Teenager, die süchtig nach sozialen Medien waren, psychische Probleme entwickelten. Hätte mein Leben mit Greg auch so glückselig ausgesehen? Verglichen mit diesen Leuten wirkten unsere Familienfotos gestellt und falsch, aber nur, weil ich die Umstände kannte, unter denen sie aufgenommen wurden. Zum Beispiel Schnappschüsse von einem Picknick mit den Kindern in Burnham Beeches. Wir sahen alle glücklich aus. Instagram-glücklich. Wir *lachten viel miteinander*. In Wahrheit hatten Greg und ich gerade eine unserer gemurmelten, unbedeutenden Auseinandersetzungen. Es ging um ein abgedroschenes Thema. Er hatte sich über die Schlaglöcher in den Straßen beklagt, die den Autoreifen schaden konnten, und ich hatte gefragt, warum ihm nie etwas Schönes auffiel? Die Glockenblumen zum Beispiel? Er hatte gesungen »Hallo Bäume, hallo Himmel«. Diese kleine Gemeinheit hatte mir die Laune verdorben. Er sagte, es sei bloß ein Scherz. Ich entgegnete, seine Negativität sei wie eine Giftwolke, die alles verdarb.

Dann picknickten wir. Greg hatte eine spanische Tortilla zubereitet, die zu essen Lucy sich weigerte, weil Oliven drin waren. Er war kurz angebunden gewesen. Sie hatte geweint. Ich war ihr beigesprungen. Max, der die ganze Zeit in seinem *Beano* gelesen hatte, stieß seinen Becher Limonade um, und der Inhalt spritzte auf Gregs Hose. Greg war außer sich vor Wut. Ich sagte, es sei bloß ein kleiner Fleck, der beim Waschen rausgehen würde. Greg behauptete, die Hose sei ruiniert. Max brach in Tränen aus. Greg sagte, er hätte nicht lesen sollen, er sei die ganze letzte Stunde in das blöde *Beano* vertieft gewesen, anstatt auf einen Baum zu klettern oder bei irgendwas mitzumachen, wozu überhaupt die ganze Fahrt hierher, wenn er doch nur seinen verdammten Comic las? *Na los, wir fahren nach Hause.* Nein, das geht nicht, sagte ich, die Reifen sind platt – ein schwacher Scherz, der ins Leere ging, denn Greg beschuldigte mich, ihn für langweilig zu halten, aber wer würde schließlich den blöden Wagen in die blöde Werkstatt fahren müssen? Und Max stand auf, setzte sich mit dem Rücken zu uns und las weiter in seinem Comic, obwohl er ihn, wie ich wusste, schon durchhatte.

Und unter alledem pochte Gregs Enttäuschung über seinen Sohn, denn uns war beiden klar, dass mit Max etwas nicht ganz stimmte, aber als ich versucht hatte, das Thema mit Greg zu besprechen, war er wütend geworden und hatte gesagt, ich wisse nicht, was ich rede, der Junge sei bloß ein bisschen exzentrisch.

Und unter alle*dem* (wiederum) pochte eine unserer sexuellen Distanzphasen. Die aktuelle dauerte schon fast drei Wochen, ein Rekord für uns. Es hatte an Gregs Geburtstag begonnen. Ich hatte ihn zum Abendessen ausgeführt. Unter meinem Kleid hatte ich neue Unterwäsche getragen – Spitzen-BH, Schlüpfer und Hüftgürtel, alles passend. Als wir nach Hause kamen, war Greg allerdings unten geblieben, um die Spätnachrichten zu sehen. Ich hatte oben meine schwarzen Strümpfe und die Unterwäsche ausgezogen und war in einem Zustand brodelnder Verbitterung ins Bett gegangen. Seitdem hatte ich seine wenigen sexuellen Annäherungsversuche zurückgewiesen, und nun war *er* verletzt und wusste nicht, warum, weil ich es ihm nicht erzählt hatte – es hätte zu verdrossen geklungen. Ich war ja auch verdrossen. Und weil ich mich selbst verachtete, verhielt ich mich ihm gegenüber noch biestiger. Sie können sich die Situation vorstellen.

Ich erinnere mich sehr gut an diesen Tag, aber nicht mehr daran, was die eheliche Hängepartie letztendlich beendete. Vielleicht löste sie sich einfach in Luft auf. Und vieles in unserer Ehe lief ja vollkommen zufriedenstellend. Aufregend nicht, das niemals.

Prisha hingegen vertraute ihren vielen Followern auf Facebook an: »Wir sind immer noch verrückt nacheinander, nach all diesen Jahren. Mein Herz macht einen kleinen Sprung, wenn Andy ins Zimmer kommt.« Vielleicht sprachen ihre Fotos tatsächlich die Wahrheit.

Aber Prisha war tot. Das stand auf ihrer Facebook-Seite.

Sie starb bei einem Autounfall in Lincolnshire, wo sie eine Standuhr abholen wollte. Wenn Fotos lügen, würde ich nie die Wahrheit erfahren, denn niemand sprach schlecht über Tote – mit Ausnahme von Gina, Evans betrunkener Tochter in Hendon. Vielmehr triggerte der Tod eine Vielzahl von Reaktionen, gespeist aus den vielfältigen Aspekten der Persönlichkeit des Verstorbenen. Ich dachte an Trev aus Finchley, der, den Arm um seine Frau gelegt, vor seinem Wohnwagen posierte. Wie lange hatte er *sie* wohl hintergangen, indem er mit einer halb so alten Frau schlief? Halb so alt wie *ich*? Einen Augenblick lang empfand ich stellvertretend für die tote Vronny tatsächlich Eifersucht auf Trevs Geliebte, die auf der Kilburn High Road so kurz gesehen worden war.

Auf Facebook fanden sich Unmengen von Postings von Andy und Prisha. Ich wurde mit ihren Leben so vertraut, dass ich vergaß, warum ich mich damit befasste. Prisha war eine große – sehr große – Frau, die häufig einen fuchsienfarbenen Hosenanzug trug, der ihr nicht stand. Sie hatte den eiskalten Blick der geborenen Geschäftsfrau. Ihr Partner, Andy, war ein stämmiger, muskulöser Mann, der gern trank; auf der Mehrzahl der Fotos hielt er ein Bier in der Hand. Er war Anhänger der Tottenham Hotspurs und, nicht weiter überraschend, Hundeliebhaber. Tatsächlich hatte er mit seinem sorgfältig gepflegten und gestutzten weißen Bart durchaus Ähnlichkeit mit seinen Schnauzern. Mir gefielen seine Hunde – eine mir bislang unbekannte Rasse –, und er selbst gefiel mir auch. Aller guten Dinge sind drei, dachte ich. Wenn jemand mich fragte, würde ich sagen, ich hätte Andy und Prisha kennengelernt, als ich einen ihrer Hunde erwarb.

Gewiss halten Sie mich für eine Psychopathin. Eine Soziopathin. Was auch immer. Sie denken, dass ich ernsthaft gestört sein musste, um so weiterzumachen. Glaubte ich wirklich, dass ich einen Mann bei der Beerdigung seiner Frau anbaggern und damit durchkommen konnte? Dass wir beide uns gut verstehen würden? Das Ganze ging längst über einen Scherz hinaus. Und jetzt konnte ich noch aufhören, bevor jemand verletzt wurde.

Ich wäre fast zu spät zur Beerdigung gekommen. Das kam in letzter Zeit immer öfter vor. Die Zeit schien wie im Flug zu vergehen. Ich schrieb eine Einkaufsliste, zog meine Jacke an und stellte fest, dass es schon sechs Uhr war und ich immer noch in der Küche saß. Morgens kam ich herunter, wusste nicht mehr, wann ich schlafen gegangen war, und merkte, dass noch überall das Licht brannte.

An diesem speziellen Tag Ende November war ich bereits angezogen und startklar. Ich saß auf meinem Bett, das Heizungsgebläse summte. Draußen war es bitterkalt und die Heizung immer noch kaputt. Unter dem schwarzen Kleid trug ich ein Unterhemd, das ich hinten in meinem Schrank gefunden hatte. Ich hatte es seit Jahren nicht angehabt, zuletzt, als Azra und ich Eislaufen gewesen waren.

Das passte gar nicht zu uns – genauso wenig wie ein Ausflug in eine Wellness-Einrichtung –, aber ich hatte es vorgeschlagen, um Azra aufzuheitern. Sie war in einer Depression versunken. Nie zuvor hatte ich meine starke, unverwüstliche Freundin in diesem Zustand erlebt. Und tatsächlich hatte ich sie auch nie weinen sehen.

In all den Jahren, die wir uns kannten, war kaum jemals von ihrem Vater die Rede gewesen. »Er ist abgehauen, als ich noch ein Baby war«, mehr hatte sie nicht preisgegeben. Ich hatte geglaubt, sie habe ihn aus ihrem Leben gestrichen.

Ein gewalttätiger Stiefvater war gekommen und gegangen, doch sie sprach selten über ihre Kindheit und hatte ihrem Zuhause als Teenager den Rücken gekehrt, um in Richtung Zukunft zu schreiten, geschützt durch einen harten Panzer.

Doch den hatte sie nicht. Niemand hat ihn. Wie wenig ich sie kannte, wurde mir erst klar, als sie mir eines Tages erzählte, sie mache sich auf die Suche nach ihrem Vater. Damals war sie schon Mitte sechzig; so lange hatte es gedauert, bis sie sich dazu entschließen konnte. Ich merkte vorsichtig an, er könne schon tot sein, aber sie tat das mit einem Achselzucken ab. Also bot ich ihr an, mit nach Zypern zu kommen, aber sie wollte allein fahren.

Gesagt, getan. Sie flog nach Zypern. Und nachdem sie eine Woche lang verschiedenen Spuren nachgegangen war, fand sie heraus, dass ihr Vater tatsächlich nicht mehr lebte.

Der Effekt, den diese Erkenntnis auf sie hatte, war ziemlich katastrophal. Ich war überrascht. Wenn ich in der Vergangenheit ihren Vater erwähnte, hatte sie es leichthin abgetan: »Er bedeutet mir nichts, er könnte genauso gut tot sein.« Doch jetzt, wo er tatsächlich tot war, war sie vollkommen aufgelöst.

Darüber grübelte ich nach, als ich auf dem Bett saß. Azra hatte gesagt, *die Möglichkeiten sind dahin*. Wie auch immer ihr Vater gewesen sein mochte, wie auch immer er sich verhalten hatte, ob er an sie gedacht hatte oder nicht, ob er ein Arschloch war oder nicht, dass er überhaupt auf der Welt war – alles war vernichtet. Das Verlustgefühl bemächtigte sich ihrer. Ich weiß noch, wie merkwürdig ich es damals fand, dass der Tod eines Menschen, den sie kaum gekannt hatte, sie so bewegte. Ich selbst hatte bloß Erleichterung empfunden, als meine heißgeliebte, aber dement gewordene Mutter starb. Es kam mir vor, als würde die Trauer an den unwahrscheinlichsten Orten auf der Lauer liegen und nur darauf warten, zu den unwahrscheinlichsten Zeiten zuzuschlagen. Damals wurde mir tatsächlich auch die Bedeutung von Beerdigungen klar. Der Abschluss, die Beisetzung.

Ich versuchte, Azra zu helfen, aber sie zog sich zurück. Einige Monate lang sahen wir einander kaum. Wenn doch, dann wirkte sie verschlossen und reizbar. Ich schob es auf die Sache mit ihrem Vater. Aber vor kurzem war mir der wahre Grund klargeworden; in dieser Zeit hatte sie begonnen, mit meinem Mann zu schlafen.

Ich war also spät dran, als ich zu Prishas Beerdigung startete. Dann verfuhr ich mich noch auf dem Weg dorthin und fand mich in einem Industriegebiet voller Schiffscontainer wieder. Und plötzlich verspürte ich stechende Schmerzen in der Brust. Ha! Ich hatte einen Herzinfarkt! Das würde mich lehren!

Ich fing an zu lachen. Einen Augenblick lang war ich unkonzentriert. Als ich in die Edgeware Road einbog, kollidierte ich fast mit einem LKW. Laut hupend wich er in die Straßenmitte aus und stieß beinahe mit einem entgegenkommenden Bus zusammen.

Ich schwenkte nach rechts und kam auf einem Parkplatz in Dunelm zum Stehen. Eine indische Familie trug ganze Arme voller Kissen zu ihrem SUV. Sie drehten sich um und starrten mein Auto an, das so schief stand, dass es die Zufahrt zur Straße blockierte.

Oh, in ein Bett mit Daunendecke aus Dunelm zu kriechen! In einem Kissen aus Dunelm zu versinken und mit Träumen von Dunelm einzuschlafen! Wenn ich aufwachte, würde auch Greg sich rühren. Er würde sich umdrehen, die

Arme um mich legen und an meinem Haar schnuppern wie ein Hund, der Trüffel sucht. Seine Beine umschlossen die meinen. Die animalische Wärme des Bettes war ein sicherer Hafen. Es roch nach Sex. Durch die Wand hörten wir das Klingeln von »Postbote Pat«, denn die Kinder spielten in ihrem Zimmer. Der Goldfisch schwamm in seinem Becken; der Hund lag in seinem Korb; die Katze döste leichtgewichtig auf unseren Füßen. Nichts konnte uns passieren.

Ein Auto hupte. Ich kam schlagartig zu Sinnen und fuhr davon. Was hatten Parkplätze bloß an sich?

Nachdem ich durch vorstädtische Straßen gefahren war, fand ich schließlich die Kirche. Es war ein wenig attraktiver, moderner Bau in Neasden. Das Schild draußen zeigte einen goldenen Blitz, der aus einer Wolke fuhr. Ich las: »Seid stille und erkennet, dass ich GOTT bin.« Vielleicht eine Methodistenkirche. Von drinnen klang Musik heraus, aber es war niemand draußen außer ein paar Wärtern, die neben dem Leichenwagen herumhingen. Sie beachteten mich gar nicht.

Plötzlich spürte ich Dankbarkeit in mir aufsteigen – einfach dafür, dass ich am Leben war. Die Schmerzen in der Brust hatten sich gelegt. Ich war nicht von einem LKW plattgefahren worden. Die unbekannte Prisha war bei einem Autounfall ums Leben gekommen, aber mir war eine Gnadenfrist vergönnt. Ich hatte das Gefühl, wieder zwanzig zu sein und in meinem schicken, verführerischen Kleid auf die Jagd zu gehen. Ich konnte mich umdrehen und nach Hause fahren; ich konnte in mein Auto springen und am helllichten Nachmittag ein Kino besuchen. Ich konnte Pommes frites essen! Wie dumm ich gewesen war, in einem Miasma aus Elend zu versinken, obwohl mein Herz noch Blut durch das Wunder meiner Adern pumpte.

Und wen scherte es schon, ob mein Plan funktionierte? Mich jedenfalls nicht. Das Ganze war sowieso lächerlich. Tatsächlich hatte ich momentan sogar den Namen von Prishas Ehemann vergessen, dem Soundso mit dem üppigen Bart, dem Objekt meiner Begierde. Andy.

Ich ging hinein. Es war eher ein Veranstaltungsraum als eine Kapelle, die Wände nackt bis auf ein Kruzifix. Der Raum war brechend voll, aber in der hintersten Reihe war noch Platz. Das Singen war verstummt; gerade als ich zur Tür hereinkam, hatten alle sich hingesetzt, so als könnten sie vor Überraschung und Erstaunen über meinen Plan nicht mehr stehen.

Ein Mann begann, in ein Mikrophon zu sprechen. Es war Andy; ich war mit seinem Foto so vertraut, dass ich das Gefühl hatte, ihn seit Jahren zu kennen. Allerdings konnte ich selbst aus dieser Entfernung erkennen, dass er seinen Bart zu einem flotten kleinen Ziegenbart getrimmt hatte. Hatte er die Vergangenheit schon hinter sich gelassen? War das ein Zeichen, dass er bereit war, nach vorn zu blicken?

»Prudence!« Ein Ellbogen stieß mich an. »Was machst du denn hier?«

Ich erstarrte. Es war Pam Kidderpore, die in meiner Straße wohnte. Sie saß neben mir.

Mist.

»Woher kanntest du Prisha?«, flüsterte sie mir ins Ohr.

»Ich habe einen Welpen von ihr gekauft.«

»Ich dachte, du hattest einen Border Collie.«

»Ich mochte den Hund nicht und habe ihn zurückgeschickt.«

»Aber sie sind doch so süß.«

»Er hat überall hingepinkelt.«

Mir sank der Mut. Pam wohnte gegenüber, ein paar Häuser weiter. Nicht nur, dass sie mich kannte – sie war auch eine eingefleischte neugierige Nachbarin und hatte unsere Nachbarschaftswache gegründet. Ihr entging nichts – wer wen besuchte und wie lang er blieb. Wer auf dem Behindertenparkplatz stehen blieb oder seinen Hundekot nicht aufsammelte. Teenager hassten sie, weil sie sie bei ihren Eltern verpetzte. Es ging das Gerücht, dass sie Amazon-Pakete für andere entgegennahm und mit einer speziellen Methode öffnete, um den Inhalt zu inspizieren und sie hinterher wieder zu verschließen.

»Und woher kennst *du* Prisha?«, flüsterte ich, um das Thema zu wechseln.

»Ach, wir waren vor Jahren zusammen bei den Weight Watchers«, sagte Pam. »Unsere Gruppe war besonders erfolgreich. Alle zusammen verloren wir in einem Jahr das Gewicht eines Ford-Transit-Lieferwagens.« Sie beugte sich näher zu mir heran, ihr Atem kitzelte mich an der Wange. »Um ganz ehrlich zu sein, fand ich Prisha ein bisschen nervig. Es war bloß die Solidarität unter Dicken, die uns zusammenbrachte. Und ich habe den Zertifikaten nicht getraut.«

»Welchen Zertifikaten?«

»Für das Teakholz. Nachhaltige Forstwirtschaft, von wegen! Die armen Orang-Utans.« Sie starrte mich an, als sei ich verantwortlich. »Ist es eine Gartenbank wirklich wert, dass sie vernichtet werden?«

»Pssst!« Eine Frau mit einem großen Hut war herumgefahren und starrte uns wütend an.

Pam kam noch näher; ihr Atem roch sauer. »Das Kleid gefällt mir, Pru«, sagte sie. »Wie schaffst du es, so schlank zu bleiben?«

Jetzt fiel mir ein, dass Greg und ich einen Spitznamen

für sie hatten: Prittstift-Pam. Und zwar, weil sie sich an Leute klebte, bedürftig und schmeichelnd. Und dann zog sie hinter deren Rücken über sie her.

Von den Reden bekam ich kaum etwas mit. Ich musste weg hier. Eine Schnüfflerin konnte ich nicht gebrauchen. Aber als die Trauerfeier zu Ende war und ich hinauseilte, sah ich, dass mein Auto von einem anderen Fahrzeug eingeparkt war. Der Leichenschmaus fand in einem Gemeindesaal nebenan statt, und ich wurde vom Besucherstrom hineingeschwemmt. Pam wich nicht von meiner Seite.

»Du bist die Einzige hier, die ich kenne.« Sie stupste mich mit der Hüfte an. »Ein Glück, dass wir uns getroffen haben, was? Offenbar ist von den übrigen Weight Watchers keiner gekommen, die alten Miststücke.« Sie ergriff meinen Arm und schob mich an ein Kuchenbüfett. »Diese Biskuittorte darf nicht übrig bleiben.«

Die Leute starrten herüber, als sie sich zwei Pappteller schnappte. Geschickt wie ein Profi belud sie sie und führte mich in eine Ecke. Ich fragte mich, wem wohl das Auto gehörte, das mich eingeparkt hatte, und ob ich eine Durchsage machen lassen sollte.

Pam senkte die Stimme. »Ich weiß, dass du eine harte Zeit hinter dir hast. Ich muss zugeben, dass ich ein wenig beleidigt war, es nur von Nachbarn zu erfahren. Aber ich trage niemandem etwas nach, also lassen wir die Vergangenheit ruhen. Ich bin froh, dass wir uns heute getroffen haben und aussprechen können.« Sie schob ein Stück Kuchen in den Mund. »Jetzt bin ich für dich da, meine Liebe, du bist nicht allein. Nur das zählt. Kaffee trinken, ein Ausflug ins Gartencenter, was immer du willst. Ich hatte überlegt, jetzt am Samstag nach Brent Cross zu fahren, um ein paar Weihnachtseinkäufe zu erledigen. Willst du mitkommen?«

Die Begegnung versetzte mich in Panik. Wie sollte ich meiner aufdringlichen neuen Freundin bloß entkommen? Wenn ich mir ein Leben vorstellen sollte, das schlimmer war als allein, dann war es ein Leben, in dem Pam vorkam. Von ihren Fenstern hatte sie freien Blick auf mein Haus. Jetzt, wo sie die Vergangenheit ruhen lassen konnte, war sie sprungbereit, sobald ich auftauchte. Ob ich ein Glas Wein wolle? Einen Ausflug ins Kino? Selbstgemachte Haferkekse standen vor meiner Tür. Ich versuchte es damit, die Rollläden geschlossen zu lassen, doch dann rief Pam an, um sich zu erkundigen, ob alles in Ordnung sei. Sie bat mich zum Abendessen – »nur wir Mädels und meine unvergleichliche Lasagne« –, und ich konnte schlecht vorgeben, beschäftigt zu sein, da sie wusste, dass ich zu Hause war.

Also ging ich hin. Schließlich hatte ich keinerlei Recht zu spotten. Ich war genauso einsam wie Pam; das würde von nun an mein Leben sein. Jene drei möglichen Männer waren wieder in der übrigen Bevölkerung verschwunden, als hätte es sie nie gegeben. Azra und Greg waren weg. Die meisten meiner Freundinnen waren anfangs noch mitleidig gewesen, hatten dann aber irgendwann aufgehört anzurufen. Ich machte ihnen keinen Vorwurf; ich war wahrhaftig keine gute Gesellschaft. Offenbar war zum gegenwärtigen Zeitpunkt Pam das Beste, was ich kriegen konnte. Sie war nicht einmal eine jener Single-Frauen, die durchs Netz gerutscht waren; Greg und ich hatten sie kaum gekannt und nie einen Fuß in ihr Haus gesetzt. Nein, wir hatten über sie gelacht – die arme dicke Prittstift-Pam in ihrer beigen Strickjacke und den beigen Schuhen, immer noch Jungfrau, die immer noch bei ihrer Mutter und all den Katzen wohnt und nichts zu tun hat, außer hinter Vorhängen auf der Lauer zu liegen, ob ein Lieferdienst in der Behindertenbucht parkt.

Wie überheblich wir waren! Rückblickend sehe ich, dass wir uns genau wie die Leute verhielten, die ich verachtet hatte. Überheblich und herablassend. Arrogant und verheiratet. Ha! Ich dumme Kuh.

Pams Haus war makellos sauber. Im Flur bat sie mich, die Schuhe auszuziehen. »Ich hoffe, das macht dir nichts aus«, sagte sie. »Seit dem Tod meiner Mutter, Gott segne sie, versuche ich, das Haus in Schuss zu bringen. Aber es ist eine einsame Angelegenheit, so allein vor sich hin zu wursteln, stimmt's? Bestimmt vermisst du die Gesellschaft.«

Ich war kurz davor, ihr von meiner Überlegung zu erzählen, einen Mieter aufzunehmen, aber sie war mit dem Entkorken einer Weinflasche beschäftigt.

»Also, wie sind die Zwinger so?«, fragte sie.

»Die was?«

»Ihre Zwinger. Von Andy und Prisha. Du musst doch dort gewesen sein, als du deinen Hund ausgesucht hast.«

»Nein, ich bin nicht hingefahren.«

»Wie bitte?«

»Er kam per Post.«

»Der Hund?«

»Wie bitte?«

»In einem Paket?«

»Nein, entschuldige. Ich meinte, er wurde geliefert.« Ich schwieg einen Augenblick. »In einem Lieferwagen, weißt du.«

Sie schenkte den Wein aus. »Verstehe. Ich habe gehört, die Zwinger sind ein Skandal. Kot überall. Nimm ein paar Chips.« Sie reichte mir eine Schüssel. »Ich habe beim Tierschutzverein angerufen – anonym natürlich –, aber es hat sich nichts getan. Wahrscheinlich haben sie sich bestechen lassen.«

»Wer?«

»Der Tierschutzverein.«

»Der ist doch sicher unbestechlich.«

»Du wärst überrascht. Das Gleiche gilt für den Gemeinderat. Ich habe gemeldet, dass Nummer fünf ihren Recyclingmüll nicht sauber trennt, und zurück kam kein Wort. Genauso, als ich den Lärm gemeldet habe, den Nummer zwölf veranstaltet. Ich habe es mit meinem Lärmmessgerät gemessen ...«

»Du hast ein Lärmmessgerät?«

»... und das Ergebnis hingeschickt, aber Antwort kam keine. Ich überlege, sie zu verklagen.«

»Den Gemeinderat?«

»Ja, aber natürlich hat die Hälfte von denen *auch* die Schnauze im Trog.« Sie kaute ein paar Chips. »Und wusstest du, dass Elaine von nebenan Sexarbeiterin ist?«

»*Wie bitte?*«

»Männer kommen und gehen zu jeder Tages- und Nachtzeit.«

»Aber sie ist doch mindestens sechzig. Und ist sie nicht mit dem netten Mann verheiratet, der für Amnesty International arbeitet?«

»Er ist ein Weichei. Alles Fassade. Du hörst nicht, was ich höre; die Wände sind sehr dünn.«

»Gütiger Himmel. Mir kam diese Straße immer so ehrenwert vor.«

»Ach, Prudence, hör auf zu träumen.« Sie seufzte. »Du bist eine nette Person. Ich habe dich immer gemocht. Hoffentlich nimmst du mir nicht übel, dass ich frei von der Leber weg rede, aber so bin ich eben.« Sie leerte ihr Weinglas. »Ich bin so froh, dass wir nach all den Jahren Freundinnen geworden sind. Ist es nicht seltsam, dass man jemanden jeden Tag sehen und grüßen kann, ohne das Geringste über ihn zu wissen? Wir sind wirklich komisch, oder, wir Briten? Sich nie irgendwas anmerken lassen, immer Haltung bewahren.« Sie stand auf. »Aber ich bin ein Yorkshire-Mädel, und das ist ehrlich gesagt nicht mein Stil.«

Sie führte mich ins Esszimmer.

»Besser spät als nie!«, sagte sie. »Jetzt, wo das Eis gebrochen ist und wir beide auf uns allein gestellt sind, ist es so schön zu wissen, dass wir füreinander da sind, nicht wahr? Und du musst mir erzählen, wo du diesen Rock gekauft hast ...«

Am nächsten Tag fühlte ich mich gefangen in meinem eigenen Zuhause. Wenn ich hinausging, wusste ich, dass Pam mich beobachtete. Aber ich musste zum Einkaufen. Die einzige Lösung war, durch die finstere Seitengasse zu flüchten.

Das war leichter gesagt als getan. Es gab am Ende des Gartens ein Tor, aber es war seit Gregs Auszug vierzehn Monate zuvor nicht benutzt worden. Inzwischen hatten Brombeerranken es zugewuchert. Der rostige Riegel war durch Efeu blockiert, der das Tor hinaufgeklettert war und sich in den Angeln festgesetzt hatte. Selbst im Winter hatte dieses Tor etwas Dornröschenhaftes – wie eigentlich der ganze, vernachlässigte Garten, den ich seit Monaten kaum betreten hatte. Der Rasenmäher rostete im Schuppen vor sich hin. Zuletzt hatte ihn Evan benutzt, der arme trauernde Evan, der hoffentlich inzwischen nicht mehr die Unterhosen seiner Frau trug und eine neue Liebe gefunden hatte. Männer erholen sich so viel schneller als Frauen, besonders, wenn sie ein fröhliches Naturell hatten und eine gutgehende Tierarztpraxis. Die Quiches im Kühlschrank waren ein vielversprechendes Zeichen dafür, dass er nicht lange allein sein würde.

Ich riss mit einem Ruck die Tür auf und trat hinaus auf die Gasse. Sie war zu beiden Seiten von den Rückseiten der Nachbargärten gesäumt. Als die Kinder noch klein waren, sammelten wir dort Heidelbeeren; es war unser Geheimplatz.

Heute allerdings war ich schockiert über den Müll. Alte Farbdosen, zementverklebte Eimer, zerrissene Plastiktüten, ein Bürostuhl, der unvermeidliche Absperrkegel. Trotz der Kälte lag ein fauliger Geruch in der Luft. Ich hatte geglaubt, wir würden in einer ehrenwerten Straße wohnen, einer Straße der Dinnerpartys und Geigenstunden. Aber vielleicht hatte Pam recht; sie hatte eine dunkle, düstere Seite, uneinsehbar von der Fassade aus, die der Welt gezeigt wurde und in der die Recyclingbehälter selbstgerecht in Reih und Glied standen. Hinten wurde illegal der Müll abgeladen, kostenlos für alle. Unser dreckiges kleines Geheimnis.

Wir alle haben unsere Geheimnisse. Denn auf halbem Weg die Gasse hinunter sah ich meinen Zahnarzt, Dr. Feinstein, der fünf Türen weiter wohnte.

Er öffnete sein Gartentor, um eine junge Frau hinauszulassen. Sie knöpfte sich gerade die Jacke zu, unterbrach aber, um ihm einen Abschiedskuss zu geben. Einen Moment lang bemerkten sie mich nicht.

Ich wusste es, genau wie ich es bei Azra und Greg gewusst hatte. Dieses Mal war es sehr viel eindeutiger. In dem Augenblick, als beide herumfuhren und mich entdeckten.

Die junge Frau eilte davon. Dr. Feinstein schenkte mir ein strahlendes Lächeln.

»Ein Skandal, nicht wahr?«

»Was?«

»Das alles.« Er deutete auf den Müll.

»Oh. Ja.«

»Sie haben nicht zufällig meine Katze gesehen, oder?«, fragte er.

»Nein.«

»Eine Freundin ist vorbeigekommen, um mir suchen zu helfen. Sie ist sehr alt und leidet an rheumatoider Arthritis.«

»Ihre Freundin?«

»Nein!« Er lachte sein ungezwungenes Lachen. »Meine Katze!« Er wich nicht einmal meinem Blick aus, stand das einfach durch. »Jedenfalls, falls Sie sie sehen, rufen Sie mich an.«

Er berührte mich an der Schulter, hob die Augenbrauen und ging davon.

Sein Tor war aus Schmiedeeisen, und ich konnte den Garten dahinter sehen. Ich beobachtete, wie er ach-so-lässig in seinen Wintergarten trat und dann hastig im Haus verschwand.

Seine Frau lag im Krankenhaus, sie hatte gerade Zwillinge zur Welt gebracht. Viele von uns Nachbarn hatten Karten unter seiner Tür durchgeschoben und Kuchen und Blumen auf die Treppe gestellt, um das frohe Ereignis zu feiern.

Sechs

Diese Begegnung sollte mein Leben verändern. Natürlich wusste ich das damals noch nicht. Ich wusste nur, dass ich mir im Januar, wenn die nächste Kontrolluntersuchung fällig war, einen anderen Zahnarzt suchen würde.

Der Auslöser war nicht nur meine Wut über das, was ich beobachtet hatte, und die Peinlichkeit, die es bedeutet hätte, Dr. Feinstein wieder zu begegnen. Nein, ich hatte ihn nie gemocht. Er sah aus wie ein Filmstar, und vor gutaussehenden Männern war ich immer auf der Hut gewesen, besonders, wenn sie auch noch Schwätzer waren. Und dieser Typ, lieber Himmel, hörte niemals auf zu reden. Natürlich hatte er ein Publikum, das, mit offenem Mund an den Stuhl gefesselt, weder fliehen noch antworten konnte. Aber er kam aus Südafrika, und seine Monologe schrammten nicht selten knapp am Rassismus vorbei. Ich hatte ihn nie zur Rede gestellt, denn sobald ich aus dem Stuhl befreit war, wollte ich nur noch raus. Himmelherrgott, der Mann hatte einen Bohrer!

Ich fragte herum. Meine alten Freunde Chaz und Sasha empfahlen Dr. Patel in Potters Bar. »Wir sind seit Jahren bei ihm. Ist nicht gerade um die Ecke, aber als Zahnarzt ist er einfach Premium. Und er stellt sicher, dass es niemals weh tut, nicht mal im Wurzelkanal. Und er hat einen wohlriechenden Atem.«

Ich bekam erst für Februar einen Termin und fuhr mit dem Zug hin, weil mein Auto nicht anspringen wollte. Wie gesagt, die Dinge gaben eines nach dem anderen den Geist auf. Seit neuestem rauschte mein DAB-Radio furchtbar, die Stimmen hörten sich an wie unter Wasser. Ein kurzer Stromausfall ließ überall im Haus digitale Lichter pulsieren. Das Velux-Fenster war undicht. Mein Drucker hatte sich festgefressen. Ganz zu schweigen vom Staub. Seit Monaten hatte keiner einen Fuß in mein Haus gesetzt, und als ich es eines Tages mit den Augen eines Fremden betrachtete, erschrak ich.

Im Zug sah ich einem kleinen Jungen zu, der eine Schokomünze verspeiste. Er hatte die üblichen Schwierigkeiten, sie mit den Fingernägeln aus der Umhüllung zu schälen; im Waggon war es warm, und die Schokolade schmolz bereits. Seine Mutter versuchte zu helfen, aber er entriss ihr das Ding. An Weihnachten hatte ich meinen Kindern immer eine Tüte Schokomünzen in die Socken gesteckt. »Davon bekommen sie schlechte Zähne«, hatte Greg gesagt. Später waren es ganze Kissenhüllen gewesen, die ich für sie füllte, was Greg völlig übertrieben fand. »Weihnachten ist bloß noch ein Fest der Gier und des Konsums«, hatte er gesagt. Manchmal hätte ich ihn am liebsten geschlagen. »Du bist genau wie mein Vater«, hatte ich entgegnet. »Du erstickst bei allem die Freude.« Warum kann man mit Frauen viel mehr Spaß haben?

Nun lag mein zweites Weihnachten ohne Greg hinter mir, und das erste ohne Azra. Sie war immer zu uns gekommen, manchmal noch andere Straßenkinder im Schlepptau. *Straßenkinder*, so nannte Greg sie. Jetzt, an diesem grausamsten Tag des Jahres, gehörte auch ich zu ihnen.

Ich hatte angenommen, dass ich das Fest allein verbringen und mich vor Pam verstecken würde. Meine Tochter feierte mit der Familie ihrer neuen Partnerin in Reykjavik, und Max war mit einem Freund nach Arizona zum Campen gefahren – vielleicht, so hoffte ich, war es ja mehr als ein Freund. Ich hatte schon lange gemutmaßt, mein Sohn könnte schwul sein. Ich wünschte mir, er wäre schwul. Ich wünschte mir, er möge glücklich sein und dadurch ein bisschen weniger seltsam.

In der Woche vor Weihnachten jedoch rief mich meine Cousine in Catford an und lud mich ein. Dorothy war Laienpredigerin, und wir hatten nichts gemeinsam, aber sie hatte viele Kinder und Enkelkinder, die ich zum Teil noch gar nicht kannte, und ich dachte mir, dort könnte ich einfach in der Menge untertauchen.

Und zu meiner Überraschung war es wunderbar gewesen. Für eine kleine Weile hatte der Nebel sich gelichtet, und ich hatte mich an einem Ort echter Güte und Wärme wiedergefunden. Ich hatte vergessen, dass es so etwas gibt. Vor dem Essen sprach Dorothy das Tischgebet, und als sie hinzufügte: »... und dieses Jahr ist Prudence in unseren Gedanken und Gebeten«, spürte ich, wie mir die Tränen in die Augen stiegen. Es gibt Menschen wie diese auf der Welt, dachte ich. Das darf ich nicht vergessen.

Ich traf zu früh in der Praxis ein. Das Wartezimmer war leer, abgesehen von der Rezeptionistin, die am Computer arbeitete. Wie die Umgebung aussah, war unwichtig – schließlich war ich beim Zahnarzt. Nachdem ich mich angemeldet hatte, setzte ich mich hin und sah mir die Zeitschriftenauswahl an. Unter anderem entdeckte ich eine Lokalzeitung, den *Hertfordshire Mercury*.

Etwas in mir geriet in Bewegung. Ich hatte geglaubt, meine Sucht überwunden zu haben. Das Zusammentreffen mit Pam hatte mich verängstigt. Was ich getan hatte, war verrückt gewesen. Nicht nur verrückt, sondern auch gefährlich. Früher oder später würde mir jemand auf die Schliche kommen.

In Catford hatte ich kurzzeitig einen Blick auf etwas wie Realität erhascht. In Dorothys Lehnstuhl gekuschelt, umgeben von Kindern und Gelächter, hatte ich mich für mein Treiben geschämt. Den ganzen Weihnachtstag lang hatte ihre Familie mich so liebevoll umsorgt, als wäre ich krank. Ich stellte mir ihre Reaktion vor, wenn ich ihnen von dem kleinen schwarzen Kleid erzählt hätte. Sie wären entsetzt gewesen. Ich ertrug den Gedanken gar nicht.

Außerdem waren meine Eskapaden kaum von Erfolg gekrönt gewesen. Bisher war nur dabei herausgekommen, dass mich jemand für eine Ehebrecherin gehalten und dass ich eine unangenehm süßliche, unfassbar langweilige neue Freundin gewonnen hatte, die ich nun ununterbrochen zu meiden versuchte. Und ich war Zeugin der Blamage eines netten Mannes geworden, der gerade Schreckliches durchmachte.

Seltsam also, dass ich die Zeitung durchblätterte und nach den Todesanzeigen suchte. Ich konnte einfach nicht anders. Dieses Mal, dachte ich, bestünde nicht die Gefahr, entdeckt zu werden. Ich war in Hertfordshire, gute zwölf Kilometer von daheim entfernt. Keiner, den ich kannte, würde hier eine Beerdigung besuchen. Da wäre ich doch bestimmt auf der sicheren Seite?

Es gab eine ganze Seite mit Todesanzeigen; Potters Bar schien einen tödlichen Effekt auf seine Bewohner zu haben. Im Übrigen war gerade die Grippewelle auf ihrem Höhepunkt, und es gab hier viele alte Menschen; auf dem Weg vom Bahnhof hierher waren mir sechs Elektromobile begegnet. Die meisten Verstorbenen waren natürlich Männer, denn Männer sind das zartere Geschlecht. *Heißgeliebter Ehemann, Vater und Großvater.* Ich dachte: Wenigstens sind ihnen die Nachrichten heute Morgen erspart geblieben: Der IS hat ein Kinderkrankenhaus in Kabul bombardiert.

»Makaber aufgelegt, was?«

Ich sah auf. Neben mir saß ein Mann. Ich hatte nicht bemerkt, wie er hereinkam.

Er deutete auf die Fotos der Verstorbenen. »Wer setzt so was in die Zeitung?«

»Diese Anzeigen?«

»Ich habe nie verstanden, wer das macht, Sie vielleicht?«

»Nein.«

»Vielleicht hat niemand diese Leute gemocht, und es soll bewirken, dass überhaupt jemand kommt.«

Ich lachte. »Man macht das eben so.«

»Wenigstens müssen die nicht mehr zum Zahnarzt.«

Ich starrte ihn an. »Das finde ich ein bisschen abgeschmackt.«

Er grinste. »Dann verklagen Sie mich doch.«

Er hatte einen leichten australischen Akzent und trug eine Baseballkappe. Ich hoffte, dass er kein Trump-Anhänger war. Großspurig genug sah er jedenfalls aus.

»Sollen wir hingehen und nachsehen?«, fragte er.

»Wohin gehen?«

»Zu einer dieser Beerdigungen. Sehen, ob wir die Einzigen dort sind.«

»Das wäre wirklich seltsam.«

»Es wäre zum Schreien komisch.«

»So was mögen Sie, nicht wahr?«

»Klar doch. Sie nicht?«

Stellen Sie sich vor, ich empfand etwas wie Vertrautheit. Er war etwa in meinem Alter und hatte das Gesicht voller Lachfältchen. Seine Züge hatten etwas Froschähnliches, wie die von Frank Sinatra. Nicht unattraktiv. Keineswegs.

Er sagte: »Als ich ein Dreikäsehoch war, erschien mir das Tollste am Erwachsensein, dass man dann nicht zum Zahnarzt muss.«

»Mir auch.«

»Und jetzt tun wir es doch, nicht wahr? Weil wir mündige Erwachsene sind.«

»So mündig.«

»Gott sei Dank.«

Wir sahen einander an. Dann stand er auf und nahm meine Hand.

»Kommen Sie.«

»Was?«

»Gehen wir.«

»Zu einer Beerdigung?«

Er schüttelte den Kopf. »Einfach bloß raus hier.«

Mein Herz machte einen Satz. »Wie, jetzt?«

»Wir sind erwachsen! Wir können tun, was immer uns beliebt.«

Ich nahm meine Jacke und stand auf.

»Mrs Weston?«

Ich fuhr herum. Es war die Rezeptionistin, die mich von ihrem Platz her rief.

»Dr. Patel erwartet Sie jetzt.« Sie wandte sich an meinen neuen Gefährten. »Und Mr Fox? Sie können in Zimmer zwei zu Frau Dr. Fernandez.«

Der Mann, Mr Fox, sah mich an und zuckte die Achseln. »Schade.«

Er wurde einen Gang entlanggeführt. Ich sah ihm nach. Er war kleiner, als ich ihn wahrgenommen hatte – ungefähr so groß wie ich. Jeans, die gebügelt aussahen. *Gebügelt*. Überhaupt nicht mein Typ.

Aber warum war mir so flau in der Magengegend? Erlebte

ich gerade das, was zwischen Greg und Azra geschehen war, im Holloway Odeon?

Vergiss es, dachte ich. Er ist verheiratet. Das sind sie alle. Ich ging nach oben, wo Dr. Patel mich erwartete.

Mein Termin dauerte eine Stunde. Sobald ich in meinem Stuhl lag und Dr. Patel mit seinem wohlriechenden Atem sich über mich beugte, verschwanden alle Gedanken aus meinem Kopf. Die ausführliche Untersuchung, plötzliche qualvolle Schmerzen, Instrumentengeräusche, leise Anweisungen an die Assistentin, die sich geräuschlos bewegte und uns zu Diensten war wie eine vestalische Jungfrau. Sie war ausgesprochen schön; das ist mir bei Zahnarzthelferinnen überhaupt aufgefallen. Dr. Patel blickte sorgenvoll in meinen Mund wie ein Klempner, der sein Missfallen über die Arbeit eines Kollegen bekundet. Offenbar litt ich unter Parodontose, nicht ungewöhnlich in meinem Alter, und ein Zahn war stümperhaft gefüllt, auch wenn er zu höflich war, es so deutlich zu sagen. Hinzu kam reichlich Zahnbelag.

Er sagte, er könne meine Zähne reinigen, und ich bestand auf Spritzen zur Schmerzbetäubung. Ich war ein schrecklicher Feigling.

Als ich die Praxis verließ, stand die Sonne schon tief. Auf der anderen Straßenseite stand mit laufendem Motor ein Range Rover im absoluten Halteverbot. Ich starrte missbilligend hinüber, bis ich erkannte, wer auf dem Fahrersitz saß.

Er öffnete die Tür und lehnte sich heraus. »Sind Sie mit dem Auto da?«

Ich schüttelte den Kopf.

»Na dann – wollen Sie mitfahren?«

»Kann nicht reden«, murmelte ich. »Mund taub.«

Meine Lippen fühlten sich an wie Kissen. Der Speichel rann mir aus dem Mund, der an einer Seite herunterhing wie bei einem Schlaganfallspatienten.

»Verstehe nichts«, sagte er. »Springen Sie rein.«

»Sie könnten mich zum Bahnhof fahren«, murmelte ich hinter vorgehaltener Hand.

»Was?«

»Zum Bahnhof.«

»Wo müssen Sie hin?«

»Muswell Hill.«

»Was?«

»Muswell Hill.«

»Keine Sorge, ich fahr Sie hin.«

»Nein!« Ich legte meine Hand auf seinen Oberschenkel. »Nein, halt! Das ist meilenweit weg.«

Aber wir waren schon unterwegs. Er fuhr schnell, sein großes, leises Auto glitt mühelos durch den Verkehr. Er griff nach unten und reichte mir eine Schachtel Kosmetiktücher.

»Für den Sabber, Schätzchen.«

Ich war gerührt über seine Fürsorge und wischte mir das Kinn ab.

»So schlimm sehen Sie gar nicht aus«, sagte er. »Ehrlich, wenn Sie es nicht gesagt hätten, wäre es mir nicht aufgefallen.«

Er sagte, sein Name sei Calvin. Er habe in Australien die Ausbildung zum Rettungssanitäter gemacht und sei mit Hubschraubern in den Busch geflogen, habe aber die vergangenen fünfunddreißig Jahre in England verbracht. »Um meine Sünden abzubüßen, denn ich war hinter dem großen Geld her«, sagte er. Jetzt betrieb er nämlich eine Hubschrauberflotte mit Sitz in Elstree Aerodrome und flog Berühmtheiten und Firmenchefs durch die Gegend.

»Wie aufregend«, murmelte ich dümmlich. »Sie sind wohl ein bisschen ein Draufgänger?«

»War ich vielleicht, damals. Inzwischen bin ich mit dem Herzen nicht mehr dabei.«

»Warum nicht?«

»Seit Angie nicht mehr da ist, bin ich ehrlich gesagt ziemlich fertig. Die meisten Flüge übernimmt mein Team.«

»Wer ist Angie?«

»Meine Frau. Sie ist vor drei Monaten gestorben.«

Mein Herz machte einen Satz. »Oh, mein Beileid.«

»Sie war ein tolles Mädel.«

Ja, ja.

Wir rasten die A 1 entlang; am Himmel zeigten sich blutrote Streifen. Im Licht der letzten Sonnenstrahlen flimmerten die Fabriken, an denen wir vorbeifuhren. Nackte Bäume flogen vorbei. Bald würde die Nacht sie verschlucken. In mir stieg ein Hochgefühl auf. Plötzlich war ich wieder sechzehn und träumte verliebt von einem Jungen, der mir ein Gedicht schrieb.

Die hohen Bäume, weil sie verstehen, trauern,
ihre langen schwarzen Äste winken,
ein Traum vor dem einsamen Himmel.
Dieser Traum ist das Spinnennetz Gottes, und ich die Fliege.

Es reimte sich nicht, war aber trotzdem schön. Mein Gott, ich hatte seit fast fünfzig Jahren nicht an ihn gedacht. Vielleicht war er schon tot.

Ich sah verstohlen zu Calvin hinüber. Warum zog mich dieser Mann an? Vierschrötig. Etwas pralle Oberschenkel. Ein gebräuntes, ledriges Gesicht mit Augen, die ein Leben lang in die Sonne geblinzelt hatten. Sandfarbene Haare wuchsen aus den sommersprossigen riesigen Händen, die das Lenkrad hielten. Seine Lederjacke war pilzbeige, mit zu vielen Reißverschlüssen. Wie gesagt, er war nicht mein Typ, und ich hegte den Verdacht, dass ihm nicht zu trauen war. Aber da war ich, wieder sechzehn und genauso dumm; genauso sinnlos schwach vor Begehren.

Wir redeten ununterbrochen. Ich hatte so viele Monate lang geschwiegen, dass Calvin ein Ventil öffnete und die Worte nur so heraussprudelten. Ich kann mich nicht an alles erinnern, worüber wir sprachen, aber wir sprangen von einem Thema zum nächsten und schweiften immer wieder ab, wie ein Hund, der einen neuen Geruch erschnuppert und in die Büsche rennt. Im einen Moment Robert De Niro, im nächsten Schwiegermütter. Ich erinnere mich an eine lebhafte Meinungsverschiedenheit zum Thema Vanillepudding als Fertigprodukt oder selbstgemacht. Langsam artete das Ganze ein bisschen aus.

»Was ist das deprimierendste Wort, das Sie kennen?«, fragte er.

»Chutney.«

»Weil Sie gehofft hatten, ein Glas Marmelade zu bekommen?«

»Genau. Wer braucht schon Chutney? Und Ihres?«

»Schienenersatzverkehr.«

»Das sind eigentlich drei Wörter.«

»Na gut. Was sind *Ihre* drei Wörter?«

»Weitere Verkaufsstände oben.«

Er stöhnte zustimmend. »Die Chutney verkaufen.«

»Duftkerzen.«

»Schnickschnack.«

»*Schnickschnack*!«

Einmal hörte ich einen Standbetreiber zu einem Kunden sagen: »Ohne den Unterteller ist es wertvoller.«

Ich bekam einen Lachanfall. Seit Azras Zeiten war ich nicht mehr so ausgelassen gewesen. Wie ich unsere Gespräche vermisst hatte!

Aber irgendwann musste es ja zu Ende sein. Als Calvin in die Talbot Avenue einfuhr und vor meinem Haus stehenblieb, war es schon dunkel. Ich bat ihn herein und schaltete das Licht ein.

»Moment mal, ist bei Ihnen eingebrochen worden?«

Ich sah mich um. »Ich hatte zu tun«, sagte ich. »Möchten Sie einen Tee? Einen Drink?«

»Es ist verdammt kalt hier drin.«

»Die Heizung funktioniert nicht.«

»Soll ich es mir mal ansehen?«

Ich erklärte ihm, die Anlage sei oben im Bad. Und schon war er weg, nahm zwei Stufen auf einmal. Ein gesprächiger Mann. Ein *hilfsbereiter* Mann. Lieber Himmel, er pfiff sogar vor sich hin.

Ich spürte ein leichtes Prickeln, als meine Lippen wieder zum Leben erwachten; ich berührte sie mit dem Finger. Und als ich da im Flur stand, hörte ich das leise, vertraute *Hurrumpf*, als auch die Heizungsanlage aus ihrem langen Schlaf erwachte. Die Heizungen begannen zu ticken und wurden langsam warm.

Calvin kam herunter.

»Junge, das ging ja schnell«, sagte ich.

»Ein Kinderspiel für mich, Puppe. Ich habe daheim das gleiche Modell.«

»Vielen Dank jedenfalls.«

»Kein Problem. Aber Sie müssen den Klempner anrufen, damit er die Anlage durchspült.«

»Hm, hier in der Gegend ist es schwer, einen Klempner zu finden.«

»Ich kenne einen tollen Typen, ich schicke ihn vorbei.«

Ich sagte ihm meine Nummer, und er tippte sie in sein Handy ein. Es fühlte sich seltsam intim an, taptaptap, wie ein Puls in meinem Blut.

Er schob sein Telefon in die Tasche und sah auf die Uhr. »Muss jetzt los. Angies Pferd füttern.«

Dann legte er mir die Hand auf die Schulter und war verschwunden.

Ehrlich gesagt war ich erleichtert, als er ging. Wir hatten uns in atemberaubender Geschwindigkeit in Vertraulichkeiten gestürzt. Ich musste wieder zu mir kommen und nachdenken. Vielleicht war ein solches Verhalten für Calvin nichts Besonderes. Er war einfach ein impulsiver Mann, der vor Energie strotzte und sich schnell langweilte. Im Wartezimmer hatte er sich kurz mit mir amüsiert und Lust gehabt, das Gespräch fortzuführen. Vielleicht war er einsam. Seine Frau war gestorben; die Arbeit hatte er so gut wie aufgegeben. Vielleicht war er einer jener redseligen Männer, die ein Publikum brauchen. Schließlich hatte er nicht geflirtet, sondern nur geplaudert. Wahrscheinlich machte er das mit jedem. Vielleicht hatte er in seinem Wagen bloß ein paar Anrufe getätigt und mich total vergessen, bis er mich aus der Praxis kommen sah.

Außerdem hatte er bestimmt eine Freundin. Halb so alt wie ich wahrscheinlich. Ein Mann wie Calvin war nicht lang allein. Er sah zwar nicht umwerfend gut aus, hatte was Kleidung betrifft einen zweifelhaften Geschmack und sagte »passt schon«, aber er hatte etwas Anziehendes. Und zwar sein Selbstvertrauen, seine Schnoddrigkeit. Und etwas, das ich nicht recht beschreiben kann, vielleicht nennt man das Charme. Es war, als tauschten wir Geheimnisse aus, die wir noch keinem Menschen erzählt hatten.

Jedenfalls hatte er mich bezaubert. Und ich hatte Spaß mit ihm gehabt – das war lange nicht vorgekommen.

Vielleicht war ich einfach nur verzweifelt und hätte mich mit allem zufriedengegeben.

Außerdem war das alles graue Theorie. Sehr wahrscheinlich würde ich ihn nie wiedersehen.

Sechs

Eine Woche lang hörte ich nichts von ihm. Die Hoffnung schwand, während die Tage vergingen und das Telefon schwieg. Wie konnte ich so dumm gewesen sein? Natürlich würde nichts weiter geschehen.

Und dann kam ein Klempner – ein gutaussehender Kerl namens Lamonte. Er sagte, er habe jahrelang für Calvin gearbeitet und sie seien Freunde geworden.

»Er und Angie haben großartige Partys gegeben«, sagte er. »Alkohol und Koks zum Abwinken, Nacktbaden, verstehen Sie, was ich meine? Sie war ein Model, umwerfend schön, Beine bis hier, aber dann geriet sie in diesen Extinction-Rebellion-Quatsch und damit war das vorbei.«

Mein Verdacht bestätigte sich also. Dieses Sodom und Gomorra in Potters Bar war nicht meine Welt; ich stellte mir ein pompöses, unangemessen großes, protziges Haus vor, eine Dreifachgarage voller Spritfresser und einen Swimmingpool, in dem Angie und Calvin mit ihren zugedröhnten Gästen herumtollten, um sich anschließend zu einer Runde Frauentausch nach drinnen zurückzuziehen. Extinction Rebellion passte nicht recht dazu, aber egal, es ging mich ja nichts an.

»Als sie starb, brach es ihm das Herz«, sagte Lamonte. »Letzte Woche musste er ihr Pferd verkaufen. Ein Glück, dass es nicht sprechen konnte.«

»Wieso?«

»Sein Stall hatte freien Blick auf den Whirlpool.«

Lamonte grinste mich an; er war hochgewachsen und langgliedrig, ein atemberaubend attraktiver Mann. Aus seiner Hüfttasche zog er einen riesigen Schraubenschlüssel.

Werde ich jemals wieder Sex haben? Mir fiel ein, dass ich das vor tausend Jahren im Gemeindezentrum gedacht hatte, während Azra in ihr Mobiltelefon kicherte. Hatte sie mit meinem Mann gekichert? Eine Welle der Verzweiflung überspülte mich. Diese kurzen hoffnungsvollen Lichtblicke, die so schnell wieder zunichtegemacht wurden – waren sie den Schmerz wert? Sollte ich mich einfach damit abfinden, eine verbitterte Alte zu werden, wie Pam mit ihrer gigantischen Kakteensammlung? Würde sie meine Gefährtin sein?

Ich sah hinaus in den regengepeitschten Garten. Kann es nicht wenigstens schneien?, dachte ich unwirsch. Immerhin ist doch Februar. Dann wurde mir klar, dass Valentinstag war. Greg hatte mich nie zum Abendessen ausgeführt; es sei zu deprimierend, erklärte er, all diese Paare zu sehen, die einander anschwiegen. Aber wir schrieben einander Karten, und er mixte uns Negronis und kochte *bœuf en daube*. Ja, ich hatte ihn geliebt. Nun, wo er fort war, kamen mir unsere Glücksmomente weniger trübe vor – destillierter, klarer. Intensiver, als sie es damals wohl waren. Aber Glück war es doch.

Ich sah zu, wie Lamonte sein Werkzeug einpackte. Die Muskeln bewegten sich unter seiner Haut. Die Heizung lief nun auf Hochtouren, und sein Trikothemd war feucht vom Schweiß. Er erzählte mir, er habe sechs Kinder. Die Älteste würde die Jüngeren hüten, wenn er seine bessere Hälfte zu einem feudalen Essen im West End ausführte. »Wir haben uns in der Schule kennengelernt«, sagte er. »Und haben seither keine einzige Nacht getrennt verbracht.«

»Was bin ich Ihnen schuldig?«, fragte ich scharf.

»Keine Sorge. Das ist schon geregelt.«

Ich rief Calvin an.

»Das hätten Sie nicht tun sollen.«

»Warum nicht?«

»Sie sind zu nett. Ich fühle mich nicht wohl dabei. Schuldgefühle. Ach, ich weiß auch nicht ...«

»Seien Sie nicht albern.«

Ich warf mich aufs Sofa und legte die Füße auf den Kaffeetisch. »Auf alle Fälle vielen Dank. Das ist sehr großzügig von Ihnen.«

Ich betrachtete einen Haufen Zeitungen, der zu Boden gerutscht war.

»War mir ein Vergnügen.« Er hielt inne. »Sie sagten auch etwas von Ihrem Wagen.«

»Ach, kein Problem. Er springt bloß nicht an.«

»Soll ich ihn mir mal ansehen?«

»Lieber Himmel, nein.«

»Warum nicht?«

»Sie haben wirklich schon genug getan.«

Aber am nächsten Tag stand er vor meiner Tür, in einem blauen Overall, wie ihn Umzugsleute tragen.

Dieses Mal war es ganz anders. Calvin sprach kaum ein Wort. Er wirkte zerfahren, sogar gereizt, als er sich mit seiner dummen Baseballkappe unter die Motorhaube duckte. Es war ein bedeckter, grauer Tag, alles andere als winterlich; sogar mit dem Wetter schien etwas nicht zu stimmen. Er stocherte und prüfte, während er mit leisen Lauten sein Missfallen kundtat. Als ich ihm einen Becher Tee brachte, grunzte er nur zum Dank. Wenn es für ihn so eine Mühsal war, warum war er dann gekommen? Wo war unser ausgelassenes Gespräch über Vanillepudding geblieben?

Ich war mit einem launischen Mann verheiratet gewesen

und konnte keinen zweiten ertragen. Außerdem war Calvin ganz offensichtlich nicht an mir interessiert, ebenso wenig wie ich an ihm. Ich beobachtete ihn durchs Fenster und wünschte mir, er würde zusammenpacken und gehen. Wie ärgerlich, dass ich seinetwegen das Haus aufgeräumt und meine Haare gewaschen hatte. Ich war einfach eine dumme alte Frau, die um die Taille immer dicker wurde und deren Haare an den Ansätzen ergrauten.

Und doch war er da, und als Mrs Feinstein auftauchte, richtete er sich auf. Die Frau des Zahnarztes schob den Doppelkinderwagen mit ihren Zwillingen. Calvin beugte sich über sie und sagte etwas zu ihnen; sie lachte. Als sie mit wippendem blonden Schopf davonging, starrte er ihr nach, während er sich die Hände an seinem Overall abwischte.

»He, aufgepasst!«, rief ich durch das offene Fenster. »Politesse!«

Während Calvin zu seinem Range Rover hinüberlief, sah ich Mrs Feinstein in ihrer schwarzen Lederjacke die Straße hinunter verschwinden. Ich dachte: Wenn ihr Gatte nicht Ehebruch begangen hätte, wäre ich diesem Mann nie begegnet.

Ich starrte kalt zu Calvin hinüber und dachte: Kann ich einen Typen, dessen Name auf den Unterhosen von Millionen Männern steht, wirklich ernst nehmen?

Auf allen, außer auf Evans. Der arme Evan, der die Schlüpfer seiner Frau trug. Der die Bäume fällte, damit sie einen letzten Blick auf den Himmel erhaschte. Obwohl es da schon zu spät war.

An diesem Abend klingelte mein Telefon. Es war neun Uhr, und ich lag schon im Bett. Diese Winterabende schienen sich ewig in die Länge zu ziehen.

»Haben Sie zu tun?«, fragte Calvin. »Kann ich vorbeikommen?«

»Wie, jetzt?«

Ich trat die Decke beiseite und hievte mich aus dem Bett. Mich fertigzumachen war ein Kraftakt, denn ich hatte Verjüngungsserum im Gesicht und eine Art Tipp-Ex um die Augen, das angeblich die Falten reduzieren sollte. Außerdem stank ich nach einer Salbe, die ich auf meine Hühneraugen aufgetragen hatte.

Mich für einen Fremden zurechtzumachen, weckte in mir die Sehnsucht nach Ehe. Wie einfach es war, mit jemandem zu sein, dessen Körper ebenso vertraut war wie der eigene, und wo man sich nicht anstrengen musste! Alle Langeweile, aller Unmut waren dieser hektischen Aktivität, diesem Herzklopfen vorzuziehen. In meiner Jugend hatte ich derartige Vorbereitungen aufregend gefunden. Inzwischen kamen sie mir langwierig und erniedrigend vor, und ich fragte mich, warum ich es tat, wo ich die Tür doch vielleicht einem Axtmörder öffnete. Seine Stimme hatte fremd und barsch geklungen.

Es klingelte an der Tür, als ich gerade meine Leggings anzog. Calvin musste mit halsbrecherischer Geschwindigkeit gefahren sein, oder vielleicht war er schon unterwegs gewesen und hatte vom Auto aus angerufen.

»Was ist passiert?«, fragte ich. »Haben Sie etwas hier vergessen?«

Calvin trat in den Flur und schloss die Tür mit dem Fuß. Er nahm mich in die Arme und küsste mich.

Dann ergriff er meine Hand, führte mich nach oben, stieß gegen die Wand, als er mich erneut küsste. Wir stolperten ins Schlafzimmer und auf mein zerwühltes Bett.

»Raus aus den Unterhosen«, murmelte er.

Ehrlich gesagt war dieses erste Mal enttäuschend – ungeschickt und hastig. Ich wünschte mir, wir wären beim Küssen geblieben und hätten den Körper des anderen kennengelernt, bevor wir uns auszogen. Ich fühlte mich so befangen, dass ich das Licht löschte. In der Finsternis stellte ich mir die schöne Angie vor. War ich nur ein Ersatzfick, wie Azra gewarnt hatte? Und Calvin hatte die ganze Zeit über geschwiegen; was dachte er?

Wie sich herausstellte, das Gleiche wie ich. Denn er beugte sich herüber, schaltete das Licht an und sagte: »Ich bin froh, dass wir das hinter uns haben. Ab jetzt wird es besser sein, versprochen.«

Ich bekam einen Lachanfall. Die alte Vertrautheit kam zurück. Ich liebte ihn. Liebte ihn.

Er umschloss mein Gesicht mit den Händen und küsste mich mit großer Zärtlichkeit. »Du bist echt umwerfend«, sagte er. »Habe ich dir das schon gesagt?«

»Nein.«

»Das hier ...« Er hob meinen Arm und küsste meinen Ellbogen. »Und das hier ...« Er rutschte nach unten und küsste die Kuhle hinter meinem Fußknöchel. »Und dann natürlich diese Augenbrauen.« Er streichelte sie mit dem Finger.

»Sind die so besonders?«

»Nein. Ich habe bloß gedacht, dass vielleicht noch nie jemand eine Bemerkung über sie gemacht hat. In unserem Alter ist ja schon zum meisten etwas gesagt worden, die Auswahl ist also nicht mehr groß.«

»Deine Augenbrauen sind auch ziemlich gewöhnlich.«

Er lachte und warf sich zurück aufs Kissen. »Ich mag dich echt«, sagte er.

»Als du mein Auto repariert hast, hatte ich nicht das Gefühl.«

»Ja, aber ich hatte auch den Eindruck, du wolltest mich nur loswerden.«

»Und du konntest es kaum erwarten, abzuhauen.«

Er schwieg einen Moment. »Heute ist Angies Geburtstag.«

»Oh.«

»Sie wäre heute siebzig geworden.«

Seite an Seite lagen wir da. Ich starrte auf einen Fleck an der Decke, die bräunliche Landkarte eines früheren Wasserschadens.

»Sie hatte Angst davor«, sagte Calvin. »Sie meinte, das sei der Anfang vom Ende. Nein, das Ende des Endes.«

»Es tut mir so leid.«

Er setzte sich auf und nahm meine Hand. »Lass uns rausgehen hier.«

»Wie bitte?«

»Hast du schon gegessen?«

»Nein«, log ich.

Er fuhr mit mir zu einem libanesischen Lokal in der Nähe des Marble Arch, das bis spät in der Nacht geöffnet hatte. Der Inhaber umarmte ihn wie einen alten Freund. Mit der Zeit bekam ich mit, dass das überall in London der Fall war.

Es war Mitternacht und das Lokal immer noch hell erleuchtet. Shisha-Raucher saßen an Straßentischen, geschützt durch flatternde Plastikplanen. Ich fühlte mich seltsam benommen. Ich war wieder jung und aß, klebrig vom Sex, mit einem Mann Baba Ganoush, den ich kaum kannte, während brave Bürger tief und fest schliefen.

Anschließend fuhr Calvin mich durch die verlassenen Straßen an den Fluss, und wir standen auf der Waterloo Bridge. Die Wolken hatten sich verzogen, und ein voller

Mond hing am Himmel. Die Stadt gehörte uns ganz allein, als eine ferne Kirchenglocke drei Uhr schlug.

Calvin war ein impulsiver Mensch; das hatte ich inzwischen begriffen. Als wir uns über das Geländer lehnten und ins Wasser blickten, erzählte er mir, wie er vor langer Zeit in einer Bar eine Frau kennengelernt hatte. Sie hatten ein Gespräch über Marilyn Monroe begonnen und eine Wette darüber abgeschlossen, ob sie in dem Film *All About Eve* aufgetreten war oder nicht. Er hatte die Wette verloren und war mit ihr zum Mittagessen und einer flüchtigen Nachmittagsliebelei nach Le Touqet geflogen, ohne auch nur ihren Nachnamen zu kennen.

Ich war beeindruckt. »Offenbar bist du nicht der Typ Mann, der sich eine Testzeitschrift besorgt, bevor er einen Trockner kauft.«

Calvin lachte. Natürlich war ich eifersüchtig, aber nicht dumm genug, es zu zeigen. Für den Augenblick gehörte er mir. Außerdem hatte er gesagt, »ab jetzt wird es besser sein«. Das klang verheißungsvoller als ein Mittagessen in Le Touquet. Wir fuhren nach Hause, stiegen in mein Bett und schliefen bis in den Nachmittag hinein.

Und so begann unser »verlorenes Wochenende«. Calvin fuhr weder am nächsten noch am übernächsten Tag nach Hause. »Hast du denn keine Haustiere, die du füttern musst?«, fragte ich und dachte an Evan, den Tierarzt, und seine charmante Nachfrage.

»Nur eine verwilderte Katze.« Sie hieß offenbar Harrow, weil sie ausgesetzt in einem Postsack auf der Harrow Road gefunden worden war. »Angie hatte eine Schwäche für Heimatlose, Gott segne sie.«

Angies Name war in unseren Gesprächen mehrmals gefallen, aber ich wurde immer noch nicht schlau aus ihr.

Ein Partygirl, das zu Modeshootings durch die Welt jettete, schien unvereinbar mit einer kühnen Kämpferin gegen den Klimawandel. War sie eines Tages im Whirlpool vom Saulus zum Paulus geworden?

Ich wollte es nicht wissen, jetzt noch nicht. Denn Calvin und ich befanden uns in einer Art Schwebezustand. Es war beglückend, auf diese Weise aus der Zeit ausgeklinkt zu sein. Den Samstag verbrachten wir im Bett, dösten und redeten, redeten endlos, und sahen uns auf meinem Computer YouTube-Videos an. Später badeten wir zusammen. Noch später gingen wir zum Vierundzwanzig-Stunden-Laden der nahen Tankstelle und kauften Essen und völlig überteuerten Wein. Es regnete wieder, und als wir Arm in Arm nach Hause spazierten, die Autos an uns vorbeizischten und meine Beine sich von der Liebe krumm anfühlten, dachte ich: Das ist Glück, dieser Moment. Das werde ich nie vergessen.

Es ist schwierig, Calvin als attraktiv darzustellen, insbesondere im Licht der Geschehnisse. Dieser vierschrötige, sommersprossige Mann mit den sandfarbenen Wimpern und zweifelhafter politischer Gesinnung war nicht die Art Mensch, mit der ich normalerweise zu tun hatte oder zu tun haben wollte. Die Kunden, die er im Land herumflog, erschienen mir als abscheuliche Beispiele für Hybris und Gier. Seine eigene Moral war ziemlich fragwürdig. Einmal ließ er durchblicken, dass er sein Haus von der klassischen kleinen alten Dame gekauft hatte, die keine Ahnung hatte, was es wert war. Er trug knallbunte Hemden und machte derbe Witze.

Ich könnte die Aufzählung noch fortsetzen, aber wozu? Ich war einfach wahnsinnig gern mit ihm zusammen. Meine Einsamkeit war wie weggeblasen; ich wusste, dass ich mich seltsam verhalten hatte, und Calvin stellte meine seelische Gesundheit wieder her. Meine Gefühle für ihn waren eine Mischung aus wohlwollender Intimität und tiefer sexueller Dankbarkeit. Ich hatte einen Mann in meinem Leben – einen Mann, der mich zum Lachen brachte und dessen warmer Körper mich vor den Schrecken der Nacht beschützte. *Ich will nicht allein sterben, von Schmeißfliegen umschwärmt.* War das wirklich ein so ungewöhnlicher Wunsch?

Wir waren in diesen ersten Wochen unzertrennlich. Ich fuhr zu Calvin, oder er kam zu mir. Sein imaginäres Haus lag wie ein Hologramm über dem realen Gebäude in Potters Bar. Das aufzulösen dauerte eine Weile, denn meine Vorstellung war nicht so weit von der Wahrheit entfernt. Es war ein gewöhnliches Gebäude aus den 1950er Jahren, das Calvin und seine Frau um einiges erweitert hatten – Wintergarten, Säulenveranda, zahllose Statuen im Garten und drinnen jede Menge Marmor. Calvin war sehr stolz darauf, und ich fand das berührend. Wer war ich, um zu spötteln? Seine Eltern in Sydney waren bitterarm gestorben, und er hatte sich in der Welt hochgearbeitet, um sein eigenes Shangrila aufbauen zu können. Außerdem hatte er einst Leben gerettet. Zugegeben, inzwischen flog er Firmenchefs und Reality-TV-Stars herum, aber was machte das schon? Verglichen mit meinen *Guardian*-lesenden, Amazon-shoppenden, Fairtrade-Kaffee trinkenden, Elektrofahrrad fahrenden, frömmelnden Freunden aus Muswell Hill war er wie ein frischer Wind.

Nicht dass Calvin in diesen Anfangstagen irgendeinen meiner Freunde kennengelernt hätte. Wir blieben ganz für uns. Meistens war er bei mir. Es gelang ihm, einen Anwohnerparkausweis zu ergattern – wer weiß wie, ich fragte nicht nach –, und er brachte mich nach und nach wieder in Ordnung.

»Ich kriege Gänsehaut hier«, sagte er. »Man könnte meinen, du wärst ein Messie, Schnuckiputz.«

Ich dachte: Du hättest das Haus mal sehen sollen, bevor ich aufgeräumt habe.

Er reparierte Dinge und klebte Dinge und ersetzte Dinge, fuhrwerkte in seinem blauen Overall herum. Was für eine Energie dieser Mann hatte! Wenn er etwas nicht hinkriegte, ließ er jemanden kommen, der es konnte. Offenbar waren ihm viele Leute einen Gefallen schuldig.

Ich ergab mich diesem Hurrikan des Schaffensdrangs. Er wehte die Spinnweben und die Traurigkeit fort. Calvin hatte mich wieder zum Leben erweckt. Ich blickte mit Verwunderung zurück auf die Frau, die in ihrem kleinen schwarzen Kleid als ungebetener Gast auf Beerdigungen erschienen war. Was für eine surreale Vorstellung! Jetzt war ich in die Welt der Wirklichkeit zurückgekehrt. Ich war endlich eine normale Frau, mit einem Mann, den ich auf normale Weise kennengelernt hatte, der beim Autofahren mein Knie gestreichelt, meine Küche umgestaltet und meinen Computer repariert hatte. Der mit mir zum Einkaufen fuhr und mir Unterwäsche kaufte und der mir, wenn er nicht da war, sechsmal am Tag Nachrichten schickte.

»Ich vermisse unsere Plauderstündchen«, sagte Pam eines Morgens. Sie schien sich hinter der Hecke plötzlich materialisiert zu haben. »Aber ich verstehe vollkommen, dass du jetzt zu beschäftigt bist, wo du doch einen Freund hast. Es freut mich so für dich, weil ich ein Mensch bin, der andere gern glücklich sieht, selbst wenn sie dann weniger Zeit für mich haben.« Sie knöpfte einen Halstuchring an ihre

Strickjacke. »Und ein sehr schickes Auto, muss ich sagen. Offenbar ist er wohlhabend. Wenigstens kannst du dir sicher sein, dass er es nicht auf das Haus abgesehen hat.«

Worauf *hatte* er es abgesehen? Mein Selbstwertgefühl war so angeschlagen, dass ich mir diese Frage schon selbst gestellt hatte. Was fand er bloß an einer Frau meines Alters? Natürlich war er selbst genauso alt, aber es verunsicherte mich trotzdem. Ich zuckte zurück, wenn Calvin meine Falten küsste, aber er sagte mir, ich sei schön.

»Aber du hast gesagt, dass meine Ellbogen schön sind, und die sind noch faltiger als alles andere an mir.«

»Das ist ihre Tragik«, sagte er. »Damit müssen sie selbst fertigwerden. Immerhin haben sie einander.« Plötzlich ernst, strich er mir das Haar aus dem Gesicht. »Ich kann gar nicht glauben, dass ein Mann eine so schöne Frau verlässt. Er muss ein verdammter Trottel gewesen sein.«

Ich hatte ihm erzählt, dass mein Mann mit meiner besten Freundin durchgebrannt war, aber Calvin hatte nie nach Einzelheiten gefragt. Das war gut so. Calvin interessierte sich nicht für andere; er lebte intuitiv, aus dem Moment heraus. Das, unter anderem, machte seine Anziehungskraft aus. Das hatte er mit Azra gemeinsam, einer Frau, die er ansonsten unverständlich gefunden hätte. Tatsächlich gab es mehr Parallelen, als er ahnte. Beide hatten eine schwierige Kindheit gehabt, waren in die Ferne gezogen und hatten sich neu erfunden. Kein Wunder, dass beide etwas Draufgängerisches hatten.

Das war mir bei Calvin schon zu einem frühen Zeitpunkt aufgefallen. Wir hatten in seinem Wintergarten gesessen und Makronen gegessen. Es war April und für die Jahreszeit zu kalt. Der Swimmingpool draußen war noch abgedeckt. Wir hatten über die gesetzeswidrigsten Dinge gesprochen, die wir je angestellt hatten. Ich gestand, eine Tüte Schokokugeln geklaut zu haben.

Calvin erzählte, dass er als Jugendlicher gern Spritztouren unternommen hatte. Als er einmal in einer alten Klapperkiste irgendwo in den Blue Mountains unterwegs war, hatte er am Straßenrand ein Auto stehen sehen.

»Ein roter Mercedes 190 SL Kabrio, ein echtes Schmuckstück. Es stand direkt an einem steilen Abhang.« Er schob eine Makrone in den Mund. »Ich hielt also an, stieg aus, ging über die Straße, löste die Handbremse und schob ihn über die Kante. Dann stieg ich wieder in mein Auto und fuhr davon.«

Ich starrte ihn an. »Warum hast du das getan?«

»Weil ich die Gelegenheit dazu hatte.«

»Das ist ja furchtbar.«

»Ja, wirklich.« Er tupfte mit dem Zeigefinger die Krümel von seinem Teller. Ich sah zu, wie er den Finger ableckte und sich in seinem Stuhl zurücklehnte.

»Hast du es irgendjemandem erzählt?«

»Machst du Witze?« Er sah meinen Gesichtsausdruck. »Schätzchen, ich war damals vollkommen außer Rand und Band. Es wundert mich, dass ich nicht im Gefängnis gelandet bin.«

Ich war von seinem Geständnis halb schockiert, halb beeindruckt. »Hast du es seither jemandem erzählt?«

»Nee.«

»Nicht einmal Angie?«

Er schüttelte den Kopf. »Die Art Mädchen war sie nicht.«

Ich entschied mich, das als Kompliment zu nehmen. Die Kokain-schnupfende Angie, die zur Klimaaktivistin mutiert war, verwandelte sich jetzt in einen Gutmenschen mit verkniffenen Lippen. Ich konnte sie überhaupt nicht einschätzen.

»Na ja, jedenfalls relativiert das meine Tüte Schokokugeln.«

Dass ich höchst neugierig auf Angie war, brauche ich wohl nicht zu sagen. Tatsächlich wurde es zu einer Art Obsession, wobei ich klug genug war, es für mich zu behalten. Sie hatten zusammen ihr Haus renoviert. Was war Angies Geschmack und was Calvins? Calvin zufolge war die rustikale, butterblumengelbe Küche mit den Vorhängen in Bauernkaro und Doppelherd Angies ganzer Stolz. Ich fand sie ziemlich schön. Auch das Schlafzimmer, in dem wir schliefen, war aufgeputzt und feminin. Der Blick ging auf den Pferdestall und den anrüchigen Whirlpool hinaus. Der begehbare Kleiderschrank war leer, aber Angies Geist noch darin spürbar. Im Badezimmer hingen Fotos aus ihrer Zeit als Model. Natürlich war sie schön – langes blondes Haar, hohe Wangenknochen, sexy Katzengesicht. Ich betrachtete sie lange, während Calvin im Bett auf mich wartete.

»Ich war verrückt nach ihr.« Das hatte er gesagt. Viel mehr hatte er mir allerdings nicht erzählt. Ihr Tod war erst wenige Monate her, und zweifellos trauerte er noch. Hin und wieder rutschte ihm etwas heraus. Als sie sich kennenlernten, war sie eine Rock-Mieze gewesen. Sie hatte immer Tiere geliebt, besonders Pferde. Sie hatten keine Kinder bekommen, weil mit ihren Eileitern etwas nicht stimmte. Beim Essen war sie offenbar wählerisch gewesen, aber mir kam es vor, als hätte sie an einer ernsthaften Essstörung gelitten. Tatsächlich erschien sie mir insgesamt ziemlich anfällig, seelisch wie körperlich. Sie machte Pilates und besuchte Wellnessoasen; sie befasste sich oberflächlich mit Inneneinrichtung. Zeug für reiche Ehefrauen. Ihre Wandlung zur Klimaaktivistin schien sich über Nacht vollzogen zu haben, aber darüber sprach Calvin nicht. Ich denke, er fand es auf irgendeine obskure Weise bedrohlich. Sie war plötzlich gestorben, vermutlich an einem Aneurysma, und er war am Boden zerstört gewesen.

Vielleicht war er noch nicht bereit für eine neue Beziehung. Angies Geist suchte ihn nach wie vor heim. Im Haus war ihre Präsenz zu spüren. Ich hatte das Gefühl, sie sei gerade mal außer Sichtweite, bekleidet mit einem weiten Baumwollgewand, die gebräunten Füße barfuß, während sie über die Marmorböden tappte. Sein Ungestüm konnte mich nicht täuschen. Selbst wenn er scherzte, bemerkte ich einen glasigen Blick in seinen Augen. Etwas Erzwungenes, so als sei er mit den Gedanken woanders. Es war auch nur natürlich; schließlich waren sie dreißig Jahre verheiratet gewesen. Bei mir zu Hause war es natürlich einfacher.

Ich wünschte mir, mich Azra anvertrauen zu können. Ihr beißender gesunder Menschenverstand würde alles relativieren. Wir hätten über meine unwahrscheinliche Affäre gelacht, die sie ebenso verblüffend gefunden hätte wie ich selbst. *Er muss Dynamit im Bett sein*, hätte sie gesagt.

Das war nicht ganz wahr. Calvin versorgte mein Gehirn mit Sauerstoff; das war unsere erogene Zone. Unter der Decke schwatzten wir stundenlang, und wenn wir miteinander schliefen, war es eher kuschelig als atemberaubend. Manchmal begannen wir zu kichern und gaben einfach auf. Aber ich machte mir nichts daraus. Ich bin sicher, dass ich Angie nicht das Wasser reichen konnte, schaffte es aber immerhin, ihn zum Lachen zu bringen. Soweit ich wusste, war Angie nicht unbedingt die Hellste gewesen.

Wie gesagt, während der ersten Monate tauchten wir so ziemlich unter. Ich erzählte es nicht einmal den Kindern. Lucy wäre diesem neuen Mann in meinem Leben instinktiv feindselig begegnet. *Was weißt du über ihn? Vertraust du ihm?* Auf ihre ruppige Weise hätte sie sich Sorgen um mich gemacht. *Ich will bloß nicht, dass du verletzt wirst.* Max hingegen wäre angetan, aber wenig neugierig. *Das freut mich für dich, Mum.* Es ihm zu erzählen, wäre einfacher, aber wenn ich es tat, wäre Lucy beleidigt, weil ich sie außen vor ließ. Trotz ihres Alters lauerte die Geschwisterrivalität wie ein Virus, der bei der erstbesten Gelegenheit zuschlagen konnte.

Mit der Zeit allerdings kam in mir der Wunsch auf, aus dem Winterschlaf zu erwachen. Ich war jetzt keine düstere Alleinstehende mehr und gehörte wieder dem Menschengeschlecht an. Außerdem war ich neugierig auf die Reaktion meiner Freunde. Was würden sie von Calvin halten? Würden sie ihn mögen? Besser gesagt, wie würde er sich in ihrer Gegenwart verhalten? Wie bei einem Date aus dem Internet hatte ich zu ihm keinen Kontext, nur seine eigene Welt.

Und ich wollte ihn herzeigen. Seht nur! Ich kann immer noch jemanden an Land ziehen, sogar in meinem Alter.

Ende Mai bekam ich eine Mail von Bethany Graham. Wir waren jahrelang befreundet gewesen, seit unsere Kinder zusammen die Grundschule besucht hatten. Ich hatte sie sofort gemocht, als ich sie am Schuleingang sah. Ihre kleine Tochter hatte irgendetwas geplappert, und Bethany hatte sie schnell durch das Tor geschoben – »geh einfach rein und lern was!«. Auch ihr Partner war mir sympathisch gewesen. Alex war Hausmann, so hatte ich ihn nach der Schule kennengelernt. Als ich ihm zum ersten Mal begegnete, lehnte er an einer Laterne und las die Tagebücher von Joe Orton. Männer, die wie er vor dem Eingang der Grundschule ihrer Töchter etwas über analen Gruppensex lesen, sind ganz mein Fall.

Sie wohnten in der Nachbarschaft. Auch Greg mochte sie, und in den Jahren darauf waren wir sehr verbunden – Übernachtungspartys der Kinder, Einladungen zum Abendessen, viel Wein und der ein oder andere heftige Flirt. Wir waren jung und verliebt – in unsere Kinder, ineinander; diese goldenen Tage waren geprägt von einem ehebrecherischen Wonneschauer à la John Updike. Wir benutzten nie unseren Vordereingang; die Kinder rannten durch die Gasse in den Garten der anderen Familie. Wir hatten unser Geheimnis. Wir hatten Spaß.

Dann ließ sich Bethany zur Psychotherapeutin ausbilden und verlor ihren Sinn für Humor. Sie zogen nach Oxfordshire, und wir sahen sie nur noch selten. Doch jetzt schrieb sie mir, um mir mitzuteilen, dass Alex gestorben war. »Tapfer bis zum Ende, nach seinem langen Kampf gegen die Motoneuronerkrankung.« Ich hatte nicht einmal gewusst, dass er krank war. In drei Tagen sollte die Beerdigung stattfinden.

Calvin schlug vor, wir sollten in einem seiner Hubschrauber hinfliegen. Er meinte, auf der M40 werde es höllisch zugehen und Verkehrsstaus seien etwas für Weicheier.

Also zog ich mein kleines schwarzes Kleid aus der Plastikhülle. Es roch muffig. Monate waren vergangen, seitdem ich es zuletzt getragen hatte – in einem anderen Leben.

»Wow!«, sagte Calvin. »Du bist das exakte Ebenbild von, wieheißtsienochgleich, in *Frühstück bei Tiffany*.«

»Im Buch war sie Prostituierte.«

»Na und, was macht das schon?«

Er fuhr mich in seinem wunderbaren Auto nach Elstree. Ich hatte nichts mehr dagegen. Wie Angie sich wohl mit diesem Umweltverschmutzer arrangiert hatte? Ich wusste, dass Calvin mich gröber gemacht hatte, aber wenn schon!

Sicher in dem cremefarbenen Lederschoß des Wagens, blickte ich herab auf die normalen Leute, die sich an der Bushaltestelle drängten, als wir vorbeiglitten. Sie sahen mich auf die gleiche Weise an, in der ich Leute wie mich früher angesehen hatte.

Es war ein schöner Tag. Calvin trug einen schwarzen Anzug, ein weißes Hemd und eine Schnürsenkel-Krawatte. Er wirkte gaunerhaft, als besuchten wir eine Mafia-Beerdigung. Lust regte sich in mir. Und ja, auch Angst. Ich war noch nie in einem Hubschrauber geflogen. Aber aufregend war es.

»Wer ist dein liebster Passagier gewesen?«, fragte ich.

»Ein Walnusskuchen. Jede Woche habe ich einen von der Bäckerei in Devon in die Zentrale der Supermarktkette Tesco in Welwyn Garden City geflogen.«

»Du lieber Himmel, wieso das denn?«

»Für den Warenprüfungsausschuss. Kein besonders anspruchsvoller Passagier, so ein Walnusskuchen. Frei von Ego, wenn du verstehst, was ich meine.«

Er grinste mich an, und mein Herz machte einen Sprung. Ich lebte, und die Weißdornhecken standen in voller Blüte. Wir machten eine Spritztour, und ich war ganz, ganz kurz davor, mich in diesen schnoddrigen, reizenden Kuchen-Transporteur zu verlieben. Er hatte Albernheit in mein Leben gebracht, und die hatte ich vorher schmerzlich vermisst.

Lass uns nie erwachsen werden, dachte ich.

Sein Büro befand sich in einem Fertighaus an einer Ecke des Flugfelds. Riesige Libellen ruhten sich in der Nähe aus, bereit, klappernd in die Wolken aufzusteigen. Calvin war bester Laune. Ein Typ kam aus dem Büro. Das war offenbar Doug, der inzwischen den Großteil der Arbeit erledigte.

Er tätschelte Calvins Bauch. »Du setzt Speck an, alter Knabe.«

Calvin grinste. »Ja, denn deine Frau schenkt mir jedes Mal einen Keks, wenn ich sie ficke.«

Sie grölten vor Lachen. Ich hatte diesen Witz noch nie gehört und stimmte mit ein. Wo Calvin war, war immer Party.

Dann zogen wir los. Calvins Ohren bedeckten Kopfhörer, und er brüllte in ein Mundstück. Der Lärm war ohrenbetäubend. Angeschnallt auf meinem Sitz, ergab ich mich, der Ohnmacht nahe, während er den Hubschrauber herumwirbelte, die Erde unter uns sich neigte, all die kleinen Häuser, all diese Leben, der blaue Blitz eines Swimmingpools. Der glitzernde Strom von Autos auf der Autobahn, die wir nicht genommen hatten, weil Staus etwas für Weicheier sind.

»Wir können aber doch nicht einfach irgendwo landen?«, rief ich.

»Alles organisiert«, rief er zurück.

Ich glaubte ihm nicht, doch was machte das schon? Das hier war ein Mann, der ein Auto von einer Klippe geschoben hatte. Wir waren Draufgänger, alle beide. Und was für ein Aufsehen unser Eintreffen erregen würde!

Die Beerdigung fand in einem Dorf nahe der Themse statt. Ich sah die Kirche und eine Ansammlung von Autos, während wir schwindelerregend schnell kreisten und unser Schatten eine Kuhherde auseinanderstieben ließ.

Calvin zog an einem Hebel, und der Hubschrauber senkte sich mit einem heftigen Stoß auf das Gras herab. Als er den Motor abschaltete, hörte ich die Kirchenglocken läuten.

Wir stiegen aus und rannten los, gebückt unter den immer noch wirbelnden Rotorblättern hindurch. Die Wiese war voller Kuhfladen. Ein paar Leute blieben stehen und starrten den Hubschrauber an, doch die meisten Trauergäste waren bereits in der Kirche.

Ich will Sie nicht mit Alex Grahams Begräbnis langweilen. Wie immer wanderte meine Aufmerksamkeit umher. Warum passiert das in Kirchen öfter als irgendwo sonst?
1. Habe ich die Katze gefüttert?
2. Sind Beutel besser für die Umwelt als die Dosen?
3. Mist, ich habe den Geburtstag meiner Tauftochter vergessen.
4. Habe ich den letztes Jahr auch vergessen?
5. Mist.
6. Welchen Sinn haben Patentanten überhaupt? Magst du mir das jetzt, wo ich dir nah bin, verraten, Jesus?
7. Warum sind Druckerpatronen so teuer?
8. Was mögen sie wohl von Calvin halten?

Ich versuchte, mich auf Alex zu konzentrieren, den ich 1981 zum ersten Mal gesehen hatte. Damals lehnte er an einem Laternenpfahl. Aus ihm war ein Avantgarde-Komponist geworden, dessen weitgehend unverständliche Musik spätnachts auf Radio 3 gespielt wurde. In der Kirchenbank sitzend, sah ich zu, wie seine Tochter Philomena, jetzt eine Matrone mittleren Alters, eines seiner Klanggedichte auf der Oboe spielte. In den goldenen Tagen in jenem endlosen Sommer, als wir noch jung waren, war sie die beste Freundin meiner Tochter gewesen. Ihr Bruder Benji (»Bohne«) war mit Max befreundet. Bohne war inzwischen Gastroenterologe am John Radcliffe Hospital in Oxford. Beide wirkten definitiv erwachsener als ich.

»Who Knows Where the Time Goes?« Diesen Song hatten wir geliebt. Ich reckte den Hals und erkannte mehrere

Freunde aus jener Zeit; einige von ihnen wohnten wie ich immer noch in Muswell Hill. Es kam mir vor, als wären wir gestern noch jung und schlank gewesen, hätten einander zum Abendessen eingeladen, miteinander geflirtet und in unseren Schrebergärten gearbeitet, während unsere Babys, unsere kostbarste Ernte, in ihren Moses-Körbchen neben uns lagen.

Meine Augen füllten sich mit Tränen. Mehrere Menschen weinten. Ich dachte: Das tun sie nicht nur wegen Alex.

Calvin neben mir schob seinen Ärmel zurück und sah auf die Uhr.

Wir traten hinaus in den strahlenden Sonnenschein. Unter meinem schwarzen Kleid brach mir der Schweiß aus. Der Sommer war eingezogen, während wir drinnen Alex' Lieblingsdichtern, -komponisten und -sängern gelauscht hatten – Emily Dickinson, Schubert, Nina Simone. Die Üblichen.

Die Familie lebte im ehemaligen Pfarrhaus neben der Kirche. Es stand in einem großen, von Mauern umschlossenen Garten. Unter den Bäumen war ein mit schlichten Krügen voller Wildblumen geschmücktes Buffet aufgebaut. Enkelinnen mit wirrem Haar rannten in den obligatorischen Kleidern, die sie stolpern ließen, herum. Es gab viele Umarmungen.

Bethany, die Witwe, schloss mich fest in die Arme. »Wie geht es dir, Pru? Du hast auch schlimme Zeiten hinter dir.«

Ich sagte, es gehe mir gut, und stellte ihr Calvin vor.

Sie beäugte ihn ehrfürchtig. »Haben Sie den Hubschrauber gefahren?«

»Man sagt *geflogen*, meine Liebe«, entgegnete er.

»Wir haben es in der Kirche gehört. So aufregend. Bitte nehmen Sie ein Glas Sekt.«

»Ich kann nicht«, sagte er. »Ich muss noch fahren.«

Sie lachte und warf mir einen vielsagenden Blick zu.

Ich erklärte: »Es war echt lustig, im Hubschrauber zu kommen und all den normalen Kram wie Verkehr und solches Zeug zu umgehen und dann mitten auf einer Wiese zu landen. Wie Sex ohne Vorspiel.«

Rosie, eine der Getreuen aus unserer Clique, kam auf uns zu. Sie war sehr dick geworden, und die Neugier stand ihr ins Gesicht geschrieben. Sie hatte beim Ministerium für Arbeit und Rente gearbeitet und war seit kurzem im Ruhestand.

»Sie sind also Prus neuer junger Mann«, sagte sie und schüttelte Calvin die Hand. »Sie hat sich sehr bedeckt gehalten, und ich verstehe auch, warum.« Sie lächelte ihn verschmitzt an und wandte sich dann mir zu. »Nach allem, was du durchgemacht hast, meine Liebe, ist es wie ein Elixier, dich so glücklich zu sehen. Du siehst zehn Jahre jünger aus, und deine Frisur ist toll. Wo habt ihr euch kennengelernt, oder sollte ich das nicht fragen?«

»Beim Zahnarzt im Wartezimmer.«

»Ich glaub's nicht!«

»In Potters Bar.«

Rosie seufzte. »Ist es nicht traurig, dass jemand sterben muss, damit wir wieder zusammenkommen?« Sie sah Calvin an. »Sie hätten uns sehen sollen, äh ...?«

»Calvin.«

»... Calvin, vor all den Jahren. Ach, die Dinnerpartys! Herber Rotwein – Hirondelle, weißt du noch, Pru? Absolut ungenießbar, aber das störte uns nicht!«

»Makrelenpastete ...«

»Eisbergsalat ...«

»Bœuf bourguignon ...«

»Herzoginkartoffeln ...«

»Schwarzwälder Kirschtorte!«

»Profiteroles!«

»Jede Menge Gras.«

»Die Kinder schliefen überall verteilt; manchmal nahmen wir das falsche mit nach Hause. Weißt du noch, Pru?«

Wir tranken unseren Champagner aus. Calvin blieb bei Hollerblütenschorle. Ich ertappte ihn dabei, wie er erneut auf die Uhr blickte.

Rosie sprach ihn an. »Alex, er ruhe in Frieden, war total in Pru verliebt. Sie war damals einfach umwerfend. Greg ist ziemlich pampig geworden, stimmt's, Pru? Aber sie sind nie handgreiflich geworden. Auf dem Boden, weißt du noch? Vor dem Kamin? Das war nicht Gregs Stil. Er war eher ein Kopfmensch. Eigentlich ein bisschen passiv-aggressiv, stimmt's, Pru?« Sie hielt inne. »Und er aß sehr langsam. Um eine Artischocke zu verzehren, brauchte er eine Stunde. Kein Wunder, dass er uns alle so nervte.«

»Alan Bates und Oliver Reed«, sagte ich. »Die beiden haben gekämpft, auf homoerotische Art miteinander gerungen.«

»Splitternackt«, sagte sie. »Mein Gott, war das sexy. Kann man heute noch auf YouTube sehen.«

Calvin ging davon, um sich den kalten Braten anzusehen. Er hatte die Jacke ausgezogen und trug sie unter dem Arm. Hinten auf seinem Hemd war ein Schweißfleck zu sehen.

Ich trank sehr schnell. Der Rest unserer Clique ebenfalls. Am frühen Abend waren die meisten Gäste schon weg. Es war immer noch heiß, obwohl die Schatten auf der Wiese bereits länger wurden. Die Zweige des Flieders bogen sich, schwer vor Blüten; schon allein der Duft machte mich benommen. Zwischen unseren Beinen liefen die kleinen Engel herum, mit schmutzigen Röckchen und verrutschten Flügeln. »Sollen wir eins mit nach Hause nehmen, wie in alten Zeiten?«, fragte Rosie, die immer wieder im Blickfeld auftauchte.

Der Garten war in goldenes, ehrwürdiges Licht getaucht. Natürlich trauerten wir um jene alten Zeiten. Unsere eigene goldene, ehrwürdige Jugend, all die Möglichkeiten, die vor uns lagen. Alex' Tod hatte uns als Gruppe wieder zusammengebracht. Inzwischen war ich, was Beerdigungen anging, ein alter Hase, aber das hier war anders. Hier suchte uns vollschlanke Frauen und kahlköpfige Männer nicht nur Alex heim.

»Auf uns, die Spielplatzmafia«, sagte Rachel und schwankte, während sie ihr Glas hob. Sie hatte eine kurze Affäre mit Rosies Mann gehabt und leitete inzwischen eine Gruppe von Brustkrebs-Überlebenden. »Und auf die Menschen, die heute nicht bei uns sein können.«

Wir tranken auf sie alle.

»Greg im Schrebergarten werde ich nie vergessen.« Sie wandte sich mir zu. »Statt seine Kartoffeln zu pflanzen, stand er da, eine Kartoffel in jeder Hand, und präsentierte mir seine neueste Theorie über Cervantes.«

»Cervantes?«, fragte Calvin. »Für welche Mannschaft spielt der denn?«

Alle lachten. Calvin entfernte sich und ließ sich ein Stück Kuchen schmecken. Ich fragte mich, ob er gescherzt hatte. Ich hatte ihn schon eine Weile nicht mehr gesehen. Offenbar hielt er sich die meiste Zeit im Pavillon auf, mit seinem Telefon beschäftigt.

Wer das Nacktbaden vorschlug, weiß ich nicht mehr. Ich erinnere mich, dass jemand meine Hand packte und wir dann über die Wiese rannten, flink wie Rehe. Wir waren alle über siebzig, Herrgott noch mal! Jemand gab mir ein Handtuch, und jetzt waren wir am Ufer des Flusses, wo die Kühe zum Trinken hinkamen. Der Schlamm war voller Hufspuren, und es wimmelte von Fliegen.

Ich schämte mich nicht, als ich den Reißverschluss meines schwarzen Kleides öffnete und meine Unterwäsche auszog. Das waren meine Freunde; wir kannten unsere Körper – vom Stillen über Urlaubsreisen bis hin zu bacchantischen Sommerabenden wie diesem. Ach, wir waren alt? Wen kümmerte das schon? Wir gingen ins Wasser, schrien, wenn die Kälte unsere Beine berührte und der Schlamm zwischen unseren Zehen nachgab.

Calvin stand am Ufer. Er hatte die Krawatte abgenommen, sich aber nicht ausgezogen.

»Komm rein!«, rief ich, doch er schüttelte den Kopf.

Während wir schwammen, schossen Libellen über uns hin und her, metallicblaue und smaragdgrüne Blitze. Manchmal schwebten sie einen Moment lang auf der Stelle, um dann pfeilschnell weiterzufliegen. Ich sah, dass Calvin auf seinen Hubschrauber zuging. Mit seinen hängenden Schultern gab er ein mitleiderregendes Bild ab; der kleine Junge, der sein Lieblingsspielzeug mit in die Schule genommen hat und feststellen musste, dass es niemanden interessiert.

Auf dem Rückflug war Calvin still. Verstanden hätte ich sowieso nichts. Ich kämmte mit den Fingern mein feuchtes Haar und wollte nur noch nach Hause.

Es war dunkel, als wir landeten. Er schwieg weiterhin, als

er mich im Auto zurückfuhr in die Talbot Avenue. Ich betrachtete sein grimmiges Profil. Die vorgeschobene Unterlippe.

»Tut mir leid, dass wir alle so betrunken waren«, sagte ich. »Schade, dass du nüchtern bleiben musstest.«

Er gab keine Antwort. Als er vor meinem Haus anhielt, wartete er einfach, bis ich ausgestiegen war.

»Calvin!«, sagte ich. »Komm rein. Bitte.«

Er zuckte die Schultern und folgte mir ins Haus. Ich führte ihn in die Küche und schaltete das Licht ein. Die Helligkeit erschreckte uns beide. Ich setzte Wasser auf, während Calvin am Fenster stand und in die Schwärze des Gartens hinausstarrte. Oder betrachtete er sein eigenes Spiegelbild?

»Es war aber ein schönes Fest, nicht wahr?«, sagte ich strahlend.

»Für den, der so was mag.«

»Keiner mag Beerdigungen. Ich finde bloß, sie haben das gut hingekriegt.«

»Was, alte Leute, die sich nackt zur Schau stellen? Na bravo!«

Ich erstarrte. »Hör mal, Calvin, soweit ich weiß, hast du selbst so einiges getrieben.«

»Wie bitte? Was?«

»Betrunken in den Pool springen oder in den Whirlpool oder so. In vollen Zügen genießen.«

Er fuhr herum. »Seit Angies Tod nicht mehr.«

»Hör mal, es tut mir leid.« Ich trat zu ihm und legte ihm die Hand auf die Schulter. »Es tut mir leid.«

Er rührte sich nicht. Ich wandte mich ab und hängte Teebeutel in die Becher.

»Ich weiß, dass du sie geliebt hast und dass Beerdigungen schlimm für dich sein müssen«, sagte ich. »Aber ich dachte einfach, es wäre nett, wenn du meine Freunde kennenlernst. Du hättest nicht mitzukommen brauchen, wenn du wusstest, dass es dich aufregen wird.«

»Ich rege mich nicht auf.«

»Tust du schon.«

Er seufzte. Schließlich sagte er: »Es wäre schön gewesen, wenn irgendjemand die geringste Notiz von mir genommen hätte.«

»Ach, Calvin.« Ich klopfte auf die Sitzfläche eines Stuhls. »Komm, setz dich her.«

Er blieb stehen wie angewurzelt. »Und der ganze Schwachsinn über Scheiß-Makrelenpastete, was zum Teufel sollte denn das?«

»Wir haben bloß in Erinnerungen geschwelgt, verstehst du? Es tut mir leid, dass du dich ausgeschlossen gefühlt hast, aber ich hatte die meisten seit einer Ewigkeit nicht gesehen.« Ich reichte ihm einen Becher. »Ich merke, dass du dich aufregst, aber worum geht es dabei wirklich? War es das ganze Gerede über Greg?«

Er gab keine Antwort.

»Sieh mal, für mich ist *Angie* auch ein Thema, das mich triggert«, sagte ich. »Jeder von uns schleppt Ballast mit sich herum.«

»Angie war kein Ballast!«, fauchte er. »Sie war mein *Leben*.«

Ich zuckte zusammen. Dann trat Stille ein. Die Katze tapste hinüber und rieb den Kopf an seinem Bein.

Er stellte seinen Becher ab. »Hör mal, ich komme damit nicht klar. Ich bin weg.«

Er schüttelte Flossie von seinem Fuß und verließ den Raum. Einen Moment lang war ich wie versteinert. Dann hörte ich, wie die Haustür ins Schloss fiel. Ich sprang auf und rannte ihm nach.

»Calvin!«

Ich stürzte hinaus, aber er fuhr bereits davon. Ich sah zu, wie seine Rücklichter sich entfernten.

Am Morgen darauf klingelte es an der Tür. Draußen stand Pam, eine Tupperware-Dose in der Hand.

»Seelenfutter«, sagte sie. »Kokoskekse auf Schokobasis. Ein neues Rezept, das ich im Internet gefunden habe.«

Sie schob sich an mir vorbei und ging in die Küche. Ich folgte ihr. Sie setzte sich an den Tisch.

»Du Ärmste.« Sie seufzte. »Männer, also wirklich.«

»Hast du ihn abfahren sehen?«

»Die Tür zuschlagen, die Gänge krachen lassen – was für ein Schauspiel! Ich schlafe zur Straße raus, weißt du, da musste ich es ja mitkriegen. Ehrlich, meine Liebe, du bist zu gut für ihn. Er ist ein Idiot, dich so zu behandeln. Ich weiß, dass ich das nicht sagen sollte, aber ich spreche gern aus, was ich denke.« Sie zupfte eine Fussel von ihrer Strickjacke und schnippte sie auf den Boden. »Sie sind alle gleich. Wir Mädels müssen zusammenhalten.«

»Hoffentlich haben wir dich nicht geweckt.«

Ich hatte rasende Kopfschmerzen und unerträglichen Durst. Lieber Himmel, sie wollte bestimmt einen Kaffee.

»Könnte ich vielleicht einen Kaffee bekommen?«, fragte sie.

Es machte den Eindruck, als wollte sie ewig sitzen bleiben. Das hatte auch mit ihrem Umfang zu tun. Während ich Wasser kochte, sagte sie: »Alleinstehend zu sein ist kein Spaziergang, Pru, das kannst du mir glauben, aber es gibt Schlimmeres. Zum Beispiel Männer, die Wutanfälle bekommen.«

Woher wollte sie wissen, dass es ein Wutanfall war? Ihre

Worte machten mir klar, dass es genau das gewesen war. Ein hässlicher, kindischer Wutanfall.

Sie öffnete die Dose. Die Kokoskekse lagen auf Seidenpapier, säuberlich nebeneinander, ein liebevolles Geschenk. Zwei ganze Reihen. Mir schossen Tränen in die Augen.

»Das ist so lieb«, sagte ich und ließ mich schwer auf den Stuhl fallen.

»Genieß sie, du hast sie verdient.« Sie schob die Dose zu mir herüber. »Das haben wir alle durchgemacht, Schätzchen. Sogar ich.«

Ich brach in Tränen aus. War das nicht lächerlich? Aber als ich einmal angefangen hatte, konnte ich nicht mehr aufhören.

Pam nahm mich nicht in den Arm, und ich war dankbar dafür. Sie erhob sich und brühte den Kaffee auf; ich deutete nur hilflos auf die Blechbüchse und die Kanne. Sie nahm ein kleines Gefäß in die Hand.

»Du solltest keinen Süßstoff benutzen, weißt du. Davon bekommt man einen Gehirntumor.«

»Mach ich ja nicht«, schluchzte ich. »Den hab ich für Calvin besorgt.«

»Ich sagte ja schon, dass er mal seinen Kopf untersuchen lassen sollte.«

Ich war so überrascht über ihren Scherz, dass ich aufhörte zu weinen. Pam riss ein Stück Küchenrolle ab und reichte es mir. Dann setzte sie sich und schob mir einen Becher zu.

»Du brauchst nicht darüber zu reden, wenn du nicht willst.«

Doch plötzlich strömten die Worte aus mir heraus. Als ich einmal angefangen hatte, konnte ich nicht mehr aufhören. »Er hatte total üble Laune, weißt du. So hatte ich ihn noch nie erlebt. Ich war schockiert, normalerweise ist er so, na ja, fröhlich, aber ich glaube, meine Freunde haben ihn ein wenig eingeschüchtert, er passt nicht zu ihnen, ist eher ein Mann der Tat, und ich glaube, er hätte sich ein bisschen Aufsehen gewünscht, als wir eintrafen – weißt du, wir sind im Hubschrauber zu der Beerdigung geflogen, Alex Grahams Beerdigung –, aber sie waren alle schon in der Kirche, er konnte also keine große Show abziehen.« Ich hielt inne, um Luft zu holen. »Und bei der Feier, na ja, wir redeten die ganze Zeit über die Vergangenheit, und es fiel auch Gregs Name, vielleicht war Calvin eifersüchtig, und es liefen so viele Kinder herum, vielleicht war er auch deswegen neidisch, denn er hat selbst keine Kinder, weil seine Frau keine bekommen konnte, also er hat überhaupt keine Familie.«

Ich brach ab, um wieder zu Atem zu kommen.

»Mir hat niemand gesagt, dass Alex gestorben ist«, sagte Pam.

»Du hast ihn gekannt?«

»Bethany und ich haben zusammen im Chor gesungen.« Sie seufzte. »Egal. Ich altes Dummchen. Wahrscheinlich hätte ich mich genauso überfordert gefühlt wie dein Freund. Darum haben sie mich gar nicht erst eingeladen.«

Ich starrte Pam an. Prittstift-Pam in ihrer Blümchenbluse. Mir wurde das Herz schwer. Warum hatte ich sie so spontan ins Vertrauen gezogen? Jetzt würde ich sie nie mehr loswerden.

Ach, wäre bloß Azra da gewesen, hätte mit hochgezogenen Augenbrauen Rauch ausgestoßen und voller Verachtung über Männer gesprochen, über die Unmöglichkeit, einen zu finden. *Oder sie haben sich eine Japanerin angelacht, glitschig wie ein Aal, die auf Festen ihre Hand in die seine schiebt. Ihm vielleicht ein Häppchen in den Mund steckt. Eine japani-*

sche Ehefrau, gütiger Himmel! Da können wir es gleich aufgeben. Seidiges Schamhaar, nicht wie unsere alten Topfreiniger, und wahrscheinlich mit einem höchst verantwortungsvollen Job an der Börse, im Herzen aber Geisha geblieben. Vergiss es, Schätzchen. Die gute alte Azra, meine geliebte Geheimnisbewahrerin, die mich besser kannte als ich selbst. Die mich zum Lachen brachte und dafür sorgte, dass ich mich nicht allein auf der Welt fühlte.

Sieben

Eine Woche verging, ohne dass ich etwas von Calvin hörte. Als mein Mobiltelefon eine Nachricht meldete, war sie von der British Gas, die mir mitteilte, dass meine Zahlung fällig sei. Ich fiel zurück in meinen lotterigen Tagesablauf. *Es ist besser, geliebt und verloren zu haben, als gar nicht geliebt zu haben.* Was für ein Quatsch! Es wäre besser gewesen, Calvin nie begegnet zu sein. Meine Einsamkeit und Verzweiflung vor unserer Begegnung erschienen mir jetzt beneidenswert. Damals hatte ich mich immerhin auf die Niedergeschlagenheit als Dauerzustand verlassen können. Calvin jedoch hatte mir die Vision einer hoffnungsvollen Zukunft beschert, die mich vergiftet hatte. Wie dumm ich gewesen war zu glauben, ich könnte an die Stelle seiner schönen Ehefrau treten!

Es war gut, dass er weg war. Vielleicht war er ja ein entflohener Häftling. Spontan war er auf jeden Fall – wie er beim Zahnarzt meine Hand gepackt und gesagt hatte, *einfach bloß raus hier*. Wie er mich um Mitternacht aus dem Bett gezerrt hatte, um ein libanesisches Restaurant anzusteuern. Ein Auto von einer Klippe gestoßen hatte.

Nun, jetzt war er spontan aufgestanden und gegangen. Er hatte keine Spuren hinterlassen. Selbst sein Süßstoff war im Abfall gelandet. Meine zaghaften Träume vom Zusammenleben hatten sich in Luft aufgelöst. Und Pam hatte wieder von mir Besitz ergriffen.

Ich besaß nicht die Kraft, mich zu wehren. Und gemeinsam über Calvin zu schimpfen, brachte uns eine Art säuerlicher Befriedigung. Mein Geständnis hatte zwischen uns etwas gelöst. Und Pam den Mut gegeben, ihre Meinung zu sagen.

»Mir hat nie gefallen, wie er aussieht«, sagte sie. »Wie er mit gereckter Brust herumstolzierte wie ein Gockel. Und das kleine Haarbüschel, das hinten aus seiner Baseballmütze spitzte, fandest du das nicht störend? Und wie hat er überhaupt eine Aufenthaltsgenehmigung bekommen? Es gibt doch da Bestimmungen. Ein bisschen zwielichtig das alles, wenn du mich fragst.«

Wir saßen im Café des nahe gelegenen Gartencenters. Pam hatte angedeutet, dass mein Garten eine Schande für die Straße sei. Nicht direkt so formuliert natürlich. »Du wirst dich viel besser fühlen, wenn du da Ordnung schaffst«, hatte sie gesagt. »Ich begleite dich. Ich brauche sowieso Geranien für meinen Hof.« Ich war zu schwach, Widerstand zu leisten. Außerdem hatte ich ein Auto.

An diesem Tag fühlte ich mich ganz besonders schlecht. Es war Anfang Juni, der grausamste Monat. Die jungen Blätter an der Buchenhecke meiner Nachbarn brachten mich zum Weinen – so sanft und flaumig, wie die Haut eines Kindes. Vor einem Jahr hatte ich Greg zuletzt gesehen, damals hatten die Glockenblumen um unsere Füße getanzt. Ich vermisse ihn genauso, wie ich Calvin vermisste. Ich vermisse die *Dichte*, die das Leben mit einem anderen Menschen bringt. Und gibt es einen trostloseren Ort als das Café in einem Gartencenter? Berieselungsmusik dudelte, als mir Pam ein Törtchen zuschob. Um uns herum waren pastellfarbene Hemdblusenkleider, Duftkerzen, tröpfelnde Brunnenanlagen und blaue Keramikfliesen ausgestellt. Ich wollte nur sterben.

»Du hast recht«, sagte ich. »Es war von Anfang an aussichtslos. Ich habe nur Panik vor dem Alleinsein.«

Pam kaute ihr Törtchen. »Du hast doch mich.« Sie drückte die Papierhülle auf ihrem Teller platt und fuhr glättend mit dem Finger darüber. »Männer sind nicht ganz dicht, stimmt's, Herzchen? Ich hatte vor vielen Monden einen Verlobten – Teddy –, aber sobald er mir den Ring an den Finger gesteckt hatte, ging alles nur noch schief. Ich glaube, er war manisch-depressiv.«

Ich blickte in ihr breites, weiches Gesicht, das vor Schweiß glänzte. »Oh, das tut mir wirklich leid!«

»Das ist alles Vergangenheit. Und Mutter hat ihn gehasst, das hätte mir eine Warnung sein müssen. Sie hatte einen sechsten Sinn für so was.«

»Was Calvin betrifft, hast du recht«, sagte ich. »Er ist auch nicht ganz dicht.«

»Mir kam er vor wie ein Bösewicht. Und ich habe beobachtet, wie er eine Verpackung auf die Straße hat fallen lassen.«

»Und erst der blöde Name«, sagte ich. »Ich meine, der ziert haufenweise Männerunterhosen.«

»Ach, wirklich? Das wusste ich nicht.« Sie nahm die Brille ab und putzte sie mit ihrer Serviette.

Plötzlich überkam mich Mitleid. Vielleicht spürte Pam das, denn sie blickte unvermittelt auf.

»Wenn du glaubst, ich wäre Jungfrau, dann bist du auf dem falschen Dampfer. Vor Teddy hatte ich ein aktives Sexualleben. Damals trug ich Kleidergröße 36, ob du es glaubst oder nicht.« Sie setzte ihre Brille wieder auf. »Mir geht es gut, Schätzchen. Ich habe mein Leben einfach nicht nach Männern ausgerichtet. Und ich weiß, dass du Mum für eine übellaunige alte Kuh gehalten hast, aber wir waren sehr glücklich zusammen. Jetzt, wo sie nicht mehr da ist, fühle ich mich, als hätte ich einen Arm verloren. Der nicht mehr nachwachsen wird.« Sie schob ihren Stuhl zurück. »Und jetzt holen wir endlich die Geranien.«

Und dann, Mitte Juni, rief Calvin an. Es war ein Sonntagnachmittag, und er kündigte an, er werde vorbeikommen. Er sei auf der Isle of Mull gewesen.

»Die Isle of Mull? Was hast du denn da gemacht?«

»Nachgedacht.«

Ich lachte. »Du warst reif für die Insel, was?«

Er gab darauf keine Antwort, sondern sagte, er sei in einer Stunde da, und legte dann auf.

Ich rannte ins Obergeschoss, um mich umzuziehen. Da also hatte er gesteckt. Ich konnte mir Calvin nicht vorstellen, wie er »nachdachte«; das passte gar nicht zu ihm. Aber was wusste ich schon? In den vergangenen vierzehn Tagen war er für mich ein Fremder geworden. Vielleicht war er das die ganze Zeit über gewesen – der unpassendste Pflanztopf für meine romantischen Träume, den man sich vorstellen kann.

Während ich meine Trainingshose auszog, dachte ich: Er kommt, um mir zu sagen, dass es zu Ende ist. Er hat gemerkt, dass er für eine neue Beziehung nicht bereit ist. Wer könnte das auch sein, wenn seine Frau gerade erst gestorben ist? Wie grausam ich gewesen war, heimtückisch Männern aufzulauern, die von Trauer gebrochen waren! Was für ein schäbiger kleiner Plan!

Calvin sah schlecht aus. Es war ein heißer Tag gewesen, und er trug lindgrüne Shorts und ein mit Ananas bedrucktes Hemd. Das kecke Outfit stand im Widerspruch zu seinem finsteren Gesichtsausdruck. Sein tiefbraun gebranntes Gesicht war faltig, und ich hatte das Gefühl, er sei geschrumpft.

»Möchtest du ein Glas Wein?«, fragte ich. »Sollen wir uns in den Garten setzen?«

Er schüttelte den Kopf. »Ich will nicht, dass Nachbarn mithören.«

Mir sank das Herz. Ich schenkte uns Wein ein, und wir nahmen in der Küche Platz.

Einen Augenblick lang sagte er nichts. Das einzige Geräusch war das Tropfen des Wasserhahns. Er hatte versprochen, eine neue Dichtung zu besorgen; es hatte auf seiner Erledigungsliste gestanden.

»Also, wie ist es dir ergangen?«, fragte er.

»Gut.«

Panik hatte mich ergriffen. Worüber, um Himmels willen, hatten wir früher gesprochen? Es kam mir vor, als gäbe es absolut nichts zu sagen.

»Mein Kumpel hat eine Hütte«, erzählte er. »Super zum Segeln. Toller Blick. Ein Platz, um den Kopf freizubekommen und alles von einer anderen Perspektive aus zu sehen.«

»Und?«

»Also, Prudence. Ich will dir reinen Wein einschenken.«

»Lass es!« Ich legte die Hand auf seine. »Wirklich, es ist alles in Ordnung. Es war schön, aber ich verstehe dich vollkommen.«

»Das glaube ich kaum.« Er schob mir sein Glas zu. »Hast du mehr von dem Zeug?«

Ich schenkte ihm nach. Er sah sich in der Küche um und ließ einen tiefen, schaudernden Seufzer hören, wie ein Lasttier. Ich hatte keine Ahnung, was ihm durch den Kopf ging. Wer war dieser sonnengebräunte Mann in dem schreiend bunten Hemd? Um die Wahrheit zu sagen, wünschte ich mir, dass er ging. Ich war zu alt, um noch einmal fallen gelassen zu werden. Anfänge waren einfach, aber für das Ende braucht man Stehvermögen, und ich war fast einundsiebzig.

»Meine Frau war meine Welt«, erklärte er. »Das weißt du, nicht wahr?«

»Natürlich«, sagte ich gereizt. »Natürlich war sie das.«

»Aber als ich dich traf, machte etwas klick. Weißt du, ich bin nie einer Frau begegnet, die mir ebenbürtig war, ganz im wörtlichen Sinne.« Er hielt inne. »Sogar überlegen, wenn ich ehrlich bin. Weißt du, meine Angie war nicht gerade mit geistigen Gaben gesegnet. Wenn ich ganz ehrlich bin.«

»Ich bin sicher, dass sie ...«

»Nein, lass mich ausreden. Sie hatte keinerlei Bildung, Gott hab sie selig. Und sie war von ihrem Vater geschlagen worden. Das hatten wir gemeinsam, und weißt du, was das bedeutet? Sie war immer noch das Kind, das geschädigte Kind. Ihr ganzes Leben lang wurde sie von Männern missbraucht – Fotografen, Freunde –, und ich wollte mich um sie kümmern und sie glücklich machen. Denn nichts sonst machte sie glücklich, weißt du? All die Modeerscheinungen, auf die sie hereinfiel, die Achtsamkeit, die Darmspülungen, die Diäten und die Akupunktur, die Quacksalber und Scharlatane, der Extinction-Rebellion-Quatsch ...«

»Das ist für mich, ehrlich gesagt, kein Quatsch.«

Er hob die Hand. »Weißt du, wenn es sie glücklich gemacht hätte, wunderbar. Aber das tat es nicht, nichts davon, also machte ich es zu meiner Aufgabe, sie zu retten.« Er leerte sein Glas. Lieber Himmel, bald würde er zu betrunken sein, um noch zu fahren. »Aber ich bin gescheitert. Und damit muss ich leben.«

»Wie meinst du das?«

»Sie hatte es vorher schon probiert, um ehrlich zu sein. Zweimal. Aber ich habe sie rechtzeitig gefunden, und man hat ihr den Magen ausgepumpt. Diesmal wählte sie einen Moment, in dem ich ganz sicher unterwegs war. Ich flog einen Kunden nach Antwerpen. Einen Diamantenhändler. Und das werde ich mir nie verzeihen.«

Ich starrte ihn an. »Ich dachte, sie hatte ein Aneurysma.«
Er schüttelte den Kopf.
»O Gott. Es tut mir so leid.«
»Und ich habe ihr gegenüber versagt.«
»Das hast du bestimmt nicht.«
»Sieh mal, meine Liebe, vorbei ist vorbei«, sagte er.
»Nicht wirklich ...«
»Ich arbeite daran, glaube mir. Ich wollte dir einfach nur die Wahrheit sagen.«

Wieder füllte er sein Glas. Himmel noch mal, er würde über Nacht bleiben müssen. Mir sank das Herz. Er war nicht mehr der Mann, der mich zum Lachen gebracht und mir ein Tuch gegeben hatte, um meinen Sabber abzuwischen. Ich hatte Mitleid mit ihm und Angst vor dem, was er mir sagen wollte. Mach einfach Schluss mit mir und geh, beschwor ich ihn wortlos. Nimm ein Taxi und zieh ab.

»Aber dann kamst du«, sagte er. »Weißt du was? Früher hätte ich mit einer Frau wie dir nicht umgehen können.«

»Wieso nicht?«

»Ich hätte mich bedroht gefühlt, wenn du verstehst, was ich meine?«

»Himmel noch mal!«, fauchte ich. »Nicht diese ollen Kamellen. Warum könnt ihr Männer da nicht einfach drüberstehen?«

Er zuckte zusammen. »Hör mal, Süße. Ich bin gekommen, um dir zu sagen, dass ich dich liebe.«

Einen Augenblick lang verschlug es mir die Sprache.

»Es tut mir leid, dass ich mich an dem Tag wie ein Arschloch verhalten habe«, sagte er. »Ich fühlte mich auf der Beerdigung einfach fehl am Platz. Kannst du mir verzeihen?«

Stille trat ein. Schließlich nickte ich.

»Ich glaube, ich habe mich schon in dich verliebt, als wir

die A 1 entlangfuhren«, sagte er. »Da ging es wahrscheinlich los.«

Ich lachte zittrig. »Ja, wahrscheinlich.«

»Also sind wir wieder gut?«

»Ja«, sagte ich.

Er rührte mich nicht an. Nichts dergleichen. Wir saßen einfach nur da und lauschten dem Tropf, Tropf, Tropf ...

»Erinnere mich daran, dass ich den Wasserhahn repariere«, sagte er.

Calvins Mutter war blind gewesen. Das war einer der Aspekte seiner Kindheit, von denen ich jetzt erst erfuhr. Sein Vater war ein Sadist und hatte Spaß daran gehabt, sie zu verwirren, indem er Gegenstände im Haus umstellte. Auch seinen Sohn zu verspotten, hatte ihm Vergnügen bereitet.

»Vor dem Haus gab es einen Sandhaufen«, sagte Calvin. »Von irgendeinem Bauprojekt, das der alte Mann nie abgeschlossen hatte. Er ließ mich den Schubkarren damit beladen, umdrehen und ausleeren. Dann wieder beladen, ums Haus schieben, ausleeren, und so fort, den ganzen Nachmittag lang.«

»Eine frühe Lektion in Nihilismus à la Nietzsche«, lachte ich.

Calvin neigte nicht zum Selbstmitleid; er erzählte mir diese Dinge nur als Tatsachen des Lebens – was sie für ihn natürlich auch waren.

»Vielleicht hat er mir sogar einen Gefallen getan«, sagte er schulterzuckend. »Es hat mich zu dem Menschen gemacht, der ich heute bin.«

Den Suizid seiner Frau erwähnte er mit keinem Wort mehr. Ich rührte auch nicht an diesem wunden Punkt; dass die Neugier in mir arbeitete, brauche ich nicht eigens zu erwähnen, aber es war nicht meine Angelegenheit. Vielleicht hätte ich mehr Fragen stellen sollen – das wird mir jetzt klar. Aber damals genoss ich einfach nur seine Gesellschaft und die neue Offenheit, mit der wir uns begegneten.

Calvins Liebeserklärung hatte mich vollkommen überrascht. Sie veränderte etwas zwischen uns. In diesem Sommer waren wir einander sehr nah. Ich spürte, wie meine Liebe zu ihm mal groß war und dann wieder nachließ, sie wechselte mit der Stimmung und dem Wetter. Manchmal sagte er etwas Dummes, und ich dachte: Was zum Teufel tue ich da bloß? Dann kam die Sonne heraus, und ich öffnete mein Herz. Der Effekt von Sonnenschein auf Beziehungen wird unterschätzt. Während jener schwülen Augusttage, an denen das Gras vertrocknete und die Bäume erschöpft die Kronen hängen ließen, existierte einzig und allein das *Jetzt*. Die Zukunft lag in der Ferne.

Habe ich schon erwähnt, dass Calvin Stride-Piano spielte? Fats Waller, den ich liebte, Gershwin, den ich ebenso verehrte – woher wusste Calvin das? Ich habe keine Ahnung, ob er gut darin war, aber mein Inneres begann zu schmelzen und ich war ganz sein. Er spielte in seinem Wohnzimmer, während ich auf dem dicken weißen Teppich lag, ihm lauschte und über seine Kindheit nachdachte. Wie seltsam, von seiner eigenen Mutter nie gesehen worden zu sein! Ein unsichtbares Kind, das sie nur durch die Berührung ihrer Finger kannte. Als ich ihn fragte, sagte er: »Ich habe dieses Klavier gekauft, um für sie spielen zu können, obwohl sie ja längst tot war.« Er konnte mich wirklich immer wieder überraschen.

Später gingen wir schwimmen, und ich lag auf dem Rücken, beobachtete, wie die letzten Sonnenstrahlen auf der Wetterfahne über dem Stall leuchteten. Ich träumte sogar davon, ein Pferd zu kaufen. Ich würde die versteckten Pfade des Grüngürtels entlanggaloppieren – die Felder hinter dem Sainsbury's, wo immer noch Kühe grasten; den von Brombeeren gesäumten Pfad unterhalb der dröhnenden Autobahn. Wenn man die Augen schloss, konnte man meinen, es seien Bienen.

Ich verbrachte einen Großteil des Sommers bei Calvin. Sogar meine Katze Flossie holte ich her. In London hatte ich nichts mehr verloren. Meine Freunde schienen ständig unterwegs zu sein, um Enkel zu besuchen oder eine ihrer zahllosen Urlaubsreisen zu unternehmen. Vielleicht meldeten sie sich auch bloß nicht, aber das störte mich nun nicht mehr. Max und Lucy hatten offenbar keine Lust auf einen Besuch, obwohl ich ihnen jetzt von dem neuen Mann in meinem Leben erzählte. Und dann war da noch Pam, ein weiterer guter Grund, mich fernzuhalten. Wie konnte ich ihr bloß wieder unter die Augen treten, nachdem wir so eifrig über meinen Liebhaber hergezogen hatten? Es war zu peinlich, für uns beide. Und ich hatte ein schlechtes Gewissen, weil ich sie benutzte, wenn ich sie brauchte, und jetzt, wo ich glücklich war, fallen ließ. Also mied ich sie wie ein Feigling. Wenn ich das Haus verließ, entschlüpfte ich durch die Gasse, den geheimen Durchgang, der Calvin in mein Leben gebracht hatte.

Eines Morgens im September stand ich aus Calvins Bett auf und fand ihn unten an seinem Laptop. Sein Haar war feucht von der Dusche, und er trug seinen Frottee-Bademantel mit dem gestickten Emblem des St.-Regis-Hotels auf der Tasche. Es stellte sich heraus, dass er die Gezeitentabelle für die Küste von Kent herunterlud.

»Ich entführe dich, raus aus dieser Welt«, sagte er.

Als Kind hatte ich von den Goodwin Sands gehört. Sie lagen draußen im Meer, ein paar Meilen von Deal entfernt, und waren nur bei Ebbe zu sehen. Einmal, in den Ferien, gab mir mein Vater ein Fernglas und deutete auf eine riesige Fläche – Sand, so wie es aussah – mitten in der Nordsee. »Diese Strömungen sind tödlich«, hatte er gesagt. »Mehr als zweitausend Schiffe sind in diesen heimtückischen Wassern schon versunken.« Dann hatte er, wie so oft, tief geseufzt. »Wenn ich dir nur eines mitgeben kann, mein Mädchen, dann ist es der Rat, niemals dem Schein zu trauen.« Kein Wunder, dass Calvin mich anzog.

Wir flogen in Calvins Hubschrauber hin. Es war unser erster Flug seit Alex' Beerdigung. Das Wetter war großartig: Der Sommer neigte sich dem Ende zu, und es war einer jener arkadischen Tage, nach denen man Sehnsucht verspürt, bevor sie auch nur begonnen haben. Calvin war bester Laune, während wir Deal überflogen, die Spielzeughäuser und den Spielzeugkai, wo ich vor langen Jahren Eis gegessen hatte, und dann ließen wir es hinter uns und flogen übers Wasser.

»Ich liebe dich!«, rief ich, obwohl Calvin es nicht hören konnte.

Die Ohren von Kopfhörern umschlossen, deutete er nach unten. Schwarze Punkte sprenkelten eine ausgedehnte Sandfläche mitten im Ozean. Als wir näher kamen, erkannte ich, dass es Seehunde waren.

Abgesehen davon waren die Goodwins leer. Gekräuselter Sand, so weit das Auge reichte, durchsetzt von Wasserpfützen. Es schepperte ohrenbetäubend, als wir landeten. Die Seehunde ließen sich ins Wasser gleiten und schwammen davon. Allerdings tauchten sie bald wieder auf und starrten uns aus ihren schlanken Hundegesichtern an, während wir herauskletterten auf die feuchte, geriffelte Sandfläche. Möwen kreischten, der Wind peitschte. Wir gingen mitten im Meer spazieren. Wir gingen auf dem Mond spazieren. Wir gingen im Nirgendwo spazieren.

Es gab keinerlei Anzeichen für versunkene Schiffe. Keinerlei Anzeichen für nichts, nur unsere neugierigen Gefährten, die neben uns herschwammen, während wir über die Pfützen sprangen. Weit entfernt, waren die weißen Klippen und die kleine Stadt bedeutungslos geworden. Calvin ging davon und verlor ebenfalls seine Bedeutung. Ich glaube nicht, dass ich jemals so glücklich gewesen bin. Ich dachte an die versunkenen Wracks und aus irgendeinem Grund auch an meinen Bruder, die Fehlgeburt, ebenfalls in tiefem Schweigen vergraben, denn meine Eltern hatten nie über ihn gesprochen. Aber ich spürte keine Trauer, nur ein Gefühl von Frieden. Ich war verschollen zwischen Welten, mitten im Meer, und die Zeit spielte keine Rolle. Versunkene Schiffe und zu Grabe getragene Babys sind bloß Teil unserer Geschichte, und eines Tages werden wir zu ihnen stoßen. Wie konnte es irgendwo so seltsam sein und gleichzeitig so beruhigend? *Ich entführe dich, raus aus dieser Welt.*

Der Wind wühlte das Meer auf und schlug mir das Haar gegen die Haut. Ich jauchzte vor Freude, aber nur die Möwen konnten es hören. Ich fühlte mich leichter, reingewaschen. Mein krankhafter Groll war wie weggeblasen ... mein Mann, meine beste Freundin ... wie hießen sie doch gleich? Wen scherte das schon?

Plötzlich legten sich Hände um meine Luftröhre. Ich zuckte zusammen.

»Wir befinden uns außerhalb von Territorialgewässern«, brüllte Calvin mir ins Ohr. »Wir könnten einen Mord begehen, und man könnte uns nicht zur Rechenschaft ziehen.«

Ich löste seine Hände. »Das ist beruhigend.«

Er erklärte, der Platz verändere sich permanent und die Wracks tauchten auf und verschwänden wie Geister. In dieser surrealen Welt war auf nichts Verlass, nicht einmal auf den Sand unter unseren Füßen.

Unsere Hochstimmung hielt auf dem Heimweg noch an. Ich fühlte mich so leicht, befreit von den Lasten der Vergangenheit. Wieder daheim bei Calvin, machte er Tee und Rührei. Die Einfachheit dieses Essens berührte mich. Zum ersten Mal hatte ich das Gefühl, den Rest meines Lebens mit diesem Mann verbringen zu können.

In Lauf dieses Tages hatten wir Räume zwischen Vergangenheit und Zukunft durchschritten, und ich merkte, dass auch Calvin das spürte. Er sagte nämlich beim Essen: »Wie wär's, wenn wir uns ein gemeinsames Zuhause suchen, Süße? Was hältst du davon?«

Mein Herz machte einen Sprung. »Aber du liebst doch dein Haus.«

»Zeit für einen Neuanfang. Zu viele Erinnerungen.« Er sah mich an, krauste die Stirn über den blauen Augen in seinem sommersprossigen, sonnenverbrannten Gesicht. »Und wie ist das mit deiner Bude?«

»Zu viele Erinnerungen.«

»Es ist bestimmt eine Stange Geld wert.«

»Sogar mehr.«

Er sagte, er wolle sich ohnehin aus dem Geschäft zurückziehen und es sei Zeit, Doug übernehmen zu lassen.

»Der Mann, dessen Frau dir einen Keks schenkt, nachdem du sie gefickt hast?«, fragte ich.

»Das war ein Witz, Liebes.« Er streichelte mein vom Salz verklebtes Haar.

Dann schlug er vor, wir könnten in Deal ein Haus suchen, da würde er gern wohnen. Deal, wo alles begann, aber ich hatte ihm nie von dem Wohltätigkeitsladen und dem kleinen schwarzen Kleid erzählt. Ich hatte bloß gesagt, dass ich das Meer liebte und niemals nach Dorset zurückkehren könnte.

Also suchten wir auf Google nach Liegenschaften in Deal, bis uns schwindelig war vor lauter Möglichkeiten; dann gingen wir ins Bett und liebten uns. Dieses Mal war es eine andere Ebene, fast transzendent. Das war normalerweise gar nicht seine Art als Liebhaber, aber an diesem Abend war es so intensiv, dass es mir den Atem raubte.

Anschließend konnte ich nicht schlafen. Jene Sandbank hatte mein inneres Kaleidoskop durchgerüttelt und die Teilchen neu zusammengesetzt. Mein Kopf schwirrte vor Zukunftsaussichten. Ein Haus in Deal, mit Blick aufs Meer. Ich hängte hinten im Garten die Wäsche auf, während Möwen in Reih und Glied auf der Mauer saßen und mir aus ihren perlenartigen gelben Augen zusahen. Calvin war drinnen und tat – was? Ich hatte keine Ahnung …

Vielleicht kauften wir ein Pfarrhaus in Suffolk, und der Schatten der Kirche fiel in unseren Garten. Französische Fenster, deren Vorhänge sich in der Brise blähten, ein junger Border Collie, der auf einem Sonnenplätzchen döste, Calvin, der irgendetwas in seinem Schuppen bastelte. War er der Typ Mann? Ich hatte keine Ahnung …

Wie wäre es mit einem Cottage im Grenzland zwischen Wales und England? Wir würden auf dem Grenzwall Offa's Dyke spazieren gehen, die Gesichter windgepeitscht, und hinterher zu Hause Teegebäck knabbern, unser Hund Beryl – dieses Mal eine Hündin! – würde schnaufend auf dem Teppich vor dem Ofen liegen. Meine Bücher in den Regalen;

Calvin hatte nicht viele, also war für meine mehr Platz. Ein Gemüsegarten natürlich. Vielleicht Hühner?

Diese Szenarios flammten vor meinem inneren Auge auf, stockend und blass, wie bei instabilem Netz. Schließlich kannte ich diesen Mann kaum. Freunde von ihm hatte ich selten getroffen. Er war mir immer noch fremd und doch auf eine instinktive Weise zutiefst vertraut. Es war aufregend, dass wir zusammenleben würden: Ich hatte bloß Schwierigkeiten, es mir vorzustellen. Ob wir wohl heirateten? Vielleicht machten wir in einem seiner Hubschrauber eine Spritztour nach Frankreich und landeten in jenem Dorf in der Bretagne, wo Azra ihre Bettwäsche gekauft hatte. Wir würden in einem Haus mit Apfelbäumen im Garten wohnen, warme Baguettes essen und die Nachmittage im Bett verbringen.

Irgendwann muss ich eingeschlafen sein, denn alles wurde aufgewirbelt und löste sich dann in Träume auf. Ich meinte Calvin in seinem Schuppen gehört zu haben, wo er an einem Stück Holz hämmerte … ich war in Suffolk … in Frankreich … Dann wurde ich wach, räkelte mich und merkte, dass es der Regen war, der aufs Dach prasselte … aber laut, so laut … es mussten Hagelkörner sein.

Jemand hämmerte an die Haustür.

»Calvin!« Ich rüttelte ihn wach und sprang aus dem Bett, schnappte mir ein Nachthemd und rannte hinunter. Es war fünf Uhr dreißig.

Ich öffnete die Tür. Draußen standen zwei Polizisten. In dem Moment war mir klar, dass Max gestorben war. Warum nicht Lucy? Mütterlicher Instinkt. Mein Sohn hatte keinen Orientierungssinn. Er hatte sich in der Wüste verlaufen und war verdurstet.

Doch die beiden Polizisten spähten über meine Schulter.

Ich drehte mich um. Calvin näherte sich, die bloßen Füße lautlos auf dem Marmorboden. Im Gehen knotete er den Gürtel seines Bademantels fest, des weißen aus Frottee aus dem St.-Regis-Hotel. Vielleicht hatte man herausgefunden, dass er ihn geklaut hatte.

»Sind Sie Mr Calvin Fox?«

Er nickte.

Der Polizist räusperte sich und sagte: »Ich verhafte Sie wegen Verdachts des Mordes an Ihrer Ehefrau, Mrs Angela Fox. Sie brauchen nichts zu sagen, aber es wird Ihrer Verteidigung schaden, wenn Sie beim Verhör etwas nicht äußern, was Sie später vor Gericht vorbringen. Alles, was Sie sagen, kann gegen Sie verwendet werden.«

TEIL DREI

Eins

In ihren besten Zeiten packte Angie nicht einmal ihren Koffer aus. Sie reiste kreuz und quer über den Globus, verlor hier einen Tag ihres Lebens, gewann dort einen Lebenstag, erlebte die Morgendämmerung in der Business Class, den gekrümmten Horizont, der leuchtete wie ein brennender Wald, schon einen Tag später, bis sie die Sonnenblende herunterzog. Requisiten wurden um die ganze Welt transportiert, für Foto-Shootings auf den Malediven, in Rajasthan und Bali. Einmal wurde ein Sarong in die Toskana geflogen, weil ein Assistent die falsche Farbe bestellt hatte. Im Hochsommer spuckten in den Bayerischen Alpen riesige Schneekanonen Schnee, der die Landschaft für eine Aufnahme, die letztendlich in den Müll wanderte, in winterliches Weiß tauchte.

Sie waren eine verruchte Zeit, die späten Siebziger. Angie war jung und so atemberaubend schön, dass vorbeiradelnde Männer gegen Laternenpfähle krachten. Groß und schlank, mit honigfarbener Haut und langem blonden Haar, wirkte sie zauberhaft und zerbrechlich wie ein Reh, das sich im Wald verlaufen hat. Und sie war tatsächlich ein verletzliches Wesen. Ihr ganzes Leben lang hatten Raubtiere sie umkreist, bereit zum Sprung. Als Kind war sie von einem Onkel mit feuchtem Schnauzbart belästigt worden, ein Vorfall, der erst in einer Therapiestunde hochkam, nachdem sie im Erwachsenenalter einen Zusammenbruch erlitten hatte. Ihre starke Wirkung auf Männer hatte in gewisser Weise ihr Leben zerstört, denn große Schönheit kann große Einsamkeit mit sich bringen. Frauen waren eifersüchtig auf sie. Männer wollten sie bloß bumsen. Sie täuschten Interesse an ihren Ansichten vor – die ehrlicherweise nicht besonders spannend waren –, starrten ihr aber die ganze Zeit bloß auf die Lippen.

Gleichzeitig konnte sie auch nicht wirklich allein sein, denn wo sie ging und stand, wandten sich die Köpfe. Es war seltsam absurd, aber wer hätte auch nur einen Funken Mitgefühl mit ihr gehabt?

Angie kannte es nicht anders. Sie war immer gleichzeitig gesegnet und verflucht gewesen, und so trieb sie dahin, naiv im Grunde, denn ihr Aussehen öffnete ihr Türen in andere Leben – Leben von Berühmtheiten und Milliardären –, bis sie vierzig war und Calvin begegnete. Er flog sie zu der VIP-Suite in Glastonbury, wo ihr Freund, ein Rockstar, gleich mit ihr Schluss machen sollte.

Sie war in einem schwierigen Alter, als sie und Calvin sich ineinander verliebten. *Vierzig.* Für sie ein Gefühl, als verprügelte man sie mit einem Vorschlaghammer. Sie war mittleren Alters, ihre Schönheit verblasste, es war der Anfang vom Ende! Tatsächlich war sie, wie viele Menschen mit gutem Körperbau, eher noch schöner geworden, aber sie war immer unsicher gewesen und glaubte nun, ihr Leben sei zu Ende. Ihre Aufträge waren weniger geworden, erzählte mir Calvin; die Jobs bekam nun die jüngere Generation. Die Model-Welt nährt sich von jungen Körpern, und daran war der Nachschub niemals knapp. Außerdem war sie es müde, aus dem Koffer zu leben. Und von schmierigen Typen, die sie anbaggerten, hatte sie erst recht die Nase voll.

Doch Calvin war ein ganz normaler Mann. Er ging mit ihr zum Bowling und brachte sie zum Lachen. Er mochte ein roher Diamant sein – sie wusste, dass Leute über ihn spotteten –, aber das war in Ordnung. Wer scherte sich um die Meinung der anderen? *Ihm* jedenfalls war sie piepegal. Er war nicht interessiert daran, in Restaurants mit ihr zu protzen, solcher Paparazzi-Unsinn, nichts dergleichen.

Und Calvin bumste sie nicht, jedenfalls zunächst nicht. Er spielte das lange Spiel. Das machte sie neugierig. Schließlich sagte er: *Komm ins Bett. Ehrlich, er ist so klein, dass du ihn kaum bemerken wirst.* Daraufhin bekam sie einen solchen Lachanfall, dass sie fast erstickte. Calvin, der Rettungssanitäter, kam ihr zu Hilfe. Und als sie dann kichernd auf dem Bett zusammenbrachen, gab sie sich vollkommen hin. Sie vertraute ihm, und bis dahin hatte sie noch nie jemandem vertraut.

Dumme Frau.

Außerdem – das ist vielleicht das Wichtigste – war Angie reich. Ihr Vater war der Marquis de Irgendwas und besaß ein freiherrliches Anwesen in Wiltshire. Wie große Teile der Aristokratie war die Familie ein ziemlich gestörter Haufen, Alkohol- und Drogenmissbrauch, etliche Geschwister landeten immer wieder in der Psychiatrie. Calvin nannte sie »Alki-Dandys« und verachtete sie allesamt. Tatsächlich war ihm das gesamte britische Klassensystem ein Rätsel.

Als Angie dreißig war, wurde ihr Treuhandfonds zuteilungsreif. Obwohl man sie für dumm hielt, investierte sie klug, da sie damals einen Banker zum Freund hatte, einen langweiligen Deutschen, der genug Geld für sie beide besaß. Sie wollte auch die Zukunft ihrer Kinder absichern, eine Hoffnung, die zerschlagen wurde, als sie erfuhr, dass sie unfruchtbar war. Darüber trauerte sie immer noch, als sie Calvin kennenlernte.

»Ich habe sie nicht wegen des Geldes geheiratet«, erklärte Calvin. »Ungelogen, das ist die reine Wahrheit.«

Was für einen Unterschied machte das schon? Glaubte

er wirklich, das hätte mich interessiert? Menschen können seltsame Vorstellungen davon haben, was anderen wichtig ist.

Diese Gespräche fanden statt, als Calvin im Belmarsh Prison in Untersuchungshaft saß. Seine Freunde hatten sich zurückgezogen; ich war eine der wenigen, die ihn besuchten. Nach meinem anfänglichen Entsetzen hatte ich den Drang verspürt, ihn in diesen Wochen vor der Urteilsverkündung zu sehen. Ich hatte so viele Fragen. Ich brauchte Antworten, und er öffnete sich. Ja, er wollte sogar unbedingt reden; ich hatte das Gefühl, dass es ihn irgendwie erleichterte. Er hatte bereits ein Schuldgeständnis abgelegt, was eine kürzere Haftstrafe bedeutete, und vielleicht hatte er das Gefühl, nichts zu verlieren zu haben.

Bei jedem meiner Besuche sah er noch grauer und eingefallener aus. Auch unrasierter, denn wozu sollte er sich nur für mich hübsch machen? Er hatte kein Interesse mehr daran, mir zu gefallen oder mich zu bespaßen. Dieser Calvin war verschwunden, der Mann, der Witze über Chutney gemacht und meine Ellbogen geküsst hatte. Mein lässiger, gesprächiger Freund hatte einem Fremden Platz gemacht. Einem Häftling. Einem *Mörder*. Die Veränderung war so verwirrend, dass ich mir keinen Reim darauf machen konnte. Stattdessen hörte ich mir einfach seine monoton vorgetragene Geschichte an. Manchmal neigte er dabei fast herausfordernd den Kopf, wie die Möwen in Deal. Irgendwie mitleidig auch. Warum tat er das? Weil ich ihm glaubte? Er hatte recht. Warum glaubte ich ihm, nachdem er so viele Lügen erzählt hatte?

Warum zum Beispiel hatte er zunächst behauptet, seine Frau sei an einem Aneurysma gestorben, und später einen Suizid daraus gemacht? Welchen Sinn hatte das gehabt? War er einfach ein geborener Lügner? Ein Psychopath? Wenn ich aus alledem irgendetwas gelernt hatte, dann, dass man niemals jemanden wirklich kennt.

So fuhr ich also Woche für Woche ins Hinterland südöstlich von London. Weiß der Himmel wie ich dort hinfand; jedes Mal verfuhr ich mich und landete unter irgendeiner gottverlassenen Hochstraße. Ich war getrieben von dem Bedürfnis, irgendeine Art von Erklärung zu bekommen.

Die ich schließlich auch bekam, als ich im Besucherzimmer dem Mann gegenübersaß, in den ich meine Hoffnung gesetzt hatte. Er versuchte nicht, sich zu rechtfertigen oder Ausflüchte zu machen. Tatsächlich schien er eine seltsame Distanz zu seinen eigenen Handlungen zu haben. Auch meine Reaktion interessierte ihn überhaupt nicht, was ich schrecklich fand. Doch dann dachte ich: Er war nie neugierig auf mich und weiß eigentlich gar nichts über mich.

Ein Soziopath. Psychopath. Was auch immer. Warum hatte ich es nicht gemerkt?

Und, wichtiger noch: Hatte er vorgehabt, *mich* zu ermorden? Hin und wieder schoss mir dieser Gedanke durch den Kopf, aber ich verwarf ihn wieder. Ich war nicht reich genug. Um sich mein Haus unter den Nagel zu reißen, hätten wir verheiratet sein müssen, und eine Ehe hatte keiner von uns in Erwägung gezogen. Er hatte lediglich vorgeschlagen, zusammenzuziehen. Natürlich war es möglich, dass er sich einfach nur Zeit ließ, wie bei Angie, aber ich war nie so attraktiv gewesen wie sie und war ehrlich gesagt auch zu durcheinander, um Spekulationen über die Zukunft anzustellen. Ich hatte mit genügend Schrecken zu kämpfen, wenn ich nur die Vergangenheit näher betrachtete.

Denn es war alles vergiftet gewesen, die Landschaft unserer gemeinsamen Monate ein chemisch verseuchtes Gebiet. War alles eine Lüge gewesen? Mir war übel, aber mit zwanghafter Verbissenheit ging ich jeden einzelnen kontaminierten Moment durch – die Albernheit und das Geplapper, das Liebesspiel, die spontanen Spritztouren zu spätnachts geöffneten Restaurants, wo Calvins Auftritt festliche Stimmung ausgelöst hatte. Seit Greg und Azra hatte ich mich nicht mehr so verraten gefühlt. Dieses Mal machte es mich sogar noch mehr krank.

Aber ich brauchte Fakten. Dort im Besucherzimmer waren wir von der Außenwelt abgeschnitten. Aus der Ferne drang gedämpft das Gebrüll der Häftlinge zu uns, wie das Tosen des Meeres. Wir waren gemeinsam gestrandet. Ich erinnerte mich an den Tag auf den Goodwin Sands, als Calvins Hände meinen Hals umschlossen hatten. *Wir könnten einen Mord begehen, und man könnte uns nicht zur Rechenschaft ziehen.*

»Erzähl mir mehr über Angie«, sagte ich. »Was veränderte sich zwischen euch?«

»Willst du das wirklich wissen?«

»Natürlich.«

Er starrte mich aus seinen kleinen Schweinsäuglein an. Ja! Jetzt konnte ich es zugeben. Ich hatte diesen Mann romantisch verklärt, weil ich mich so sehr nach Gesellschaft sehnte. Da saß er nun auf seinem Plastikstuhl – sandfarbene Wimpern, Eidechsenhaut, zutiefst erschöpft. Ein erbärmlicher kleiner Mörder, der fast damit davongekommen wäre.

»Ich weiß nicht, warum du Woche für Woche hierherkommst«, jammerte er. »*Warum* kommst du? Warum führst du nicht einfach dein Leben weiter?«

»Sag mir, was passiert ist. Bist du mir das etwa nicht schuldig?«

Er riss die Verpackung von seinem Schokoriegel. »Also gut.«

Jahrelang waren sie glücklich. Angie liebte Tiere. Tiere wollten nichts von ihr und gaben ihr bedingungslose Liebe; viele missbrauchte Frauen finden Trost bei Haustieren. Sie liebte ihr Pferd Conker und gewann Preise im Military. Sie dilettierte in Innenarchitektur. Sie und Calvin veranstalteten legendäre Partys, wo sie sich mit Drogen vollstopfte und bei mehreren Gelegenheiten das Bewusstsein verlor. Ja, Angie hatte durchaus ihre Probleme, aber Calvin kümmerte sich um sie; das war seine Rolle. Er war ein konservativ eingestellter Mann, und es kam ihm entgegen. Seine Firma konnte ihren Lebensstil nicht finanzieren, doch in den frühen Jahren war das kein Problem. Mit Angies Geld kauften sie das Haus und bezahlten die Renovierungen, aber ihr war klar, dass Männer das Sagen haben wollen – damit hatte sie hinreichend Erfahrung –, und sie übertrug ihm die finanziellen Angelegenheiten. Die Tatsache, dass die Rechnungen von ihrem Geld bezahlt wurden, erwähnten sie nie.

Die Einzelheiten erzählte mir Calvin nicht. Ich ergänzte sie selbst – die Männer, die gegen Laternenpfosten prallten, den feuchten Schnauzbart des Onkels. Ich habe immer eine lebendige Fantasie gehabt. Als ich sie ausgestaltet hatte, war die Angie meiner Vorstellung zweifellos eine andere als die Angie, die er gekannt hatte, doch ich gewann ein Bild von ihrer Ehe und den Schwierigkeiten, die gegen Ende zu brodeln begannen.

Angie war eine leichtgläubige Frau. So jedenfalls nannte er es. Ich denke, sie war eine verlorene Seele auf der Suche nach Antworten, nach einer Art Führung durch das Leben.

Calvin begriff das nicht; das war nicht sein Ding. Ich merkte, wie ich innerlich immer mehr für Angie Partei ergriff. Tatsächlich begann ich, sie zu mögen. Vielleicht, weil ich wusste, was noch kam.

Calvin nippte an seinem grässlichen Gefängniskaffee. »Aber dann geriet sie an das Klimazeug. Eine Riesensache.«

Auslöser war etwas, das sie im Internet gelesen hatte. Was immer es war, es zeigte eine tiefgreifende Wirkung. Als Erstes hörte sie auf, Fleisch zu essen. Ja, sie wollte gar keins mehr im Haus haben.

»Verdammte Linsen«, sagte Calvin. »Verdammtes Kaninchenfutter. Ich furzte von hier bis Weihnachten.«

Calvin war gar nicht so unbelehrbar; wir hatten oft libanesische Mezze zusammen gegessen. Das Gefängnis schien den Neandertaler in ihm zum Vorschein zu bringen. Vielleicht lag es an der Gesellschaft, die er dort hatte.

Zunächst glaubte er noch, es sei bloß wieder eine Laune. Doch schnell wurde ihm klar, dass es etwas anderes war. Innerhalb weniger Wochen veränderte sich Angies Charakter. Sie war nie eine rechthaberische Frau gewesen, doch jetzt begann sie, ihm Vorhaltungen zu machen, weil sein geliebter Range Rover so hohe Abgaswerte hatte; sie schaltete die Heizung des Swimmingpools ab und stornierte ihren gemeinsamen Urlaub auf den Malediven. Sie wurde zunehmend militant, hielt ihren Freunden Vorträge, nahm an Demonstrationen teil und hängte vor dem Supermarkt von Potters Bar Petitionen auf. Calvin hegte den Verdacht, dass sie Extinction Rebellion große Geldsummen spendete, aber nachprüfen konnte er es nicht, noch nicht.

»Sie glaubte das alles ohne Wenn und Aber«, sagte er. »Es war, als hätte sie sich die Aufgabe gestellt, als einzelne Frau die Welt zu retten. Und – stell dir vor – sie begann, wegen meines Jobs an mir herumzunörgeln. Sie sagte, es sei moralisch nicht vertretbar, so den Planeten zu verseuchen. Sie warf mit Statistiken über das Fliegen und die CO2-Emissionen um sich. Es war meine *Arbeit*, Himmel noch mal! Ich hatte das Unternehmen aus dem Nichts aufgebaut, es war mein Baby, und ich war stolz darauf. Sie begann, mich vor meinen Freunden bloßzustellen, mich zu demütigen, wenn du weißt, was ich meine?«

»Vielleicht steckte auch ein Hauch von *mea culpa* dahinter, weil sie selbst sich so viel hatte zuschulden kommen lassen, indem sie durch die Welt gejettet war und jede Menge fossile Brennstoffe verbraucht hatte.«

Er zuckte die Achseln. Meine Meinung war für ihn uninteressant; darum ging es nicht.

Seine zerbrechliche, schwache Frau wurde zur Schreckschraube. Und, schlimmer noch, sie wurde depressiv.

»Wo war sie hin, meine Angie? Verschwunden in einem schwarzen Loch, und ich konnte sie nicht rausziehen. Eines Tages kam ich ins Badezimmer, und sie saß dort auf dem Boden, weinte herzzerreißend und redete endlos von Plastik in den Ozeanen und Schildkröten, die sich in Angelschnüren verfingen, und so weiter. Die Hälfte ihrer Zeit verbrachte sie vor dem Computer und litt Todesängste.«

Angie war von Trauer erfüllt. Ich konnte das nachvollziehen. Ich spürte sie auch – diese Hilflosigkeit und Verzweiflung. Auch ich weinte um die Welt, wenn ich sinnloserweise meine Zeitungen recycelte und das Licht ausschaltete. Gott sei Dank hatte ich keine Enkel.

»Ich versuchte, vernünftig zu sein«, sagte er. »Hand aufs Herz. Zuerst versuchte ich, mit ihr zu reden, aber plötzlich war ich ein Feind. Männer, die Unterdrücker, der ganze Unsinn. Die Männer waren es, die den Planeten zerstörten. Natürlich hatte sie schlechte Erfahrungen mit ihnen, aber das hätte sie nicht an *mir* auslassen müssen.«

Er klang immer verletzter, so, als wäre das Ganze Angies Schuld. Er sagte zwar nicht direkt, *sie hat es sich selbst zuzuschreiben*, doch es ging in diese Richtung. Seine neue Angie war kaum wiederzuerkennen; er hatte das Gefühl, mit einer Fremden zu leben. Aber wer von uns kennt den Menschen, mit dem wir unser Leben teilen, schon wirklich?

»Und ein Fick kam natürlich gar nicht in Frage«, sagte Calvin. Das war der einzige Moment, in dem ich einen Funken Humor bei ihm wahrnahm.

Aber es geschah noch etwas.

»Weißt du, ich hatte Schwierigkeiten bekommen«, sagte er. »Finanzieller Art. Es ging alles den Bach runter, im großen Stil.«

Ich will Sie nicht mit Einzelheiten langweilen. Jedenfalls erlitt sein Unternehmen schwere finanzielle Verluste, und er nahm umfangreiche Kredite auf, um das auszugleichen. Angie wusste nichts davon – Calvin hatte seinen Stolz. Schließlich hatte er ohne ihr Wissen eine große Hypothek auf das Haus aufgenommen – vielleicht tat er es auf seinen eigenen Namen; vielleicht fälschte er ihre Unterschrift. Ich vermute, dass sogar noch etwas Riskanteres ablief, aber nur Doug, sein Partner, war in das Geheimnis eingeweiht.

Und dann, eine Woche vor ihrem Tod, erfuhr Calvin, dass Angie ihr Testament ändern und alles Extinction Rebellion hinterlassen wollte. Angies beste Freundin Johanna, Dougs Ehefrau, erzählte es ihm im Vertrauen.

»Wir waren gerade miteinander im Bett«, sagte Calvin.
»Ihr wart *was*?«
Es kam heraus, dass die beiden jahrelang eine Affäre hat-

ten, er und Johanna. Niemand wusste davon – weder Doug noch Angie.

Ich war erstaunt. »Und hat sie dir hinterher einen Keks gegeben?«

Calvin lachte nicht. Er war jenseits des Lachens. Auch der Witz mit dem Keks war, wie ich jetzt erkannte, ein doppelter Bluff gewesen. Ein gefährlicher, aber ich hatte es mit einem Mann zu tun, der gern an die Grenzen ging. So holte er sich seine Kicks. Es war Teil seiner Anziehungskraft. Kaum vorstellbar, dass ich an ihm gezweifelt hatte, bloß weil er Frauen »Mädchen« nannte und die Torys wählte.

Jetzt, da ich zwischen den Gefangenen saß, hatte ich plötzlich Sehnsucht nach Greg. Dem lieben, sanften Greg, den ich einst gekannt hatte. Der Ottolenghi-Rezepte mit reichlich Linsen kochte und mir *Middlemarch* vorlas, als ich das Drüsenfieber hatte. Der der Vater meiner Kinder war. Ich trieb haltlos dahin, halb in und halb außerhalb einer kriminellen Welt, in der ich hilflose Zuschauerin gewesen war, aber trotzdem ... aber trotzdem war es mein *Leben* gewesen, meine Hoffnung auf eine Zukunft in einem Pfarrhaus in Suffolk oder auf einem walisischen Bauernhof mit Hund und Hühnern und einem Mann, der in der Küche vor sich hin pfiff.

Wie also hatte er es getan, und wieso war er so lange der Entdeckung entgangen?

Der Entdeckung entgangen. Lächerlich, nicht wahr, dass ich ein solches Vokabular benutzte. Dass das Normalität geworden war.

Was natürlich nicht hätte der Fall sein müssen. Ich hätte einfach weggehen und nichts mehr mit Calvin zu tun haben können. Er drängte mich sogar dazu – nie gab er etwas von sich, was einer Entschuldigung nähergekommen wäre als das.

Und er hatte recht. Wir waren nicht offiziell zusammen. Ich hatte Angie nie kennengelernt; das war alles Vergangenheit. Die Polizei hatte mich kurz befragt, aber erkannt, dass ich ihnen nichts Nützliches zu sagen hatte. Ich spielte in alledem keine Rolle.

»Also, wie ist es passiert?«, fragte ich. »Und wieso hat es jemand herausbekommen?«

Plötzlich fühlte ich mich federleicht. Calvin steckte in tiefen Schwierigkeiten, genau wie all die anderen Männer im Besucherzimmer, die sich über die Tische lehnten und mit ihren Frauen sprachen, während die Kinder verrücktspielten. Sie waren so trostlos und berührend, diese Versuche, unter den Augen der im Raum platzierten Beamten Nähe herzustellen. Bald würden wir wieder frei sein, während diese Männer erneut vom Hades verschluckt würden, eingebuchtet, hinter Schloss und Riegel. Bald würde Calvin für immer hinter Gittern verschwinden. Aus meinem Leben war er schon an dem Tag verschwunden, an dem die Polizei kam.

Damals wusste ich, dass dies mein letzter Besuch sein würde. Ob er mich geliebt hatte oder nicht, spielte keine Rolle. Ich streifte seine Witze und seine Gesellschaft ab und fühlte mich nicht länger betrogen. Es war nicht seine Schuld, sondern meine. Ich hatte diesem merkwürdigen Mann einen Platz zwischen all meinen Hoffnungen und Träumen gegeben, und nun war es Zeit für den Abschied. Aber vorher wollte ich mich zurücklehnen und seine Geschichte hören.

Calvin war, wie gesagt, Rettungssanitäter gewesen. Er hatte Menschen das Leben gerettet, wusste aber auch, wie Leben beendet werden können. Einmal, als er und Doug betrunken waren, hatte er ihm gegenüber damit geprahlt, man könne jemanden töten, ohne Spuren zu hinterlassen. Indem man zwei Finger in die Schläfen eines Menschen drückt, an einer bestimmten, winzigen Stelle. Man konnte ihm Insulin spritzen, das im Blut nicht feststellbar wäre. Oder Luft in eine Ader spritzen. Am besten durch einen Leberfleck, dann blieb nicht einmal eine Einstichspur zurück.

Und genau das hatte er getan. Vielleicht hatte er Angie erst irgendwie sediert – zu jener Zeit war sie schwerst abhängig von Schlafmitteln. Ich weiß es nicht. Er ging nicht ins Detail, und es wäre mir peinlich gewesen, ihn wie ein Detektiv ins Kreuzverhör zu nehmen; das erlebte er jetzt oft genug.

Ich fragte ihn allerdings sehr wohl, warum er die Geschichte ihres Todes vom Aneurysma zum Suizid verändert hatte.

»Habe ich das?« Calvins Augen waren matt. Er erinnerte sich nicht – oder es war ihm tatsächlich egal. Inzwischen war er seit drei Wochen im Gefängnis und hatte sich noch weiter von mir entfernt. Seine neue Umgebung forderte ihren Tribut. Als die Kinder klein waren, hatten ihre Augen den gleichen abwesenden Ausdruck gehabt, wenn sie aus einem Albtraum erwachten; sie kehrten dann von irgendwoher zurück, wo ich sie nicht erreichen konnte.

Ich nehme an, er war einfach ein grandioser Lügner und spielte gern mit den Reaktionen der Leute. Auch hinsichtlich seiner finanziellen Situation hatte er gelogen. Ich hatte keine Ahnung, wie tief er verschuldet war. »Es ist bestimmt eine Stange Geld wert«, hatte er über mein Haus gesagt. Außerdem hatte er herausgefunden, dass Greg und ich die Hypothek bereits abbezahlt hatten. Zweifellos hätte unser

Haus in Deal oder Suffolk oder wo auch immer *ich* bezahlt. Eine alternde, verzweifelte Frau, die einen Schwindler nicht durchschaute. So etwas kam in meinem Weltbild nicht vor.

Und ganz sicher hatte er mir gegenüber Johanna mit keinem Wort erwähnt. Schließlich nahm ich meinen Mut zusammen und fragte ihn, ob die Affäre im vergangenen Jahr weitergelaufen sei, als er und ich zusammen waren.

»Was spielt das für eine Rolle?«, fauchte er.

Ich starrte ihn mit offenem Mund an.

Das war Antwort genug. Ich stand auf und ging.

Als ich nach Hause kam, fand ich auf der Treppe eine Plastikdose mit Gebäck vor. Pam musste mein Auto kommen gesehen haben, denn schon bald klingelte es an der Tür.

Pam schob sich an mir vorbei in die Küche, als wäre sie zu Hause. Obwohl es draußen kalt war, schwitzte sie.

»Ich bin groggy«, sagte sie und ließ sich auf einen Stuhl fallen. »Habe den Garten aufgeräumt.« Sie deutete auf die Plastikdose. »Diesmal leider nur was Gekauftes. Bei mir hat sich die Ackerwinde ausgebreitet. Sie erstickt meine Kletterpflanzen.«

Ich dachte an Calvins Hände um meinen Hals. Sie musterte mich über ihre Brille hinweg. *Triumphiere nicht*, bat ich sie im Stillen eindringlich. *Sag nicht, ich habe es dir ja gleich gesagt.* Seit Calvins Verhaftung hatten wir uns ein paar Mal kurz unterhalten, doch jetzt hatte ihre Neugier die Oberhand gewonnen. Ich vermute, das Ganze bereitete ihr Vergnügen.

»Hast du ihn wieder besucht?«, fragte sie. »Ist das nicht ein bisschen masochistisch?«

Wie ein Hund, den es zu seinem Erbrochenen zurückzieht, dachte ich, zu erschöpft, um zu antworten.

»Es muss anstrengend sein, in allen Zeitungen erwähnt

zu werden«, sagte Pam. »Haben schon Journalisten herumgeschnüffelt?«

Ich schüttelte den Kopf.

»Ich habe tatsächlich auch noch keinen gesehen«, sagte sie. »Und wenn, dann hätte ich sie verscheucht.«

»Ich habe nichts damit zu tun. Und inzwischen ist die Nachricht sowieso Schnee von gestern.«

»Ich hätte dir mein Haus als Zufluchtsort angeboten – du könntest das Zimmer meiner Mutter haben –, aber ich weiß, dass du engere Freunde hast, die das Gleiche tun würden.« Sie sah mich mitleidig an. An ihrer Nase klebte ein wenig Erde. »Du musst es einfach hinter dir lassen und nach vorn blicken.«

Erschöpfung übermannte mich. Den Wasserkessel hochzuheben, kostete mich übermenschliche Anstrengung. Woher wusste sie, dass ich Calvin im Gefängnis besucht hatte? Momentan war es mir egal.

Mir schwirrte noch der Kopf von dem, was ich über Johanna erfahren hatte. Offenbar war die Beziehung die ganze Zeit über weitergelaufen; das hatte ich seiner Reaktion entnommen. Jetzt allerdings schob ich den Gedanken beiseite; ich ertrug es noch nicht, darüber nachzudenken.

»So eine Aufregung hat hier in der Straße zuletzt geherrscht, als der Schornstein der Forsters Feuer gefangen hatte«, berichtete Pam. »Sogar Elaine – du weißt doch, die Bordellbetreiberin, die bestimmt schon einiges erlebt hat –, sogar sie hat im Supermarkt mit mir darüber geredet. Jedenfalls bist du Gott sei Dank in Sicherheit. Ich meine, er hätte ja geplant haben können, auch *dich* umzubringen.«

Das war mir natürlich ebenfalls schon durch den Kopf gegangen. Während ich den Tee aufgoss, empfand ich Dankbarkeit dafür, dass Pam es in Worte gefasst hatte.

Sie tätschelte mein Knie. »Du bist mit dem Schrecken davongekommen, dem Himmel sei Dank.«

Zum ersten Mal lächelte ich sie mit echter Wärme an.

Meine Freunde hatten sich um mich gekümmert. Bethany hatte mich zum Abendessen eingeladen, zusammen mit Rosie und ihrem Mann. Zu meiner Überraschung hatten sich auch ihre erwachsenen Kinder zu uns gesellt, den Abend in ihre geschäftigen Hochleistungsleben eingebaut. Ich merkte, dass ich eine Art Berühmtheit geworden war. Ansätze, das Thema beiseitezulassen, waren rasch gescheitert. »Hast du dich zu irgendeinem Zeitpunkt bedroht gefühlt?«, fragte Bohne, der Sohn, der Gastroenterologe war. »Bei der Beerdigung machte er einen sehr netten Eindruck«, meinte Bethany. »Ein bisschen still, ein unbeschriebenes Blatt, aber das ist doch oft so.« Als hätte sie ihr Leben lang mit Mördern zu tun gehabt.

Tish und Benji luden mich ebenfalls ein, dazu ein paar von ihren Freunden, Leute, die ich nicht kannte; es war eine richtige Party. Zweifellos wollten sie mit mir angeben. Wieder liefen alle Versuche, ein normales Gespräch zu führen, ins Leere. Aus leisen Andeutungen wurde nach und nach ein regelrechtes Sperrfeuer von Fragen. Ich fühlte mich zu dünnhäutig, um alles zu einer Art zusammenhängender Geschichte zusammenzufassen, noch dazu vor Fremden, und ärgerte mich über den Druck, sie zu unterhalten – obwohl ich mich an ihrer Stelle genauso verhalten hätte. Aber es war so entblößend, so demütigend. Einen verrückten Augenblick lang dachte ich: Wartet nur, bis ich daheim bin und alles Calvin erzähle. Er wird sich totlachen.

An diesem Punkt brach ich in Tränen aus. Benji sprang auf und sagte: »Pru, es tut mir so leid. Ich fahre dich nach Hause.«

»Aber ich bin mit dem Auto da.«

»Du hast aber einiges getrunken, oder etwa nicht?«

Ich hatte Tish und Benji immer gemocht, wenn auch mit bittersüßem Beigeschmack, denn ihre Ehe zählte zu denen, die ich beneidete. Sie unterhielten eine gutgehende Landschaftsbau-Firma und tanzten zusammen Tango. Ich habe bereits erwähnt, wie sie sich spielerisch mit der Hüfte anstießen, wenn sie vor all den Jahren ihre Abendessen auftrugen, und wie eifersüchtig ich gewesen war. So waren sie eben – ausgelassen, gesellig und Tish zufolge sexuell immer noch sehr aktiv. Darum warf mich das, was als Nächstes passierte, vollkommen um.

Als Benji sein Auto vor meiner Tür zum Stehen brachte, sah er mich an. »Arme Pru, du hast wirklich schon was durchgemacht. Erst Greg und dann das jetzt.« Er schaltete den Motor aus. Dann beugte er sich herüber und küsste mich, wobei er nur knapp meinen Mund verfehlte. Sein Bart drückte gegen meine Wange.

Ich erstarrte. Er wich zurück und starrte mich nachdenklich an. »Prudence ... Prudence.« Dann strich er mir das Haar aus dem Gesicht. »Das habe ich mir all die Jahre gewünscht«, sagte er. »Du hast es gespürt, nicht wahr? Ist es so offensichtlich gewesen?«

Ich schüttelte den Kopf und legte die Hand auf den Türgriff.

»Ich werde nie vergessen, wie ich dich kennenlernte.« Seine Stimme vibrierte. »Als wir in die Nummer sieben gezogen waren und du, den kleinen Max auf der Hüfte, an unsere Tür geklopft hast. Du hast ein langes blaues Kleid getragen, und deine Haare fielen offen über die Schultern, wie bei einer Madonna auf einem Gemälde von Botticelli. Du hast uns eine Quiche gebracht. Eine *Quiche*. So etwas hatten wir noch nie gesehen – wir kamen aus Dudley.«

»Ich muss jetzt wirklich ...«

»Nein!« Er packte meinen Arm. »Bitte hör mir bis zum Schluss zu.«

Er nahm meine Hand und massierte meine Finger, einen nach dem anderen, den Kopf darüber gebeugt, als wären sie heilig. Die kahle Stelle auf seinem Kopf glänzte im Licht der Straßenlaternen.

»Ich und Tish ... unsere Ehe ist seit Jahren tot.«

»Das will ich gar nicht wissen ...«

»Wir reden nicht miteinander, wir haben keine Freude mehr am Zusammensein, wir haben seit drei Jahren keinen Sex gehabt. Drei *Jahre*. Wenn die Antidepressiva nicht wären, hätten wir einander wahrscheinlich schon umgebracht.« Er hielt inne. »Entschuldige, das war taktlos. Ich meinte bloß, nichts ist, wie es scheint. Wir leben eigentlich nebeneinanderher. Nur die Enkel und das Unternehmen halten uns noch zusammen.« Er umfasste mein Gesicht mit den Händen und zog mich an sich. Während er mein Haar streichelte, flüsterte er: »Ich muss jetzt zurück zu meinen Gästen, aber darf ich dich morgen anrufen? Tish wird den ganzen Nachmittag im Krankenhaus sein. Darmspiegelung, das arme Ding.«

Ich wich zurück. »Ich glaube kaum, dass das eine gute Idee ist.«

Es gelang mir, aus dem Auto zu steigen, und ich eilte zu meiner Haustür. Es war spät und die Straße verlassen. Ich kramte nach meinem Schlüssel und versuchte, ihn ins Schloss zu stecken, doch es gelang mir nicht. Er hatte recht, ich war betrunken.

Ich hörte, wie er den Motor anließ und davonfuhr. Schließlich schaffte ich es, die Tür zu öffnen. Ich blickte die Straße hinauf und hinunter. Nirgends brannte Licht – nur bei

Pam, oben im ersten Stock. Zweifellos hatte sie alles mit angesehen.

Ich ging in die Küche und trank ein Glas Wasser. Meine Hände zitterten, und ich verschüttete etwas auf meinem Schoß. Ich dachte: Nun habe ich noch zwei Freunde verloren. Nach dieser Geschichte wird zwischen uns nichts mehr wie früher sein.

Plötzlich hatte ich das Bedürfnis, die Stimmen meiner Kinder zu hören. Natürlich hatte ich sie schon eingeweiht, dabei aber meinen Ton locker, sogar humorvoll gehalten, als erzählte ich von einem Fernsehkrimi. Ich wollte vermeiden, dass sie sich gezwungen fühlten, ins Flugzeug zu steigen. Allerdings war es mir besser gelungen, als ich mir vorgestellt hatte. Zwar hatten beide Mitgefühl gezeigt – besonders Lucy war sehr an den, wie sie sagte, »schmutzigen Details« interessiert gewesen, nicht gerade sensibel formuliert, aber meine Tochter hatte nie ein Blatt vor den Mund genommen. »Du hast also einfach beim Zahnarzt im Wartezimmer gesessen«, sagte sie. »Woher wusste Calvin, dass du Single bist und ein schönes, großes Haus in Muswell Hill besitzt?« Ich hatte scharf entgegnet: »Er fand mich einfach attraktiv. Ist das so schwer zu glauben?« Darauf folgte ein langes Schweigen.

Keiner von beiden hatte angeboten, herzukommen und mir beizustehen. Wie gesagt, ich hatte es heruntergespielt, fühlte mich trotzdem verlassen. Für einen Anruf in Reykjavik war es zu spät, aber in Pasadena war es noch früh am Abend, also rief ich Max an. Allerdings erreichte ich nur seinen Anrufbeantworter.

Also nahm ich zwei Schlaftabletten und ging zu Bett. Morgens hatte ich einen erbärmlichen Kater; das war ja nichts Ungewöhnliches.

Calvin konnte ich nicht mehr besuchen, nicht nach seiner Enthüllung, was Johanna anging. Wobei »Enthüllung« zu ehrfurchterregend, fast schon biblisch klingt, um etwas so Schäbiges zu beschreiben. Und doch hatte ich das Bedürfnis, mehr herauszufinden, und beschloss daher, Calvins Geschäftspartner Doug zu besuchen. Dieses Vorhaben kostete mich Mut. Schließlich kannte ich den Mann kaum und vermutete, dass sie bei den finanziellen Deals gemeinsame Sache gemacht hatten. Verkehrsluftfahrt war nicht mein Spezialgebiet – ebenso wenig wie Mord –, aber Doug und ich waren beide betrogen worden, und als wir uns kennenlernten, hatte er einen recht netten Eindruck gemacht.

Also fuhr ich zum Elstree Aerodrome und ging zwischen den Hubschraubern durch zum Büro.

Dort war niemand, aber ich hörte eine Toilettenspülung. Eine Tür öffnete sich, und ein ungeheuer dicker Mann, der gerade seinen Reißverschluss hochzog, tauchte auf.

»Huch«, sagte er. »Entschuldigen Sie. Was kann ich für Sie tun?«

»Ich suche Doug.«

»Er arbeitet nicht mehr hier.« Er machte es sich auf seinem Stuhl bequem. »Kommen Sie wegen der Birmingham-Buchung?«

Ich erklärte, dass ich mit Doug persönlich sprechen musste. Zunächst wollte er mir die Adresse nicht geben, doch als ich ihm die Lage schilderte, bemerkte ich einen Anflug von Interesse in seinem Blick. Vermutlich passierte es nicht oft, dass seine Neugier geweckt wurde.

»Geht mich ja nichts an«, sagte er achselzuckend und schrieb die Adresse auf ein Stück Papier. »Aber sagen Sie es ihm nicht, sonst macht er Hackfleisch aus mir.«

Als ich im Auto saß, war ich plötzlich zutiefst erschöpft. Über das Flugfeld startete gerade ein Privatjet in den Himmel. Die Reichen können immer entkommen; sie haben die Rechtsanwälte und die Privatinseln. Sie können sich aus dieser Welt ausklinken, sich auf ihren eigenen Goodwin Sands irgendwo in der Karibik verschanzen. Und selbst wenn sie wie Kröten aussehen, was oft der Fall ist, haben sie schöne Frauen. Dreißig Jahre lang hatte Calvin sie zu ihren Firmenfeiern und von Mauern umgebenen Anwesen geflogen. Ich fragte mich, ob die Gier, die ihn letztendlich zugrunde gerichtet hatte, dem Neid entsprang, weil er so viel mit diesen Leuten zu tun hatte, oder der Grausamkeit in seiner Kindheit. Aber er hatte eine schöne Frau gehabt. Und den Pool samt allem Drumherum.

Ich hatte ihn nie recht verstanden. Vielleicht kann ich eines Tages zurückblicken und über meine eigene Dummheit lachen. Aber jetzt noch nicht.

Dougs Haus lag nur einen guten Kilometer entfernt. Immerhin würde ich nicht Johanna begegnen müssen; ihre Ehe war nach Calvins Verhaftung zerbrochen, und Doug hatte sie hinausgeworfen.

Trotzdem pochte mein Herz wie wild, als ich vor seinem Haus parkte. Doug stand, über ein Motorrad gebeugt, in seinem Vorgarten. Er richtete sich auf und runzelte die Stirn, als er mich sah. Dann entspannte sich sein Gesicht.

»So, so, es ist Patience«, sagte er.

Er warf mir ein Lächeln zu. Ich konnte mir vorstellen, dass er nicht gerade glücklich war, mich zu sehen, aber er war ein Schlitzohr – tief gebräunt, weiße Zähne, ein Mann, der sein Leben damit zugebracht hatte, den Reichen schönzutun. Er trug einen Overall mit dem Texaco-Emblem auf der Brust.

»Und, was kann ich für Sie tun?«, fragte er, während er sich die Hände an einem Lappen abwischte.

»Ich wollte einfach, na ja, ein bisschen plaudern.«

Er sah auf und die Straße entlang. »Dann kommen Sie besser herein.«

Er öffnete die Eingangstür. Ein riesiger Hund sprang mich knurrend an. Er legte die Pfoten auf meine Schultern, und ich taumelte rückwärts.

»Keine Sorge wegen Bella, sie ist ein Schmusekätzchen.« Doug zog den Hund zurück und versetzte ihm einen spielerischen Nasenstüber. »Du bist nur ein Riesenbaby, stimmt's, Süße?«

Im Zimmer herrschte Chaos. Auf dem Boden lagen auf Zeitungspapier ausgebaute Maschinenteile.

»Setzen Sie sich.« Doug deutete auf ein Sofa. Ich nahm Platz, und er lehnte sich an die Wand, die Augen auf mich geheftet. Er lächelte immer noch. »Ich muss sagen, das ist eine Überraschung.«

»Die ganze Sache war eine Riesenüberraschung.«

»Das kann man wohl sagen, für alle Beteiligten.« Er schob sich von der Wand weg und öffnete die hintere Haustür. »Ab in den Garten!« Er deutete hinaus. Der Hund trottete nach draußen und bellte. Doug setzte sich auf die Armlehne eines Sessels und musterte mich. »Tja, Patience, ich hatte nicht erwartet, Sie noch mal wiederzusehen.«

»Prudence.«

»Wir sind beide nach Strich und Faden verarscht worden, was?«

Ich nickte.

»Aber ich habe es hinter mir gelassen«, sagte er. »Ich habe schon einige Schicksalsschläge erlebt, Prudence, aber glauben Sie mir, ich lasse mich nie unterkriegen. Morgen ist ein neuer Tag – das ist mein Mantra. Schwamm drüber. Man rappelt sich auf, klopft den Staub ab und macht einfach weiter.«

»Ich wollte einfach wissen, na ja, was genau passiert ist. Ich habe ihn im Gefängnis besucht, wissen Sie …«

»Wen, Calvin?«

Ich nickte.

»Du meine Güte, ich würde diesen Drecksack nicht mal mit der Pinzette anfassen, entschuldigen Sie meine Ausdrucksweise.« Er sah mich aus schmalen Augen an. »Hören Sie, meine Liebe, tut mir leid, ich kann Ihnen nicht helfen. Wenn Sie gekommen sind, um Antworten zu finden, sind Sie am falschen Platz.«

In diesem Augenblick schlug die Haustür zu. Noch bevor Doug sich erheben konnte, schritt eine Frau ins Zimmer. Sie trug Motorradkleidung aus Leder und einen Helm in der Hand.

»Was machst du denn hier?«, fuhr Doug sie an.

»Ich komme meine CDs holen.« Die Frau ging in die Hocke und öffnete einen Schrank; sie begann, CDs in eine Tasche zu werfen.

»He, einige davon gehören mir!«, sagte Doug.

»Sortieren tue ich sie später.« Sie sah mich an. »Wer sind Sie?«

»Prudence.«

»Wow, was tun Sie denn hier?«

Sie war so anders als die Johanna meiner Vorstellung, dass es mir kurz die Sprache verschlug. Eine stämmige, muskulöse Frau mit nüchterner Ausstrahlung. Unscheinbares Gesicht, kurzgeschnittenes, mausfarbenes Haar, ein vorspringendes, energisches Kinn.

»Ich bin hier, um mit Doug zu reden«, sagte ich.

»Boah. Wenn Sie glauben, dass Sie aus diesem Schwachkopf irgendwas herausbekommen, sind Sie auf dem Holzweg.« Sie schob die letzten CDs in ihre Tasche. »Übrigens, ich bin Jo. Calvins Freundin.«

»*Freundin!*«, schnaubte Doug.

»Ich bin dann weg.« Sie stand schwer atmend auf.

»Wir sehen uns vor dem Scheidungsrichter«, sagte Doug.

»Sei kein Arschloch, wir sind hier nicht im Fernsehen. Ich komme morgen noch mal wegen des Gartenwerkzeugs. *Du* wirst es ja nicht brauchen. Du würdest doch nicht mal eine Yucca erkennen, wenn sie plötzlich direkt vor dir wachsen würde.«

Johanna ging zielstrebig zur Tür. Ich stand auf und folgte ihr. Ich hatte das Vertrauen in Doug verloren. Außerdem faszinierte mich die ledergewandete Walküre, die in ihr eheliches Heim hinein und wieder hinaus stürmte, offenbar vollkommen unbeeindruckt von meiner Anwesenheit.

Ihr Motorrad stand draußen auf der Straße. »Soll ich Sie mitnehmen?«

»Ich habe keinen Helm, und da steht mein Auto.«

»Seien Sie kein Feigling.« Sie stieß mich spielerisch in die Rippen. »Kommen Sie mit in den Park; er ist gleich um die Ecke. Ich wollte Sie sowieso kennenlernen.«

Also kletterte ich hinter Johanna auf das Motorrad, schlang die Arme um ihre kräftige Taille, und wir sausten davon. Einen Augenblick später stiegen wir bei einem kleinen Spielplatz ab. Er war verlassen, wie Spielplätze es immer sind, außer in Fernsehfilmen. Lachgaskapseln lagen um die Schaukeln verstreut. Johanna zog den Helm vom Kopf und ließ sich ins Gras fallen.

»Sehen Sie sich diesen Himmel an!«, sagte sie. »Die Freiheit, ach, die Freiheit! Die Schwalben sind fort, die Guten!«

Sie schnipste mit den Fingern. »Einfach so, genau wie ich. Wir sind alle unterwegs in günstigere Klimazonen. Wow, was für eine Erleichterung!«

Ich räumte ein paar Verpackungen aus Schnellrestaurants beiseite und legte mich neben sie. Sie drehte sich zu mir, das Leder quietschte.

»Sie sind also Calvins Frau.«

»Na ja, so ungefähr ...«

»Hat er Ihnen die Geschichte mit dem Sandschaufeln erzählt, und mit dem Auto, das er über die Klippe geschoben hat?«

Ich nickte.

»Lügen, alles Lügen«, sagte Johanna. »Seine Familie war ziemlich wohlhabend. Sein Vater war Beamter, und er hatte eine ausgesprochen glückliche Kindheit.«

»Und seine Mutter war nicht blind?«

»Natürlich nicht.«

»Woher wissen Sie das?«

»Seine Schwester kam mal zu Besuch nach England. Sie und ich haben zusammen Hasch geraucht.«

»Hat er als Rettungssanitäter gearbeitet?«

»Himmel, nein. Er geriet in irgendeinen Finanzskandal und floh nach England. Erst dann hat er das Fliegen gelernt.«

Ich merkte, dass nichts von alledem mich überraschte. Irgendwie empfand ich es sogar als Erleichterung. Meine Gefühle für Calvin waren ertaubt; vielleicht erwachten sie eines Tages kribbelnd wieder zum Leben, wie mein Zahnfleisch nach der Zahnarztspritze, aber ich bezweifelte es.

»Wusste er es?«, fragte ich. »Dass Sie wussten, dass er log?«

Johanna schüttelte den Kopf. »Ich machte gute Miene zum bösen Spiel.« Sie zuckte mit den Schultern. »Im Grunde gab es mir das Gefühl von Macht.«

»Es hat Sie nicht davon abgehalten, ihn zu lieben?« *Lieben*. Das Wort brachte mich schlagartig wieder zur Besinnung. Diese Frau hatte mich betrogen, Monat für Monat. Warum war ich so freundlich?

»Es tut mir leid.« Johanna legte ihre Hand auf meinen Arm. »Ich weiß, was Sie denken, und ich entschuldige mich. Bei Doug und bei Angie. Und natürlich auch bei Ihnen. Ich fühlte mich dabei nicht besonders toll, ehrlich gesagt.«

»Kann ich mir vorstellen.«

»Hat es mich davon abgehalten, ihn zu lieben?« Sie rollte sich auf den Rücken und starrte in den Himmel. »Er und ich waren wie Erbsen in einer Schote. Es ist schwer zu beschreiben. Man redet oft von Seelenverwandtschaft, aber es war mehr als das. Als ich noch in Utrecht wohnte, arbeitete ich mit Zwillingen – so lässt es sich am ehesten beschreiben. Mein verlorener Zwilling. So, als hätten wir einen Mutterleib geteilt, als wüssten wir, was der andere denkt, noch bevor er es aussprechen konnte. Tatsächlich vergaßen wir oft, wer was gesagt hatte. Ach, es ist schwer zu beschreiben.«

Ihre Stimme klang verträumt. Sie erinnerte mich an Greg, als er an jenem Tag in Dorset zwischen den tanzenden Glockenblumen von Azra gesprochen hatte.

»Es ging nicht mal so sehr um Sex, falls Sie das meinen«, sagte Johanna. »Ja, wir hatten Sex – tut mir leid –, aber das war nur eine zusätzliche Freude. Ein Teil der Mischung. Und wir fühlten uns nie schuldig, weil es alles so unvermeidbar war.« Sie lachte. »Im Grunde sind wir beide Fantasten.«

Wie sich herausstellte, war sie Kinderpsychologin und hatte in Holland studiert. Obwohl sie Niederländerin war, konnte ich kaum einen Akzent ausmachen. Eine Zeitlang hatte sie in einem Hochsicherheitstrakt mit jungen Kriminellen gearbeitet. Calvin hatte sie durch Doug kennengelernt, als die beiden ihre Firma gründeten.

»Haben Sie ihn im Gefängnis besucht?« Ich konnte Calvins Namen nicht in den Mund nehmen. »Werden Sie ihm vergeben, was er getan hat? Werden Sie für ihn da sein, wenn er rauskommt?«

Sie schüttelte den Kopf. »Ich bin genauso schockiert wie Sie. Den Verrat könnte ich noch hinnehmen, Lüge für Lüge, aber bei vorsätzlichem Mord ist für mich die Grenze.«

»Wie ist es denn nun herausgekommen?«

»Im Juni ging die Firma bankrott, und Doug fand heraus, dass Cal ihn angelogen hatte. Er hatte Geld abgezogen und Dougs Unterschrift gefälscht. Und als Doug herumzustöbern begann, entdeckte er ein paar E-Mails von mir und Cal, und ihm wurde klar, dass wir eine Affäre hatten. So flog die ganze Sache auf, eine richtig große Nummer. Himmel noch mal, sie waren beste Freunde gewesen! Unsere Ehe war zu dem Zeitpunkt schon so gut wie tot, aber das war der Tropfen, der das Fass zum Überlaufen brachte. Wir hatten einen schrecklichen Streit, und ich zog aus.« Sie setzte sich auf und holte ein Zigarettenetui aus ihrer Tasche. »Wollen Sie einen?« Sie deutete auf das silberne Etui. »Das hat meinem Großvater gehört. Es hat ihm in den Schützengräben das Leben gerettet. Diese Delle hat verhindert, dass die Kugel ihn durchbohrte.«

Die Joints lagen säuberlich aufgereiht. Sie hatten etwas Rührendes – die Sorgfalt, mit der sie gedreht und angeordnet worden waren; die Art, wie sie sich vertrauensvoll aneinanderschmiegten. Sie erinnerten mich an Pams Kokoskekse. Aus irgendeinem Grund füllten sich meine Augen mit Tränen. Für jene jungen Männer in den Schützengräben, die den Kugeln nicht entgingen; für die Kinder und Enkel, die sie nie bekamen; für die vom Spielplatz verschwundenen Kinder, die nur Lachgaskapseln im Gras hinterlassen hatten. Was war aus ihnen allen geworden?

Was war aus uns allen geworden? Lucy und Max, meine geliebten Fledermauskinder, die so gern kopfüber an ihrem Klettergerüst gehangen hatten. Diese Freude. Unsere Badesachen alle nebeneinander auf der Wäscheleine in Dorset. Gregs und meine; die der Kinder. Wir aßen bei offenen Fenstern zu Abend, und die Motten flogen gegen die Lampen. Am nächsten Tag gingen wir wieder zum Baden und wrangen unsere Sachen anschließend aus, hängten sie auf die Leine, aßen zu Abend, und keiner wollte erwachsen werden.

Und doch war es geschehen, nun war ich einundsiebzig, lag mit der Geliebten meines Geliebten auf einem mit Abfall übersäten Spielplatz in Elstree und teilte mit ihr einen Joint.

Johanna sagte: »Vielleicht fehlt es mir manchmal an Mitgefühl, aber ich dachte mir: der arme alte Doug. Betrogen von seinem besten Freund, Firma beim Teufel. Cal hat sich wie ein Scheißkerl verhalten.« Sie hielt inne. »Und da spielen Sie auch eine Rolle.« Sie inhalierte tief und hielt eine Weile den Atem an. Ich wartete gespannt. Schließlich stieß sie eine Rauchwolke aus. »Ich kann es Ihnen genauso gut sagen, wo Sie schon da sind. Wie ich auch Sie gehasst habe.«

»Mich?«

Sie gab mir den Joint nicht weiter. Behutsam hob sie ihn wieder an die Lippen. Ihre Hand zitterte. »Als Angie starb, dachte ich, dass er und ich endlich zusammenkommen würden. Ich und Cal. Ich dachte, gib ihm ein paar Monate zum Trauern. Vergessen Sie nicht, es gab keinerlei Anhaltspunkt dafür, dass etwas nicht stimmte; angeblich war es ein Aneurysma. Angie hatte hohes Cholesterin, vergaß aber ständig, ihre Tabletten zu nehmen. Also vermutete man, dass ein Blutgerinnsel schuld war. Sie wurde nicht einmal obduziert.« Johanna nahm einen weiteren Zug. »Also ging ich, als sie starb, davon aus, dass er am Boden zerstört war, und blieb auf Distanz. Nur mitfühlend, wissen Sie, eine Schulter, an der er sich ausweinen konnte. Doch dann kamen Sie, das haute mich um. Sie haben mich um Nasenlänge geschlagen, sozusagen. Eine Zeitlang sahen wir uns nicht – da war er wahrscheinlich mit Ihnen zusammen –, aber schon bald kam er wieder angeschlichen und glaubte, alles würde werden wie zuvor. Natürlich war ich verletzt, aber wissen Sie was? Ich hieß ihn mit offenen Armen willkommen. Wie feige ich bin! Kaum zu glauben, dass ich den schwarzen Gürtel habe! Wie heißt es in einem Lied: ›Ich bin bloß eine Frau‹.«

»Auch ich war sehr verletzt. Als ich von Ihnen erfuhr.«

Johanna ging nicht darauf ein. »Ich versank in Selbstmitleid und hatte sogar ein wenig Mitleid mit meinem Ehemann. Darum habe ich Douggie alles erzählt, um Calvin eins auszuwischen. Auch, dass Angie ihr Testament geändert hatte und alles Extinction Rebellion hinterlassen wollte. Dass sie in der Woche vor ihrem Tod einen Termin beim Rechtsanwalt hatte. Ich hatte keine Ahnung, wie wichtig das war, aber Doug war natürlich fürchterlich wütend auf Calvin – der Mann hat ihn ruiniert – und begann herumzuwühlen. Ich weiß nicht, was er dabei fand, aber es war genug, um zur Polizei zu gehen.«

Endlich reichte Johanna mir den Joint. Ich nahm einen Zug, tief in meine Lungen. Einen Moment lang glaubte ich zu sterben. Shit in dieser Stärke war erst aufgekommen, nachdem ich zum letzten Mal das geraucht hatte, was wir altertümlich »Pot« nannten. Ich hielt den Atem an und ließ zu, dass mein Gehirn sich auflöste. Ich merkte, dass Johanna immer noch redete, ihre Stimme drang zu mir, als käme sie aus Derbyshire.

»Die Polizei befragte Angies Rechtsanwalt, der bestätigte, dass eine Neufassung ihres letzten Willens in Arbeit gewesen sei, bei der ihr Ehemann leer ausgehen sollte. Doug erzählte ihnen, dass Calvin damit geprahlt hatte, man könne Menschen töten, ohne Spuren zu hinterlassen. Ich erzählte ihnen, dass er einmal die Daumen an meine Schläfen gedrückt und gesagt hatte, nach einer Minute wäre ich tot.«

Mir fiel ein, wie Calvin einmal über Greg gesagt hatte: »Soll ich ihn mir vorknöpfen?« Sein Ton war so nüchtern gewesen, dass ich erschrak. Und ich erinnerte mich, wie eine Elster durch meinen Schornstein fiel, in einer Rußwolke mit den Flügeln schlug, und er ihr beiläufig den Hals umgedreht hatte.

»Und dann waren da noch der ganze Schwindel und die gefälschten Unterschriften, das Lügen und Betrügen«, sagte Johanna. »Mir ist immer noch nicht klar, wieso das ausreichte, um ihn vor Gericht zu bringen, nachdem so viel Zeit vergangen und Angie längst eingeäschert war, aber vielleicht stieß die Polizei auf weitere Anhaltspunkte. Jedenfalls reichte es, um die Staatsanwaltschaft zu überzeugen, dass sie ihn verhaften konnten. Vielleicht deuteten sie Calvin gegenüber an, sie hätten mehr Beweise, als tatsächlich vorlagen, und setzten darauf, dass er dann gestehen würde, um seine Strafe zu verkürzen. Er war eine Ratte, die in der Falle saß. Vielleicht war er des Ganzen einfach müde und empfand es als Erleichterung, zum ersten Mal in seinem Leben die Wahrheit sagen zu können. Vielleicht – Sie wissen, wie arrogant er war –, vielleicht wollte er damit angeben, wie er alles so schlau durchgezogen hatte.« Sie zuckte die Achseln. »Sagen Sie es mir. Ich kann auch nur raten.«

Erst in diesem Moment bemerkte ich die Kinder. Sie waren gekommen, während wir uns unterhielten – ein indisches Paar mit zwei kleinen Mädchen, Zwillinge in identischen rosa Kleidern. Sie schaukelten, und ihre Zöpfe wehten auf und nieder. Ihre Eltern schubsten sie schweigend an.

»Ich bringe Sie zurück«, sagte Johanna und streckte die Hand aus. »Helfen Sie mir, bitte. Das Leder ist tonnenschwer.«

Ich zog sie hoch.

»Wir werden alle nicht jünger.« Sie wischte Gras von ihren Ärmeln. »Dougs Kumpel Terry hat jetzt die Firma übernommen.«

»Ich weiß. Ich habe ihn heute Morgen kennengelernt. Mein Gott, es kommt mir vor, als sei es schon eine Woche her.«

Als wir zu Johannas Motorrad gingen, winkten wir den kleinen Mädchen zu, aber sie reagierten nicht darauf.

»Terry ist ein ganz schöner Brocken, was?«, sagte ich. »Ich wundere mich, dass ein Hubschrauber überhaupt abheben kann, wenn er am Steuer sitzt.«

Johanna musste lachen. Ihr eckiges, fahles Gesicht verwandelte sich; plötzlich war sie schön. Diese Frau war für Heiterkeit geboren. Mit Calvin hatte sie bestimmt viel Spaß gehabt.

Bei meinem Auto schüttelte sie mir die Hand und sagte schroff: »Freut mich, dass wir uns kennengelernt haben.« Sie neigte den Kopf zur Seite, hob eine Augenbraue und sah mich ein letztes Mal an. Dann klappte sie ihr Visier hinunter und wurde zum Raumfahrer.

Sie röhrte davon, und ich sah sie nie wieder.

Zwei

Calvin wurde zu sechzehn Jahren Haft verurteilt. Ich las es in den Zeitungen, wobei diese eher an Angie interessiert schienen. Fesche Frauen ziehen bei den Lesern immer, besonders, wenn sie mit weltbekannten Rockstars zusammen gewesen sind und an psychischen Krankheiten gelitten haben. Angies schönes Gesicht blickte aus dem Jenseits auf mich herab. Sogar ihr Pferd Conker wurde abgebildet – in der Online-Ausgabe der *Daily Mail*, einer Website, nach der ich kurzzeitig süchtig geworden war. Ich schämte mich dafür. Von mir natürlich keine Fotos. Ich war unbeteiligte Zuschauerin dieser Soap Opera und gewann im Lauf der Wochen immer mehr Abstand. Manchmal, beim Erwachen, vergaß ich kurzzeitig, dass ich überhaupt etwas damit zu tun hatte.

Im November stellte ich mein Haus zum Verkauf. Es war eine spontane Entscheidung gewesen, als ich gerade zu meinem Auto ging, das drei Straßen entfernt stand. Diese ärgerliche Situation kam immer öfter vor und zeigte mir deutlich, wie sehr meine Wohngegend sich verändert hatte. Viele meiner alten Freunde waren weggezogen, und Banker hatten die Häuser übernommen. Meine vertrauten Straßen waren nun mit SUVs und Porsches vollgestellt. Die Hälfte der Parkplätze war von Müllcontainern blockiert, und die Häuser waren in flatterndes Plastik gehüllt, hinter dem lärmende Renovierungen ausgeführt wurden – Keller wurden ausgehoben, um Gymnastikräume und Heimkinos unterzubringen, Dächer entfernt, um Penthäuser aufzusetzen. Keiner kannte mehr den anderen. Und meine alteingesessenen Nachbarn hatten Fremden Platz gemacht. Nachts hörte man Koffer über den Asphalt rollen, wenn Touristen ihre Privatunterkünfte suchten. Zugezogene hatten das Haus nebenan gekauft und ihren Garten zur Terrasse gemacht, woraufhin der Vogelgesang verstummte. Ich hatte noch kein Lebenszeichen von ihnen gesehen; wie viele andere Häuser blieb auch ihres dunkel, einzig die Sicherheitsbeleuchtung im Garten brannte, und in der Gefängnismauer, die sie zur Straße hin errichtet hatten, blinkte die Sprechanlage.

Mir war das nicht aufgefallen. In den vergangenen vierzehn Monaten war mir so gut wie gar nichts aufgefallen. Jetzt erwachte ich wie Rip Van Winkle aus meinem langen Winterschlaf und merkte, dass die Welt sich verändert hatte. Pam hatte schon darüber geklagt, aber ich war zu zerstreut gewesen, um zuzuhören. Außerdem beschäftigte mich, wann immer sie mir auflauerte, nur der Gedanke, ihr so schnell wie möglich zu entwischen.

Bei meinem Auto angekommen, war der Entschluss, das Haus zu verkaufen, gefallen. Calvin hatte geäußert, es sei bestimmt eine Stange Geld wert. Dieses Anwesen gehörte mir, Greg war aus meinem Leben verschwunden, ich konnte damit tun, was ich wollte. Ich konnte es verkaufen und in Deal ein neues Leben anfangen. Seit jenem Gespräch mit Calvin hatte ich mit dem Gedanken gespielt. Deal war eine hübsche Stadt und mir von Kindheit an vertraut. Greg und Azra waren nie dort gewesen. Ich würde frei sein.

Und reich. In Deal war Wohnraum sehr viel günstiger. Was würde ich mit all dem übrigen Geld machen? Es Max und Lucy schenken?

Ich setzte mich ins Auto und dachte lange angestrengt darüber nach. Zugegeben, in den vergangenen Monaten hatten meine Kinder mich ein wenig enttäuscht. Sie waren nicht zu Weihnachten gekommen; damals wusste ich noch nicht, dass Cousine Dorothy mich retten würde. Das Problem war, wie gesagt, dass ich ihnen immer wieder versicherte, es gehe mir gut. Wie konnte ich also ihnen vorwerfen, dass sie mich beim Wort nahmen?

Vielleicht würde ich das Geld an Extinction Rebellion spenden.

Ich bekam einen Lachanfall. Ein Passant starrte mich an. Ich merkte, dass eine Stunde vergangen war und ich immer noch im Auto saß. Ein Lieferwagen einer großen Klempnerfirma war gekommen und wieder abgefahren, und es hatte zu regnen begonnen.

Doch ich rührte mich immer noch nicht. Ich spürte Euphorie in mir aufsteigen. Das hatte ich nicht erwartet; ich liebte mein Haus und wohne dort seit fast vierzig Jahren. Aber das Leben ist voller Überraschungen; darin sind wir uns wohl alle einig.

»Sehen Sie sich diesen Himmel an!«, hatte Johanna gesagt, als sie sich ins Gras fallen ließ. »Die Freiheit, ach, die Freiheit!«

Ich stieg aus dem Auto, ging ins Haus zurück und rief einen Immobilienmakler an.

Zu meiner Überraschung kamen schon in der ersten Woche drei Anfragen. »Unrenovierte Häuser wie Ihres werden zunehmend rar«, sagte Barry von Murray & Brookes. Wie so viele Immobilienmakler war er gerade mal Anfang zwanzig, mit gegeltem Haar und weicher, beigefarbener Haut, als hätte man ihn mit einem Ledertuch poliert. »Unsere ausländischen Käufer legen Wert darauf, ihrem Besitz eine eigene Note zu verleihen, und es ist ein sehr sicheres Viertel mit guten Schulen. Fünf Zimmer und ein Garten, der größer ist als gewöhnlich, sind ein weiteres Plus, und natürlich der Supermarkt um die Ecke.«

Verständlicherweise war ich entrüstet über den Ausdruck *unrenoviert*. Hatte Barry kein Taktgefühl? Jedenfalls bestimmt keine Ahnung von der jahrelangen Plackerei, die Greg und ich auf uns genommen hatten, als wir die Formica-Küchenelemente herausrissen und die Böden abschliffen und Abfallcontainer nach Fensterläden und Kaminen durchforsteten; von der Aufregung und Erschöpfung, die es bedeutet, ein Zuhause zu gestalten. Barry war damals noch gar nicht auf der Welt, ebenso wenig wie meine Kinder. Diese längst vergangene Zeit erschien mir jetzt in goldenem Licht; es war eine Zeit der frisch verheirateten Liebe, in der Nachbarn, die ebenfalls strichen und hämmerten, unsere engsten Freunde wurden und spontane Dinnerpartys veranstalteten. Bald darauf kamen die Babys zur Welt, eins nach dem anderen, und wir trugen sie in Tragetüchern herum und dachten: Nichts wird uns verändern, so wird es nun immer sein. Diese Tage erschienen mir jetzt so unschuldig, diese Tage des Lachens und Flirtens, an denen meine Jeans voller Flecken war – Farbe und Muttermilch.

Ich nahm das Angebot einer chinesischen Familie an, die neu nach London zog. Der Mann war, glaube ich, Physiker. Ich wählte sie, weil sie den geforderten Preis boten und in bar zahlten. Sie wollten alles so schnell wie möglich abwickeln und im März zum Abschluss bringen.

»Ich kann es dir nicht verdenken«, sagte Pam. »Es ist bestimmt schwer, so einer Summe Geld zu widerstehen. Ich bin keine Rassistin, aber mir fällt auf, dass das Viertel sich verändert hat. Man hört kaum mehr Englisch auf der Straße. Na, das soll nicht dein Problem sein.«

Das Haus lief auf meinen Namen; es war mein Recht, es

zu verkaufen. Ich erzählte den Kindern von meinen Plänen, und ausnahmsweise waren sie beide einverstanden. *Prima Idee, Mom, du brauchst eine Veränderung.*

Meine Euphorie hielt nicht lange an. Kaum hatte ich unterschrieben, als mir bewusst wurde, wie riesengroß dieser Schritt ins Ungewisse war. Hatte ich den Verstand verloren? Ich würde allein sein in einer fremden Stadt. »Du bist so mutig!«, sagte Bethany und sah mich, typisch für sie, durchdringend an. Ich war noch nie im Winter in Deal gewesen, wenn das Vergnügungszentrum geschlossen war und der Sturm durch die dunklen Straßen fegte. Vielleicht würde ich sogar Pam vermissen. Und wie sollte ich es bloß schaffen, meine ganzen Habseligkeiten zusammenzupacken? Allein für den Schrank im Obergeschoss würde ich eine Woche brauchen. Ich warf einen Blick hinein und schloss schaudernd die Tür.

Möglicherweise war ich tatsächlich verrückt. Ich hatte mich seltsam verhalten, das war mir klar. Ich ließ mich aufs Sofa fallen. Mein Herz schlug wild, und plötzlich übermannte mich Traurigkeit. Über mein Leben; über die Vergangenheit, die in jedem Winkel dieses Hauses steckte; über das Verschwinden all jener Menschen, die ich am meisten geliebt hatte. Ich dachte an Greg und Azra, wie sie sich in dem türkischen Lokal zueinander beugten, wie sie meine Welt zum Zerspringen gebracht hatten. Und alles, was blieb, waren Gregs Trainingsfahrrad und alte Schulzeugnisse und sein Schrank voller Kleider und ... und *das ganze Zeug.* Wie hatte er gesagt? *Die Leute rackern sich in Jobs ab, die sie nicht mögen, um Zeug zu kaufen, das sie nicht brauchen, nur um verbrecherischen Unternehmern dabei zu helfen, den Planeten zu zerstören.* Danke, Greg – und was zum Teufel mache ich jetzt damit?

Ich stieg die Treppe hinauf und kroch vollständig angezogen ins Bett. Ich hatte geglaubt, meine Depression überwunden zu haben, doch nun kam sie mit aller Macht zurück. Ich hörte das Quietschen ihrer fettigen schwarzen Flügel, während ich die Bettdecke über den Kopf zog.

Der altbekannte, dumpfe Zustand ergriff wieder von mir Besitz. Ich schlich wie eine Schlafwandlerin durch das Haus. Kraftlos stopfte ich Sachen in Mülltüten und brach dann auf dem Sofa zusammen – das schiere Ausmaß der Aufgabe warf mich um. Ich weiß noch, wie ich auf einen Haufen Kleiderbügel starrte, die aus Metall, die man in der Reinigung bekommt und die sich alle unauflöslich ineinander verkeilt hatten. Wie sollte ich es jemals schaffen, sie auseinanderzubekommen?

Tagelang tat ich gar nichts. Das Packen hatte etwas Endgültiges, das ich einfach nicht verkraftete. Dinge wegzuwerfen kam mir so brutal vor, aber wozu etwas aufheben, das seit Jahren keiner mehr benutzt hat? Auch die Erinnerungen trafen mich wie eine Welle. Max auf seinem Fahrradsitz, die Arme um Gregs cordsamtene Taille geschlungen. Lucy, wie sie sich an die Beine ihres Vaters schmiegt, während er ein Bild an die Wand nagelt. Kleine Momente aus längst vergangenen Zeiten. War Greg auch damals schon untreu gewesen? Immerhin hatte er zugegeben, dass er Rosie Hargreaves mit ihrem gierigen Mund und ihrem knochigen Egon-Schiele-Körper sexy fand. Als sie und ihr Mann eine schwierige Phase durchmachten, war Greg einmal zu ihr nach Hause gegangen und erst nach zwei Stunden wiedergekommen.

Und dann waren da meine Schnappschüsse aus weit zurückliegenden Tagen – immer aus den Ferien, immer aus

Deal. Die Fotos waren schwarz-weiß; der Kleber war schon vor Jahrzehnten ausgetrocknet, und als ich das Album öffnete, fiel mir meine Kindheit entgegen. Ich sammelte die Fotos auf und erinnerte mich an das Vergnügungszentrum, nach dem ich regelrecht süchtig war. Wie ich vor Hoffnung gezittert hatte, wenn ich einen weiteren Penny in einen Automaten steckte. Der schwankende, steile Berg von Pennys – bestimmt würde eine weitere Münze ihn so in Bewegung setzen, dass unvorstellbare Reichtümer klappernd ins Rutschen gerieten? Und dann war da der Greifer, der über die Stofftiere wanderte und doch nie eins packte, weil er zu schwach war. Ach, diese Aufregung, dieses Herzklopfen, die unausweichliche, abgrundtiefe Enttäuschung!

Ich weigerte mich, das als Metapher für mein Leben zu sehen. Ich sammelte die Fotos zusammen, steckte sie wieder in das Album, klappte meinen Laptop auf und suchte nach Immobilien in Deal.

Dieser Winter 2019 sollte der wärmste und nasseste seit Beginn der Wetteraufzeichnungen werden. Keine Spur von Schnee oder gar Frost; meine Kapuzinerkresse hatte sich noch nicht zu Schleim zersetzt. Ich dachte an Angie und ihre Angst vor dem Klimawandel. Jetzt kam mir ihr Engagement bei Extinction Rebellion gleichermaßen mutig und klug vor. Sie hatte ihr Bestes getan, ohne zu ahnen, dass sie bald selbst ausgelöscht werden würde. Ich dachte an Calvin, wie er auf Zehenspitzen an seinem Gefängnisfenster stand und zwischen den Gitterstäben in den strömenden Regen hinausblickte. Ihre Geschichte spielte sich wieder und wieder in meinem Kopf ab. Ich träumte nachts davon.

Mein Haus wandte sich von mir ab. Kaum hatte ich beschlossen, wegzuziehen, zogen sich die Räume zurück, wie ein Mensch es tut, wenn er weiß, dass eine Beziehung zu Ende ist. Es war nicht mehr mein Zuhause.

Ich räumte nur langsam aus, teilweise aus Trägheit und teilweise, weil ich ja jede Menge Zeit hatte. Glaubte ich zumindest. Sobald im Januar der Vertrag unterschrieben war, wäre das Geschäft unter Dach und Fach, und ich konnte eine Umzugsfirma beauftragen, alles einzulagern, während ich mich irgendwo in Deal einmietete und ernsthaft nach einem Haus zum Kauf suchte. Vielleicht fand ich auch schon vorher etwas und konnte ein Angebot machen. Ich wurde süchtig nach Immobilien-Websites und mit den Räumen von Menschen so vertraut wie diese selbst. Viele in Deal warben mit nautischen Themen – Aquarelle von Segelbooten, die obligatorische Möwe aus Holz im Fenster. Meine Laune wechselte zwischen Panik, Aufregung und Angst vor der Herkulesaufgabe, die vor mir lag. Ich verlor an Gewicht und schlief schlecht.

»Es ist noch nicht zu spät, es dir anders zu überlegen«, sagte Rachel in der ersten Dezemberwoche bei einem gemeinsamen Mittagessen. Rachel war eine meiner wenigen Freundinnen, die noch in der Nähe wohnten; wir hatten uns zufällig auf der Post getroffen, und sie hatte mich zu sich eingeladen. »Ich weiß nicht, ob gerade der beste Zeitpunkt für dich ist, Entscheidungen zu treffen.« Sie reichte mir eine Schüssel Suppe. »Ich meine, nach allem, was du durchgemacht hast, du Ärmste, erst Greg, dann Calvin.«

Ich wünschte mir inständig, dass sie nicht sagte: *Du bist so tapfer.*

Sie legte ihre Hand auf meine. »Ehrlich gesagt beneide ich dich, Pru. Weil du vollkommen frei bist, tun kannst, was du willst, hingehen kannst, wo du willst. Weil du dir nicht das Gequatsche von jemandem anhören musst, der jeden Tag fragt, wann es Abendessen gibt. Jim ist bis Freitag in Schottland, und ganz ehrlich, ich genieße jeden einzelnen Moment.«

»Das ist nicht das Gleiche!«, fuhr ich sie an. »Das weißt du genau. Es ist ganz etwas anderes, wenn man weiß, dass es vorübergeht und der Mensch zurückkommt.«

Rachel zog ihre Hand zurück. »Entschuldige, du hast recht. Ich bin dumm.« Sie zuckte mit den Achseln. »Trotzdem, ich finde, du bist so tapfer.«

Schlecht gestimmt ging ich nach Hause. Es regnete immer noch, und es war so düster, dass man kaum wusste, wann der Tag zu Ende ging und die Nacht begann. Rachels Worte hatten mich erzürnt. Warum konnte sie nicht einfach sagen: *Viel Glück! Können wir dich besuchen kommen? Wir werden dich vermissen!* Hinzu kam mein vergeblicher Besuch auf dem Postamt. Ich hatte meine KFZ-Steuer bezahlen wollen, doch man erklärte mir, ich hätte das falsche Versicherungsdokument dabei. Triviale Dinge wie diese hatte früher Greg übernommen. In mancher Beziehung war ich schändlich unbedarft. Der arme Greg hatte über Versicherungspolicen und Gebrauchsanweisungen gebrütet und sich mit Klempnern herumgeschlagen, die Wucherpreise verlangten. Ebenso mit allem, was mit meinem Computer zu tun hatte. Oft brachte er den halben Tag damit zu, irgendein Call-Center zu erreichen, während ich, die Füße auf dem Tisch, in der Küche saß, Wein trank und mich bei Azra über männliche Unterdrückung beklagte.

Plötzlich vermisste ich ihn so sehr, dass es mir den Atem verschlug. Das passierte mir jetzt immer öfter; die Calvin-Geschichte hatte mir eine neue Perspektive auf meine Ehe eröffnet. Und der Abschied von dem Haus erinnerte mich schmerzhaft an jene Tage, als Greg und ich gerade geheiratet hatten und mit hochfliegenden Hoffnungen eingezogen waren. Im Obergeschoss wohnten Mieter, ein älteres Ehepaar, das bald verstarb. Himmel, an die beiden hatte ich seit Jahren nicht gedacht. Während ich mit tropfenden Haaren heimwärts trottete, sehnte ich mich nach Greg. Nicht zum ersten Mal dachte ich, wie viel netter er doch war als Calvin. Und ehrlicher. Und belesener. Und linker orientiert. Und kein Mörder.

Zu Hause angekommen, duschte ich erst mal. Als ich auf meine Armbanduhr blickte, sah ich, dass es fast sechs Uhr war – als ob das eine Rolle spielte. Ich öffnete eine Flasche Wein, schenkte mir ein Glas ein und schob eine tiefgefrorene Moussaka in den Ofen. Dann ging ich ins Wohnzimmer, setzte mich aufs Sofa und klappte meinen Laptop auf. Flossie sprang auf meinen Schoß und bearbeitete mich mit ihren scharfen Krallen. Ich schob sie herunter. Sie sprang wieder hoch. Ich trank ein wenig Wein und begann, meine E-Mails durchzugehen.

Es klingelte an der Tür. Ich schob die Katze beiseite, ging in den Flur und öffnete die Tür.

Im Schein der Straßenlaterne stand eine Frau. Zunächst erkannte ich sie gar nicht; ihr Haar war grau und ganz kurz geschnitten. Es war Azra. Sie hielt mir eine Tragetasche hin, als wüsste ich, was sich darin befand.

Und das stimmte auch.

»Darf ich hereinkommen?«, fragte sie und trat schon in den Flur. Sie holte ein Gefäß aus der Tasche, eine kleine Urne aus Keramik, graugrün und mit Lotusblüten bemalt. Der Deckel war mit schwarzem Gewebeband fest verschlossen.

»Ich hatte solche Schuldgefühle«, sagte Azra. »Dass ich ihn die ganze Zeit hatte.« Sie gab mir die Urne. »Gerechtigkeit muss sein. Jetzt bist du an der Reihe.« Sie klopfte mit dem Finger auf die Urne – eine seltsame Geste, als wollte sie sie ermahnen. »Adieu, Greg.«

TEIL VIER

Eins

Ich habe das mit Greg noch nicht erzählt. Zweifellos finden Sie das seltsam, aber ehrlich gesagt hätte es mich zu sehr aufgeregt. Ich wusste auch gar nicht, wo ich es einbauen sollte. Hätte es zu beiläufig geklungen, würden Sie mich für herzlos halten. Wäre ich zu sehr ins Detail gegangen, hätte ich nicht gewusst, an welchem Punkt ich wieder aufhören sollte. Außerdem war ich in der Zeit seelisch ziemlich instabil und hätte die Fakten sicher nicht klar herüberbringen können. Trotzdem entschuldige ich mich jetzt dafür.

Man hatte bei ihm Parkinson diagnostiziert. Ich hatte es nicht gewusst, aber es erklärte, warum er auf unserem Spaziergang an jenem Junitag so zittrig gewesen war. Mir war aufgefallen, wie ihm bei unserem gekünstelten und frugalen Mittagessen die Hände zitterten, hatte aber angenommen, dass mein plötzliches Auftauchen ihn so durcheinandergebracht hatte.

Auch von seiner Trauerfeier habe ich noch nicht erzählt. Sie fand im Weymouth-Krematorium statt, ungefähr sechzehn Kilometer vom Cottage entfernt. Ein mit Wildblumen bestreuter Weidensarg, schönes Wetter, ein volles Haus. Dieses Mal waren mir, was wenig überraschend ist, die meisten Gesichter bekannt. Max und Lucy waren gekommen, Lucy in Begleitung ihrer neuen Partnerin Helga, einem Elfenkind, das meiner Tochter während der gesamten Trauerfeier die Hand hielt. Beide trugen sie Pillbox-Hüte mit kleinem Schleier – ein überraschender Anblick, der vermuten ließ, sie würden gleich mit einer Gesangs- und Tanznummer loslegen. Max trug einen schwarzen Anzug, in dem er noch fremder aussah. Außerdem hatte er gewaltig an Gewicht zugelegt; seit Jahren hatte ich immer nur seinen Kopf und seine Schultern auf Skype gesehen.

Natürlich begrüßten meine Freunde mich herzlich – warum auch nicht? Aber ich bemerkte eine gewisse Zurückhaltung. Klar, es war eine seltsame Situation, und ihre Loyalität war nun gespalten. Das war früher nicht der Fall gewesen. Viele aus meiner ehemaligen Clique fanden Azra nicht sympathisch – sie war zu ruppig, zu herausfordernd. Sie war mehr *meine* Freundin als ihre und verkehrte selten mit ihnen; sie lebte ihr ganz eigenes Leben und jagte allein. Nun, wo sie mir den Ehemann gestohlen hatte, war sie noch stärker ausgegrenzt worden, und die Sympathien im Bekanntenkreis waren, soweit ich wusste, bei mir gewesen.

Doch all das war nun Vergangenheit. Ihr Geliebter war gestorben, und sie war ziemlich aufgelöst. Hageres, aschfahles Gesicht, das Haar straff zurückgekämmt, war Azra kaum als dieselbe Frau zu erkennen, die ich ein paar Wochen zuvor durchs Fenster des Yassar Halim gesehen hatte. Sie trug weite schwarze Hosen und ihre alte Samtjacke, zugeknöpft bis zum Hals. Als sie mich umarmte, spürte ich ihre Rippen.

»Ich bin so froh, dass du gekommen bist«, flüsterte sie in mein Haar. »Einen Augenblick lang meinte ich, du würdest dich fernhalten.«

Warum hätte ich das tun sollen? Lieber Himmel, er war mein Ehemann! Aber ich verkniff mir eine Antwort, und Bethany packte meinen Arm und ging mit mir in die Kapelle. Meine Kinder setzten sich zu mir in die erste Reihe, die für die Angehörigen reserviert war.

Max und Lucy waren am Vortag angekommen und wohnten bei mir in London. Es war äußerst tröstlich gewesen, zum ersten Mal seit Jahren mit ihnen zu Abend zu essen. Helga ging früh zu Bett und ließ uns allein. Ich trank zu viel – daran hatte sich nichts geändert – und wurde rührselig, als ich über ihre Kindheit und die glücklichen Zeiten, die wir miteinander verlebt hatten, quasselte. Ab und zu tätschelte Max mir unbeholfen die Schulter, während Lucy mich brüsk unterbrach.

»Ach, komm schon, Mum, du und Dad, ihr seid euch doch ständig an die Gurgel gegangen.«

Ich starrte sie erstaunt an.

»Ich bin immer zu Max ins Bett gekrochen«, sagte Lucy, »und wir haben uns Kissen über den Kopf gepackt, um euch nicht streiten zu hören. Manchmal legten wir noch ein paar Bände *Encyclopaedia Britannica* zum Beschweren drauf. Wozu hatten wir die im Haus, wo wir doch nie darin lasen?«

»Die hat Großvater mir in seinem Testament hinterlassen«, sagte ich.

»Es stimmt, was sie sagt, Ma«, bestätigte Max. »Wir fürchteten uns immer vor den Ferien. Du und Dad, ihr habt schon im Auto darüber gestritten, was wir einzupacken vergessen hatten ...«

»... und wir mussten Scrabble spielen«, fuhr Lucy fort, »obwohl wir es alle hassten, und Dad hat uns ständig ermahnt, rauszugehen und den Tag zu nutzen, während du vor dich hin gemurmelt hast, du müsstest ständig zum Einkaufen fahren, kochen und aufräumen, und warum Männer eigentlich nur grillen und dann ein Riesengedöns machen.«

Max stimmte ein: »Und es hat dauernd geregnet.«

»Es hat nicht geregnet!«, sagte ich. »Es schien die ganze Zeit die Sonne.«

Beide schüttelten sich aus vor Lachen. Es war schön, sie vereint zu sehen, selbst wenn sie sich über mich lustig machten, aber ich war verdutzt. Wessen Version entsprach denn nun der Wahrheit? Falls so etwas überhaupt existierte. Aber Greg und Azra hatten ein anderes Leben gewählt und kaum Kontakte gepflegt – außer, meine Freunde hatten mich angelogen, um mich zu schonen.

Auch in den Trauerreden traten viele Versionen von Greg zutage. Azra hatte das Begräbnis organisiert. Das war schon eine Erleichterung gewesen. Ich war nicht in der Lage, irgendetwas zu tun. Trauern ist schon im besten Fall harte Arbeit, doch umso mehr, wenn Wut und unbewältigte Bitterkeit sich hineinmischen. Azras Trauer war zweifellos ein reineres Gefühl. Sie hatte Greg geliebt und betrauerte ihren Verlust. Das war für mich ein weiterer Grund, sie zu hassen.

Aber wir verhielten uns beide tadellos. Wir umarmten uns; wir tauschten ein paar Worte. In der Kapelle saß sie, durch den Mittelgang von mir getrennt, kerzengrade da, während ihre Schwester ihre Schulter hielt. Ich starrte Azras düsteres Gesicht an, dieses Gesicht, das ich einst geliebt hatte. Hinter uns konnte ich die Neugier der Leute förmlich *hören*, wie Getreide, das im Wind raschelt. Es war natürlich keine ungewöhnliche Situation: die verlassene Ehefrau und die Geliebte, bei der Trauerfeier kurz vereint. Stille trat ein, als sie zum Rednerpult ging. Was Azra wohl sagen würde?

Nichts. Sie las nur ein Gedicht vor. »Anhalten alle Uhren« aus *Vier Hochzeiten und ein Todesfall*. Ich war entgeistert. Greg hatte diesen Film gehasst! »So milde und gutbürgerlich«, hatte er gesagt. »Hat überhaupt jemand von denen gearbeitet? Und diese schreckliche alberne Amerikanerin, Andie Dingsbums, die ständig lächelt, die wurde doch nur aus Zynismus eingebaut, damit der Film den Amis gefällt, Mann, die ging mir total gegen den Strich.« Ich hatte den Film toll gefunden, und wir hatten uns auf dem Heimweg gestritten. »Fandest du ihn nicht wenigstens lustig?«, fragte ich. »Hat dir nicht wenigstens das Gedicht gefallen?« Er hatte zurückgegeben: »Pah! Nur ein weiterer zynischer Trick von Curtis, um dem Film ein bisschen Gravitas zu verleihen und bei einem überlegenen Schriftsteller zu schmarotzen. Ich kann gar nicht glauben, dass du darauf reingefallen bist.« Ich hatte ihn angeschnauzt: »Ich habe sogar geweint. Aber das merkst du ja gar nicht. Oder es ist dir egal.« Als wir zu Hause ankamen, hatte sich eisiges Schweigen zwischen uns ausgebreitet. Dann mussten wir feststellen, dass Max ein paar Schulfreunde eingeladen und das Haus in einen Zustand der Verwüstung gebracht hatte.

Ich warf einen Blick zu Azra. Sie stand, den Kopf über ihr Papier gebeugt, am Rednerpult und hielt sich mit beiden Händen fest. Sie las das Gedicht mit tonloser, feierlicher Stimme und schwankte dabei sanft hin und her. Wie konnte sie bloß so etwas Perverses auswählen? Nicht zufrieden damit, mir mein Glück gestohlen zu haben, stahl sie mir nun auch noch eine meiner Auseinandersetzungen. Jener Abend brach in all seinem Elend über mich herein. Das war ja wohl nicht ihre Absicht gewesen?

Azra hatte per Mail angefragt, ob ich etwas sagen wolle, und ich hatte verneint. Max hingegen stand auf und sprach ein paar Worte. Er schwitzte stark und las von seinem iPad ab.

»Dad war immer für mich da«, sagte er mit zittriger Stimme. »Wenn ich Schwierigkeiten in der Schule hatte, nahm sich Dad Zeit, mir zuzuhören und gute Ratschläge zu geben.« Er hielt inne, um sich zu schnäuzen. Ich erinnerte mich daran, wie Greg aus dem Zimmer geeilt war, wann immer die Kinder hereinkamen: *Ich muss noch Arbeiten korrigieren ...* »Es stimmt zwar, dass er Arsenal-Fan war, aber niemand ist perfekt!«, sagte Max. »Ehrlich gesagt verbrachten wir hier in Dorset unsere glücklichsten Zeiten. Die Sommerferien, wenn Dad bei uns war, waren immer wunderbar. Er brachte mir das Schwimmen bei und war bei meinen ersten Versuchen sehr geduldig! Er brachte mir Scrabble bei. Wir vier spielten manchmal ewig lang und lachten dabei viel. Er war der beste Dad der Welt, und ich vermisse ihn schrecklich.«

Es überraschte mich ziemlich, was ich da hörte. Dann stand Lucy auf und trat hinter das Rednerpult. Sie warf den Kopf wie ein Fohlen, aber ihr Schleier fiel wieder herab, und sie zog sich gereizt den Hut vom Kopf und wurde erkennbarer. Als sie erzählte, wie lieb und großzügig ihr Dad gewesen sei, hatte ich das Gefühl, der Greg, den ich gekannt hatte, würde sich auflösen. Am Ende ihrer Rede war er komplett verschwunden. Natürlich tat es mir leid für die Kinder, und ich bewunderte ihren Mut, vor uns allen zu sprechen, doch gleichzeitig fühlte ich mich seltsam verraten. Konnten sie nicht die richtigen Worte finden? Diese Floskeln entsprachen Greg überhaupt nicht – jedenfalls nicht dem Greg, über den sie am Abend zuvor so eifrig hergezogen hatten. Aber vielleicht war ja auch ich diejenige, deren Erinnerung verzerrt war.

Musik setzte ein: Gloria Gaynors »I Will Survive«. Ich sah zu Azra hinüber, doch sie hatte das Gesicht an der Schulter ihrer Schwester vergraben. Hätte Greg sich wirklich diese Hymne an die weibliche Resilienz ausgesucht? Dann fragte ich mich: Waren Greg und Azra zusammen durch ihre Küche getanzt, wie einstmals er und ich, sobald das Lied im Radio lief, wenn wir den Abwasch erledigten? Diese Freude, die einschlug wie ein Blitz. Hatte Greg das mit ihr auch gemacht? War es oft vorgekommen?

»Hier, Mum«, flüsterte Lucy und reichte mir ein Taschentuch.

Lionel, Gregs Bruder, trat nach vorn. Er war ein Baukalkulator aus Godalming und sprach seine Sätze stets zu Ende.

»Es war ein Schock für uns alle, dass Greg so plötzlich aus unserer Mitte gerissen wurde«, sagte er. »Und so kurz nach seiner Diagnose. Wie Sie wahrscheinlich alle wissen, können Parkinson-Kranke viele Jahre lang ein relativ normales und aktives Leben führen, doch bei meinem Bruder war das nicht der Fall.« Er räusperte sich. »Immerhin lebte Gregory jeden Tag so, als wäre es sein letzter. Er verlor nie seine kindliche Freude, wie wir alle bestätigen können. Er war ein Lebensverbesserer, mit einem nie enden wollenden Vorrat an anzüglichen Witzen.«

Lieber Himmel, hatte ich da vierzig Jahre lang etwas verpasst? Aber es kam noch schlimmer.

»Eine besondere Tragödie ist der Zeitpunkt seines Verschwindens«, sagte Lionel. »Denn, wie Sie alle wissen – Sie, seine Freunde, ebenso wie wir, seine Familie – hatte Gregory gerade ein neues Kapitel in seinem Leben aufgeschlagen, einen neuen Anfang gemacht, und ich als sein Bruder muss sagen, ich habe ihn nie zuvor so glücklich gesehen.«

Ich muss das Bewusstsein verloren haben. Als ich die Augen öffnete, war mein Kopf gesenkt wie im Gebet. Vielleicht war es nur ein winziger Moment – niemand schien etwas bemerkt zu haben. Aber ich wusste, dass ich zumindest kurzzeitig ohnmächtig gewesen war, denn, ach du Schreck, meine Unterhose war feucht.

Vielleicht war ich gar nicht dort. Darum habe ich es nicht eher erwähnt. Manchmal hatte ich das Gefühl, mir alles nur eingebildet zu haben. Der Mensch, von dem bei der Feier

Abschied genommen wurde, war ein Fremder. Azra trug irgendwelche alten Sachen und hatte sich nicht einmal die Haare gebürstet. Meine burschikose Tochter trug einen Pillbox-Hut mit Schleier – einem *Schleier*. Mein Sohn war fett. Ich kann mich an kein einziges Detail im Krematorium erinnern. Ebenso wenig weiß ich noch, wer da war oder mit wem ich gesprochen habe. Alles kam mir total unwirklich vor. Sich in die Hose machen war der Stoff, aus dem Albträume sind – vielleicht war es einer gewesen. Die Erinnerung spielt uns manchen Streich, nicht wahr? Nicht wahr?

Es muss geschehen sein, klar, und es muss auch einen Leichenschmaus im Cottage gegeben haben. Ich war allerdings nicht dabei, denn an eines erinnere ich mich sehr wohl: wie ich schnell eine Landstraße entlangfuhr, vorbei an einem Kornfeld, in dem die Mohnblumen aussahen wie achtlos verschüttete Blutstropfen. Die Sonne ging unter.

Ich weiß auch noch, dass ich in einem Einzelbett aufwachte, mein Handyakku leer war und meine Unterhose trocken. Das Bett neben mir war mit einer unschönen malvenfarbenen Nylondecke zugedeckt. Die Malvenfarbe zog sich durch; an der Wand hing ein gerahmtes Bild, das eine Dame in einer Krinoline zeigte. Alles sprach für ein B&B, und das war es auch.

Mir kam der Mageninhalt hoch, und ich wusste, dass ich mich gleich übergeben musste. Ich stolperte ins Bad. Es war versteckt hinter Schichten von etwas Unterrock-Ähnlichem – cremefarbene Kunstseide, cremefarbene Spitzen. Ich kämpfte mich hindurch, hob den Deckel und übergab mich. War das jetzt immer noch ein schlechter Traum? Denn als ich nach der Klopapierrolle tastete, war auch diese unter dem Rock einer Schäferin versteckt, samt Haube und Hirtenstab.

Als ich ein paar Tage später erneut nach Dorset fuhr, versuchte ich, das B&B wiederzufinden, aber ich gab auf. Diesmal waren meine Kinder ohne Zweifel dabei. Mein Hirn war nach meinem, wie wir es nannten, kleinen Zusammenbruch wieder klar, und sie hatten mir mein plötzliches Verschwinden verziehen.

»Du warst da und doch nicht da«, sagte Lucy. »Wir dachten bloß, dass du den Leichenschmaus nicht ertragen hättest. Aber du hättest uns Bescheid geben können. Wir haben uns solche Sorgen gemacht, dass wir fast die Polizei gerufen hätten!«

Wir waren unterwegs nach Mortimer's Creek, um das Cottage aufzulösen. Greg hatte es in seinem Testament Max und Lucy hinterlassen. Vor langer Zeit waren wir übereingekommen, einander beim Erbe zu übergehen, weil die Welt hart war und unsere Kinder Unterstützung dringender brauchten als wir. Max und Lucy waren gerade noch nicht in der Lage, irgendetwas zu entscheiden, also wollten sie es vermieten, bis es so weit war.

Azra wurde in seinem Testament nicht erwähnt; es stammte aus der Zeit vor unserer Scheidung. Sie verschwand von der Bildfläche, und ich hatte keine Ahnung, wo sie hingegangen war. Und wollte es auch gar nicht wissen. Ich hörte nichts mehr von ihr bis zu jenem verregneten Dezemberabend achtzehn Monate später, als sie unangemeldet vor meiner Tür stand.

Zwei

»Darf ich hereinkommen«, fragte sie. »Ich bin vollkommen durchnässt. Sogar meine Unterhose ist nass.«

»Deine Unterhose?« Mir wurde ganz schwummrig. Ich sah mich in die Vergangenheit zurückkatapultiert. Ich war wieder bei der Beerdigung; und sie war wieder so, wie sie früher gewesen war, stark und gesund, mit vollem Haar.

Azra schob sich an mir vorbei in die Küche, wie Pam es immer tat, und ließ sich in einen Stuhl fallen. Ihre Jacke aus Kunstpelz sah in diesem tropfnassen Zustand seltsam echt aus.

Sie gab einen tiefen, schaudernden Seufzer von sich. Das kurzgeschorene Haar passte nicht zu ihren vergleichsweise monumentalen Zügen, aber sie war selbstbewusst genug, es so zu tragen. Ich stellte die Urne auf den Tisch, und wir richteten beide den Blick darauf.

»Meinst du, wir sollten eine Gedenkfeier für ihn veranstalten?«, fragte Azra. »Oder ist es dazu zu spät? Inzwischen haben ihn wahrscheinlich sowieso alle außer uns beiden vergessen. Und eines Tages müssen wir irgendwo die Asche verstreuen. Was meinst du, wo wäre es am besten? In seinem Testament hat er keine Wünsche geäußert.«

»Wo warst du?«

»Im Bus.«

»Ich meine, jetzt die ganze Zeit?«

»In New Mexico. Dann habe ich Krebs bekommen.« Sie stand auf. »Mir ist total kalt. Kann ich duschen?«

Ich nickte. »Hinter der Tür hängt ein Bademantel. Ein schicker, aus Frottee.« Ich hatte ihn aus Calvins Haus mitgehen lassen, wie er ihn aus dem St.-Regis-Hotel entwendet hatte.

Azra zog ihr triefnasses Leopardenfell aus und ging hinauf. Ich saß wie betäubt da und starrte die Urne an. Warum hatte sie mir meinen Mann zurückgebracht? Es war nichts dergleichen ausgemacht gewesen. Ich war davon ausgegangen, dass Azra ihn längst verstreut hatte, vielleicht in Mortimer's Creek, ihrem Liebesnest und künftigen Zuhause.

Ich konnte den Blick nicht von Greg wenden. Azra musste ihn aus der Kremationsurne in diesen geschmackvolleren Behälter umgefüllt haben. Früher hatten sich ihre Kräuterteebeutel darin befunden. Jetzt, wo das Gefäß auf dem Tisch stand, ging eine starke Anziehungskraft davon aus, als leuchtete es von innen. Die Unordnung drum herum verlor an Bedeutung. Das war mein Mann, und ich war endlich allein mit ihm.

Ich sprach nicht laut mit Greg. Oben knarrten Azras Schritte über die Bodendielen und verstummten dann. Vielleicht lauschte sie. Tonlos drängte ich der Urne meine Worte auf. Genauso hatte ich es gemacht, wenn meine Mutter mich mit in die Kirche nahm und ich betete. Ich weiß noch, dass ich die Stirn gegen die Kirchenbank vor mir drückte und den Körper anspannte, um mich auf die Leere, aus der keine Antwort kam, zu konzentrieren.

Das Gleiche probierte ich bei dem Teebehälter, stellte ihm drängende Fragen. *Waren wir glücklich, Greg? Es ist nach allem, was vorgefallen ist, so schwer zu sagen. Inzwischen ist alles so verworren und durcheinander, dass ich keinen Sinn mehr erkennen kann. Wir waren glücklich, und wir waren unglücklich. Du warst kontrollierend, und du warst aufgeschlossen. Du warst reizbar und geduldig. Du hast gern Scrabble gespielt und dann wieder nicht. Du warst trübsinnig, hattest aber offenbar einen Fundus derber Witze. Wem kann ich trauen, wer sagt die Wahrheit? Ich habe dir ver-*

traut, und schau, was passiert ist. Allerdings kann ich mich ja nicht mal auf mich selbst verlassen.

Ich starrte auf die Blumen, mit denen das Gefäß bemalt war. Sind Lotosblumen ein Symbol für Wiedergeburt und Erneuerung? Die Frage konnte Azra mir beantworten, bei solchen Themen wusste sie Bescheid.

Ich betrachtete das Klebeband, die dicken schwarzen Streifen, mit denen der Deckel brutal versiegelt war. In Kombination mit den zarten Blumen war es schockierend in seiner Endgültigkeit. Ich dachte: So etwas benutzen Vergewaltiger, um ihre Opfer ruhigzustellen.

Dieses Mal sprach ich es laut aus: »Es tut mir so leid, mein Schatz.«

Ein paar Minuten später hörte ich Schritte auf der Treppe. Azra kam in die Küche. Sie trug mein kleines schwarzes Kleid.

Als sie mein Gesicht sah, blieb sie abrupt stehen.

»Hast du was dagegen?«, fragte sie. »Meine Kleider sind total durchnässt. Ich bringe es dir morgen zurück.«

Ich antwortete nicht.

»Warum hast du dir das bloß gekauft?«, fragte sie. »Es passt so gar nicht zu dir.«

»*Ich selbst* passte nicht zu mir.«

»Solche Dinger trägt man bei Cocktailpartys in Esher.«

»Es war ein Ausreißer.«

Sie hielt mir eine meiner Strickjacken hin. »Darf ich mir die auch ausleihen?«

»Du kannst beides behalten. Ich will die Sachen nicht mehr.«

»Bist du sicher?« Sie strich das Kleid über den Hüften glatt. »Ich könnte schon etwas damit anfangen. Es hier abnähen. Und mit meiner Ghost-Jacke tragen.«

»Oder den Syrern schenken.«

Sie setzte sich. »Hast du deinen Kleiderschrank ausgemistet? Er ist halb leer.«

Ich nickte. »Ja, ich habe aussortiert. Ich verkaufe das Haus.«

Azra starrte mich an. »Das ist ein Scherz, oder?«

Die Atmosphäre veränderte sich. Bis jetzt hatte eine seltsam zwanglose Stimmung geherrscht, fast wie in alten Tagen. Das war, gelinde gesagt, überraschend, doch typisch für Azra.

Jetzt war das Blut aus ihrem Gesicht gewichen. Sie murmelte etwas, das ich nicht verstehen konnte.

»Wie bitte?«

»Das kannst du doch nicht machen«, flüsterte sie.

»Ich habe schon einen Käufer. Ich ziehe nach Deal.«

»Du kannst nicht fortgehen«, sagte sie leise. »Geh nicht.«

»Wieso nicht? Es gibt nichts, was mich hier hält.« Plötzlich rastete ich aus. »Und du hast deinen Beitrag dazu geleistet. Und erzähl mir nicht, was ich zu tun habe. Das geht dich überhaupt nichts an!«

Sie zuckte zusammen.

»Du hast mich fünf Jahre lang hintergangen«, sagte ich. »Du hast mir den Mann weggenommen, du hast mein Leben ruiniert, und dann tauchst du nach vielen Monaten aus einer Laune heraus hier auf und klopfst an meine Tür, ohne auch nur vorher anzurufen, und willst mir sagen, was ich mit meinem Leben anstellen soll. Herrgott noch mal, Azra, warum haust du nicht einfach ab und lässt mich in Frieden?«

Ein Moment verging. Sie umfasste ihren Hinterkopf mit den Händen und strich darüber – eine neue Geste, als würde sie über ihren Schädel sinnieren.

»Du hast es nicht gemerkt, meine Liebe, stimmt's?«

»Was sollte ich merken?«

Die Luft wurde dicker. »Worum es bei alledem ging.«

Ich schob meinen Stuhl zurück und stand auf. »Willst du was trinken?«

Sie ergriff meinen Arm. »Schau mich an, Pru.«

Sie drückte mich wieder in den Stuhl. Das Geräusch der Regentropfen auf dem Dach hatte aufgehört. Flossie verschwand durch die Katzenklappe.

Sie sagte: »Eigentlich ging es überhaupt nicht um ihn.«

Meine Kehle wurde trocken. »Wie meinst du das?«

Sie beugte sich über den Tisch und nahm meine Hand. »Du warst es, die ich wollte.«

»Mich?«

Ihre Stimme klang heiser. »Die ganze Zeit über, all die Jahre.« Sie drehte meine Hand um und streichelte meine Handfläche. »Wenn ich mit ihm schlief, schlief ich mit dir.«

Sie hob den Kopf und sah mich an. Mir schoss das Blut ins Gesicht.

Sie stand auf, kam herüber zu mir und nahm meine Hand. »Komm mit nach oben.«

Im Schlafzimmer drehte sie mir den Rücken zu. Wir sprachen kein Wort. Ich stand hinter ihr. Langsam öffnete ich den Reißverschluss des kleinen Schwarzen, und es fiel zu Boden.

Als wir danach im Bett lagen, flüsterte sie: »Ich habe es dir gesagt, oder?«

»Was gesagt?«

»Dass es mit einer Frau schöner ist.«

Drei

Es ging immer um dich und mich, sagte sie. Ich hatte keine Ahnung gehabt, wie sehr das zutraf. Es war die natürlichste Sache der Welt, einander zu erforschen, Haut an Haut, Zunge an Zunge. Während der nächsten paar Tage war die Vergangenheit vergessen. Sämtliche Schuldzuweisungen lösten sich in Wohlgefallen auf. All das war nun bedeutungslos. Nachts schliefen wir tief und fest, Azra schlang ihre langen, trockenen Beine um meine und drückte ihre Brüste gegen meinen Rücken.

Ich weiß, dass es seltsam klingt, aber ich begann, sie im Geiste Linda zu nennen; das war weit weniger exotisch, fühlte sich aber irgendwie wahrhaftiger an. Es war ihr Geburtsname, ihr wahres Selbst. Tatsächlich sprachen wir viel über unsere Kindheit. Sie war nie eine große Zuhörerin gewesen, doch jetzt stellte sie mir viele Fragen. Und sie war verletzlicher geworden, unsicherer. »Findest du meinen Haarschnitt schlimm?«, fragte sie und strich sich über den kurzgeschorenen Kopf. Meine furchtlose Freundin hatte sich verändert. Vielleicht wegen unserer Liebesaffäre; vielleicht, weil sie dem Tod begegnet war. Während der langen Zeit ihres Verschwindens hatte sie Gebärmutterhalskrebs bekommen. Obwohl man sie jetzt für geheilt erklärt hatte, waren – wenig überraschend – tiefe Spuren zurückgeblieben. Selbst die Haare, die jetzt nachwuchsen, waren weicher.

Worüber wir nicht sprachen, war ihre Beziehung mit Greg. Ich war noch nicht bereit dafür. Sie muss das gespürt haben, denn sie erwähnte es nicht. Das war ungewöhnlich für sie, aber es waren ja auch ungewöhnliche Umstände.

Wie viel Zeit wir verloren hatten! Beide waren wir gierig nach einem neuen Leben miteinander. Wir entschlossen uns, aus London wegzugehen und nach Deal zu ziehen. Wir würden uns einen Hund anschaffen. Wir würden das ganze Jahr über schwimmen gehen, selbst im tiefsten Winter, mit Pudelmütze, um unsere Köpfe warmzuhalten. Wir würden zwei lustige Witwen sein. Wir würden zusammen lachen. All das schien möglich, belebend möglich, verglichen mit jenen erbärmlichen Tagträumen, die ich mit Calvin gehabt hatte.

Wir sahen uns auf meinem Computer Häuser am Meer an, stießen einander an, um einen besseren Blick auf den Bildschirm zu haben. Energie durchflutete uns, und wir begannen, mein Haus auszuräumen. *Weg, weg, weg!*, rief Azra, während sie Mülltüten stapelte. Jeden Tag fuhren wir zum Wertstoffhof und warfen Zeug in die Container; wir kannten die gesamte Belegschaft und schenkten den Leuten Doughnuts. Wir waren offen und verschwenderisch in unserem Überschwang; wir lächelten Babys an und machten mit Verkehrspolizisten Scherze. Den ganzen Dezember über schüttete es, aber das störte uns nicht beim Auseinanderklauben meiner Vergangenheit. Azra rief, *behalten, weg, behalten, weg* ... und hielt nur an Weihnachten inne, um einen Truthahn zu zerlegen. Sie war doch Vegetarierin? Na und?

Es war eine Art Wahn, wie ich heute sehen kann. Aber ein Wahn, der aus Freude geboren war und mir das seltsame Gefühl gab, endlich nach Hause zu kommen. In Azras Armen fühlte ich mich wieder sicher. Ich erzählte ihr nicht, wie ich auf Beerdigungen auf Männerjagd gegangen war; schon allein der Gedanke daran machte mir Angst. Das war *wirklich* verrückt gewesen. Ebenso wie, in gewisser Hinsicht, meine Beziehung mit Calvin. *Erzähl mir mehr von deinem Mörder*, drängte Azra. In Worte gefasst klang alles noch unwahrscheinlicher.

Lieber ließ ich sie von ihrer Zeit in New Mexico nach Gregs Tod erzählen. Sie hatte Jahrzehnte zuvor in Taos gewohnt, mit einem charmanten, aber gewalttätigen Bildhauer. Sie sagte, sie habe sich danach gesehnt, wieder in der Wüste zu sein, die reine, trockene Luft zu atmen und die Vergangenheit zu verbrennen. Sie hatte in einer Töpferei gearbeitet und zeigte mir die hässlichen Krüge, die sie hergestellt hatte. Und dann, nach ihrer Rückkehr, war sie krank geworden.

»Warum hast du mir nichts gesagt?«

»Du hast nie Krebs gehabt«, sagte sie. »Sonst würdest du diese Frage nicht stellen.«

»Aber ich hätte mich um dich kümmern können.«

»Du verstehst das nicht.« Sie seufzte. »Ich habe all meine Kraft gebraucht, um da durchzukommen. Und *dir* hätte ich am allerwenigsten ins Gesicht sehen können. Ausgerechnet dir, Schätzchen. Meine Schwester war da – sie hat für mich gesorgt. Ich musste warten, bis ich stark genug war, um hierherzukommen.«

»Mit Greg.«

»Mit Greg.«

Wir starrten die Urne an. Seit drei Wochen stand sie auf dem Kaminsims.

»Ich glaube, wir sollten uns jetzt mal um ihn kümmern, was?«

Am Neujahrstag verstreuten wir seine Asche. Wir wählten den Strand von Deal.

Inzwischen hatte ich den Kindern von meiner neuen Liebe erzählt. Max hatte wie üblich lakonisch reagiert: *Tolle Neuigkeit, Mum, ich hoffe, du wirst glücklich.* Lucy war erstaunt gewesen. *Aber ich dachte, du hasst sie!* Ich hatte versucht zu erklären, aber bald aufgegeben. Skype eignet sich nicht für differenzierte Gespräche, besonders wenn die Verbindung schlecht ist. Ich hätte sie auf der Reise nach Deal gern bei mir gehabt. Wir wären zusammen im Zug hingefahren, hätten geplaudert und unsere Bücher gelesen, ganz normal trotz des bedeutsamen Anlasses. Ich hätte Max das Haar zerzaust, obwohl ihn das ärgerte, und Lucys krähenhaftes Lachen gehört. Wir wären zusammen durch den Sand gestapft und hätten immer wieder eine Handvoll Dad im Wind verstreut. Es wäre richtig gewesen, das gemeinsam zu tun. Natürlich hatte ich ihnen angeboten, ihre Flugtickets zu bezahlen, aber sie erklärten beide, sie müssten über Neujahr arbeiten und wir könnten für den Sommer eine Zeremonie planen.

Also standen nur Azra und ich am Strand. Es regnete und war verdächtig warm für Januar. Was passierte bloß mit unserem Klima? Angie hatte recht gehabt – die liebe dumme Angie, die wegen ihres Geldes hatte sterben müssen. Sie hatte nichts Böses getan, außer dass sie schön gewesen war und die CO_2-Emissionen erhöht hatte. Und sie hatte begriffen, was geschah – jeder, der auch nur den geringsten Verstand hat, begriff es. Gregs Urne in der Hand, war ich froh, dass ihm das immer größere Ausmaß der Zerstörung erspart geblieben war, die jetzt komplett außer Kontrolle geriet. Gott wusste, wie unsere Kinder damit zurechtkommen sollten. Sie waren in Liebe empfangen worden und fanden sich jetzt in einer Welt wieder, die mein Mann und ich uns nie hätten vorstellen können, wenn wir miteinander schliefen, befriedigt vom Sex und umgeben von Objekten, die jetzt auf der Mülldeponie landeten.

»Weinst du, oder ist es der Regen?« Azras Worte wurden ihr aus dem Mund gepeitscht.

»Ich verabschiede mich bloß von Greg.« Gemeinsam schüttelten wir die Urne.

»Tschüss, mein Schatz!«, rief Azra.

Die Asche wehte uns ins Gesicht.

»Haha!«, rief ich. »Ich hatte schon lange die Nase voll von ihm.«

Anschließend lagen wir in einem Strandhotel im Bett, der Regen prasselte ans Fenster. Wie viele bedeutungsschwere Ereignisse war auch dieses nicht so bedeutend gewesen, wie wir gehofft hatten. Eigentlich ein Schlag ins Wasser, wenn ich ehrlich bin. Wir lagen Seite an Seite, tief in unsere Gedanken versunken. Alkoholisierte Stimmen lärmten im Flur, und eine Tür wurde zugeworfen.

»Wohin bist du nach der Beerdigung verschwunden?«, erkundigte sich Azra.

»In irgendein B&B, weiß der Himmel, wo.«

»Mir war klar, dass du nicht zum Leichenschmaus kommen würdest.«

»Logisch.«

Die Scheinwerfer vorbeifahrender Autos jagten über den Himmel. Sie wartete darauf, dass ich sprach.

»Was ist passiert?«

»Ich wühlte unter dem Rock einer Schäferin herum, auf der Suche nach der Klopapierrolle.«

Sie lachte nicht. Sie hatte keine Ahnung, wovon ich sprach. Und ich, ehrlich gesagt, ebenso wenig.

»Du hättest kommen sollen. Man hat dich vermisst.« Sie sprach ins Dunkel. »Ins Cottage zu kommen, hätte dir vielleicht geholfen, weil du gesehen hättest, dass nichts verändert wurde.«

Ich erstarrte. Auf keinen Fall wollte ich ihr sagen, dass ich dort gewesen war, an jenem Junitag.

Es herrschte bedrücktes Schweigen. Wir lagen Seite an Seite, ohne uns zu berühren.

»Hm, ja, schade«, sagte ich. »Gute Nacht.«

Ich küsste sie auf die Wange, drehte mich von ihr weg und zog meine Hälfte der Decke über mich.

Am nächsten Tag, zurück in London, bekam ich einen Anruf. Es war Barry, der Immobilienmakler.

»Ich habe Neuigkeiten für Sie«, sagte er. »Sprechen Sie besser mit Ihrem Rechtsanwalt.«

»Was ist passiert?«

»Wissen Sie von dieser Virusgeschichte, diesem Grippezeug, in China?«

»Ja, natürlich.« Ich hatte Fernsehberichte gesehen, jeder wusste davon.

»Ihre Käufer möchten den Übergabetermin vorverlegen auf den zweiundzwanzigsten Januar, also eine Woche nach Vertragsunterzeichnung. Ist das für Sie in Ordnung?«

»Klar, aber warum?«

»Es geht das Gerücht, dass es in Wuhan, wo sie leben, einen Lockdown geben wird, und sie wollen alles in trockenen Tüchern haben, bevor es dazu kommt.«

Viel Zeit blieb uns nicht.

»Uns«. Was für ein schönes Wort. Es war, als hätte Azra ihr Leben vorerst auf Eis gelegt und würde sich ganz allein mir widmen. »Widmen«, auch so ein ungewohntes Wort, jedenfalls im Hinblick auf meine kratzbürstige Freundin. Aber wie gesagt, sie hatte sich verändert. Manchmal sah ich einen sorgenvollen Ausdruck in ihren Augen, der mir nie zuvor aufgefallen war; manchmal wirkte sie regelrecht bedürftig. Sie hatte das Rauchen aufgegeben; die exzentrischen Outfits und lackierten Fingernägel gehörten der Vergangenheit an. Tag für Tag trug sie dieselben Jeans und Sweatshirts, wie eine Ehefrau, die sich keine Mühe mehr gibt. Die Art Kleidung, die eine Linda tragen würde. Mich störte es nicht; in jenen Wochen störte mich überhaupt nichts. Ich war wie im Rausch, einfach, weil sie da war und wir eine gemeinsame Zukunft planten.

Außerdem waren wir meist vollauf damit beschäftigt, das Haus leerzuräumen. Mitte Januar sollten die Verträge unterzeichnet werden, dann blieb uns eine Woche, die Möbel einzulagern. Ich würde zu Azra ziehen, bis wir ein Domizil in Deal gefunden hatten. Damals hatte ich den Eindruck, unser Abenteuer hätte gerade erst angefangen.

Wir waren derart in unser Tun vertieft und körperlich so erschöpft, dass wir kaum das Radio einschalteten. Bücherkisten zu schleppen und Schränke durch Türen zu bugsieren, nahm uns voll und ganz in Anspruch. Während sich das Haus leerte, kam schubweise die Vergangenheit zurück. Die Freude, mit der Greg und ich eingezogen waren; das geisterhafte Lachen der Kinder, als sie noch klein waren, ihre Schritte auf der Treppe. Als die Teppiche weg waren, echoten entschwundene Stimmen in den Räumen, ich wohnte in einem Spukhaus. Und da – die alten Flecken an den Wänden, das Gekritzel der Kinder und das Loch in der Ecke, in dem Lucys Rennmaus auf Nimmerwiedersehen verschwand. Zweifellos liegt in jedem Haus in Muswell Hill eine mumifizierte Rennmaus unter den Dielen.

Wir hatten keine Ahnung, was in der Welt vor sich ging.

Vom 21. auf den 22. Januar schliefen wir zum letzten Mal im Haus. Es war nur noch ein Bett da – das schenkte ich Azras Nichte, die es am nächsten Tag abholen würde.

Wir verbrachten eine letzte Nacht dort, in einem leeren Zimmer. Mondlicht fiel durch das vorhanglose Fenster herein. Azra schnarchte, aber ich lag wach. In diesem Bett hatte ich Tausende von Träumen geträumt und tausendmal Sex gehabt. Ich hatte zwei Kinder empfangen, und jetzt war all das von einem Moment auf den anderen vorbei. Das Haus gehörte mir nicht mehr. Eine andere Familie zog ein, und die Zeit, in der wir dort gewohnt hatten, war wie ausgelöscht. Was mich und Azra anging – wir waren schwache Wesen am Ende einer Ära; unsere Präsenz war kaum zur Kenntnis genommen worden.

Mein Herz schlug laut, als ich dort im Dunkeln lag. Die Minuten vergingen, und Panik ergriff mich. Was hatte ich getan? Jetzt war es zu spät, einen Rückzieher zu machen. Diese Frau neben mir fühlte sich plötzlich fremd an. Das passiert, wenn Menschen schlafen: Sie kehren zurück in ihr unergründliches, privates Selbst. Das sagte ich mir, aber trotzdem erfüllte mich eine Vorahnung, als ich schweißgebadet dalag und auf den Morgen wartete.

Am nächsten Tag wurde der Kaufvertrag beim Notar unterzeichnet. Während des Termins spürte ich mein Blut pulsieren. Ich hatte gehört, dass Zwillinge ähnlich empfinden, wenn der andere Zwilling stirbt.

Und einen Tag später erfuhren wir, dass in Wuhan ein Lockdown verhängt worden war. Meine Käufer waren nun in China eingesperrt, mitten in dem, was jetzt Pandemie genannt wurde.

»Keine Sorge, mein Schatz«, sagte Azra und tätschelte mein Knie. »Es ist bloß eine lokale Geschichte. Sie haben es sich auf den Lebensmittelmärkten eingefangen. Ich wusste gar nicht, dass es so was gibt, du vielleicht? Dass da exotische Tiere verkauft werden, schrecklich. Aber hier kann so etwas nicht passieren.«

Vier

Azras Wohnung war klein. Es gab ein Schlafzimmer, das auf die Seitenstraße und einen Vogelbeerbaum blickte, sowie ein L-förmiges Wohnzimmer mit integrierter Küche, das nach vorn auf die vielbefahrene Hauptstraße hinausging und nach hinten auf Hausdächer. Das Fenster dort öffnete sich zum Flachdach von Karims Imbiss, auf dem Azra im Sommer Tomaten zog.

Sie passten perfekt zu ihr, diese beiden sonnigen Zimmer, in denen sie frei lebte, unbelastet durch das Gewicht von Besitz. Ein paar Pflanzen, ein paar Bilder und ein Schrank voller Kleider; das war alles.

Meine eigene Habe füllte das halbe Schlafzimmer. Koffer und Taschen, über die wir dauernd stolperten. In jenen frühen Tagen ärgerten wir uns nicht darüber. Wir waren verliebt. Der Reiz des Neuen war aufregend – für zwei einkaufen, einmütig wie jene Paare, die ich einst beneidet hatte, im Dunst schmorender Gewürze Kichererbsencurrys kochen, während auf CD Bessie Smith schmetterte. Ich fühlte mich nicht als Eindringling, damals noch nicht; sowohl Azra als auch ihre Wohnung nahmen mich mit offenen Armen auf. Und wie gemütlich war es mitten im Winter, wenn der Wind an den Fensterscheiben rüttelte und am Ende des Tages das Bett auf uns wartete!

Die Einsamkeit war Geschichte. Mein Haus war verkauft, das Telefon klingelte nie, keine von uns beiden schien irgendetwas arbeiten zu müssen; trotz des Schmuddelwetters hatte jene Zeit etwas Flitterwochenhaftes. Ich fühlte mich nicht mehr an mein früheres Selbst gebunden; ich war so frei, wie Azra es immer gewesen war, hatte mich in ihrer

Welt eingenistet, und sie schien mich darin willkommen zu heißen.

Hm, ja. Bis zu einem gewissen Punkt.

Um ehrlich zu sein, Spannungen gab es von Anfang an. Rückblickend erkenne ich schon sehr früh einige Zeichen, aber damals ignorierte ich sie. Meine Katze zum Beispiel. Azra hatte Flossie nie gemocht. Sie behauptete, sie würde ihr böse Blicke zuwerfen. Und das Katzenklo stank. Azra war in solchen Dingen heikler, als ich vermutet hatte. Ständig wienerte sie irgendwelche Oberflächen, wischte seufzend Krümel in ihre geöffnete Hand. Ich merkte erst jetzt, dass sie viel ordentlicher war als ich und alles unter Kontrolle haben musste. Vielleicht hatte der Krebs sie verändert; sie sagte, sie habe Angst, sich eine Infektion einzufangen, darum sei sie nicht mehr zu den Syrern gegangen. *Entschuldige, dass ich ausgerastet bin*, sagte sie manchmal. *Ich bin es nun mal gewohnt, allein zu leben. Diese Wohnung ist ebenso dein Zuhause wie meines, das weißt du, oder?*

Außerdem wurde mir bewusst, dass sie wenig Freunde hatte. Die langen Telefonate hatte sie offenbar mit meinem Mann geführt, ein Thema, auf das wir nie zu sprechen kamen. Jetzt rührte sich ihr Handy oft tagelang nicht. Das meine ebenso wenig. Kaum jemand wusste, dass ich in Tottenham gestrandet war. Der Herbst war eine so intensive Zeit gewesen – emotional ebenso wie körperlich –, dass sich viele Kontakte verloren hatten; ich hatte auch keinerlei Bedürfnis, nach Muswell Hill zu fahren, geschweige denn, mein leeres Haus zu sehen.

Außerdem lag eine seltsame Stimmung in der Luft, irgendwie zogen sich die Menschen aus dem öffentlichen Raum in ihr eigenes Leben zurück. Azra hörte kaum Nachrichten und ich auch nicht, aber in der ersten Märzwoche wurde sogar uns klar, dass diese vermeintliche Grippe ernster war, als wir es uns vorgestellt hatten. Jetzt wurde unser Bedürfnis, aus London wegzuziehen, noch stärker. Wir fuhren jede Woche nach Deal, besichtigten Immobilien, waren aber bisher nicht fündig geworden. Zu klein, zu dunkel, zu wenig Garten. Das Suchen schweißte uns zusammen. *Na, wir werden es erkennen, wenn wir es sehen.*

Nein, wir sprachen nicht über Greg. Ich wollte nichts über ihre gemeinsame Zeit hören, nein, wirklich nicht. Aber ich dachte an ihn, wie besessen, dachte an ihn mit Azra. Es waren unangenehm lüsterne Gedanken. Ich erinnerte mich daran, wie sie in einer Wolke von Zigarettenrauch auf dem Sofa gesessen und ein Kissen gegen den Bauch gedrückt hatte, als sei es ihr Baby. Wie sie mir erklärt hatte, Greg sei ein Vollidiot und ich solle froh sein, ihn los zu sein. *Er hat sich zu so einem aufgeblasenen alten Schwachkopf entwickelt. Hat dich das nicht genervt, wie er sich immer geräuspert hat, bevor er seine Meinung zum Besten gab?* Ob das Sperma meines Mannes noch in ihr gewesen war, wenn sie sich über seine Unzulänglichkeiten ausließ?

Wie seltsam und wunderbar es war, dass wir gleich waren! Gregs Penis war der Eindringling gewesen. Doch er war viele, viele Male in ihr gewesen, wie ein Picknicker in einem geliebten Wald in alten Zeiten. Ein längst verstorbener Picknicker, der in verwirrender Beziehung zu mir stand.

Und noch etwas Wunderbares – wieso war mir das nie aufgefallen? Sie und ich mussten keine zeitraubenden, komplizierten Prozeduren vollziehen. Keine Diaphragmen (wie in der Anfangszeit meiner Ehe), kein Viagra (gegen Ende zu), keine mühseligen Vorbereitungen, manchmal zogen wir uns nicht einmal aus. Das ganze Theater fiel weg. Der Sex zwischen uns floss durch unsere Tage, ohne Anfang und ohne Ende, bekleidet oder nackt ... unsere Lippen, unsere Finger, unsere Brüste, unsere spannungsgeladene Haut. Manchmal reagierten unsere schönen feuchten Pussis aufeinander, manchmal unsere Münder und unsere streichelnden Hände. Es war das Natürlichste in der Welt.

Dank dieser Leidenschaft trotzten wir den Sturmböen mühelos, die es durchaus immer wieder gab. Mit Azra zusammenzuleben, war alles andere als einfach, wie sie selbst eingestand. Wie wir alle steckte sie voller Widersprüche. Während sie schimpfte, wenn ich irgendwo Licht brennen ließ – *was ist mit unserem Planeten?* –, spülte sie gewohnheitsmäßig unter fließendem Wasser ab. Solche Sachen. Es kam mir kleinlich vor, dergleichen überhaupt zu bemerken, und ich hielt den Mund – schließlich war es ihre Wohnung. Außerdem war es nur vorübergehend. Bald würden wir zusammen ein eigenes Haus bewohnen, wo jede genug Platz für sich hatte. Es war bloß eine Frage der Zeit.

Und Mitte März fanden wir in Deal tatsächlich ein in Meeresnähe gelegenes Haus zur Miete und planten den Umzug für Ende des Monats. Dann würden wir uns in Ruhe nach einem Kaufobjekt umsehen.

Wie blind wir waren! Blind für den Sturm, der sich zusammenbraute, saßen wir da und redeten und lachten, eng umschlungen auf Azras schäbigem, grünem Sofa. Wir sprachen viel über die Vergangenheit, als hätten wir uns gerade erst kennengelernt und müssten einander aufs Laufende bringen. Sie schilderte ihre frühen Erinnerungen an ihren Vater: wie sie sich als Vierjährige beim Schwimmen an seinen Rücken geklammert hatte; eines Tages verschwand er, und ein anderer Mann kam aus dem Schlafzimmer ihrer Mutter und zog den Reißverschluss seiner Hose hoch. Wir redeten bis tief in die Nacht, während draußen auf der Straße Polizeisirenen heulten. Oft vergaßen wir zu kochen und gingen einfach essen – aber nie ins Yassar Halim, wo ich sie mit Greg gesehen hatte; dieses Lokal mieden wir.

Ich weiß noch, dass ich eine Spannung wahrnahm, die in der Luft lag, aber annahm, ich sei einfach nur aufgeregt wegen der Zukunft. So solipsistisch können Liebende sein. Warum sie derart romantisiert werden, wird sich mir nie erschließen.

Darum trafen uns die Nachrichten vollkommen überraschend. Die Ereignisse überstürzten sich, und am 23. März ging das Land in einen Lockdown.

Fünf

Die Erinnerung an diese frühen Tage schmerzt. Wir waren alle in einem Schockzustand. Es dauerte eine Weile, bis uns die ganze Tragweite bewusst wurde. Eigentlich ist sie das immer noch nicht. Ich erinnere mich, dass ich mich in unserem Liebesnest sicher fühlte – immerhin hatten wir einander –, doch dann wieder übermannte mich Trauer: um die Welt, um die Menschen, die allein waren, Angst hatten, starben. Darüber, was uns vielleicht bevorstand.

Draußen auf der Straße ging das Leben auf fast unheimliche Weise normal weiter. Die Läden der Türken und Bangladescher schienen genauso gut frequentiert wie immer, auch wenn viele Kunden offenbar Toilettenpapier hamsterten. Keiner wirkte sonderlich beunruhigt, damals noch nicht. Doch als ich mir Azras Fahrrad auslieh und ins Stadtzentrum radelte, fand ich eine ausgestorbene Stadt vor – von Echos erfüllte Canyons der Leere, wie nach einer Apokalypse. Verrammelte Läden, dunkle Restaurants und tote Theater. Jetzt, wo alle üblichen Zerstreuungen wegfielen, der Verkehr und die Leute fehlten, waren die Gebäude nach vorn getreten und hatten die Herrschaft über die Straßen übernommen. Es war seltsam berührend und zutiefst verstörend. Aber das brauche ich Ihnen wohl nicht zu erzählen.

Zunächst war ich dankbar, mit Azra zusammen zu sein. Schließlich lebten wir sowieso schon in einer Art Lockdown. Unsere Pläne waren zum Stillstand gekommen, aber wir hatten ja keine Eile. Unsere Telefone schwiegen, und wir brauchten nicht zu arbeiten. Finanzielle Sorgen hatten wir auch nicht, denn ich hatte gerade für eine horrende

Summe mein Haus verkauft. Meine Besorgnis konnte ich mir für andere Menschen aufsparen, und meine Wut für die Unfähigkeit der Regierung und den Mangel an Mitgefühl.

Je mehr Tage aber vergingen, bemerkte ich zunehmende Spannungen zwischen uns. Ich schob es auf das Virus. Alles war aus dem Lot geraten, und wir zählten altersmäßig zur Risikogruppe. Azra war in ihren besten Zeiten launenhaft und hatte jetzt allen Grund, nervös zu sein. Trotzdem überraschte mich, dass sie wie besessen die Infektionszahlen verfolgte, Nahrungsergänzungsmittel kaufte und alles sofort desinfizierte, was wir berührten oder kauften oder auch nur anhauchten. »Natürlich müssen wir den Reisbeutel waschen!«, erklärte sie mir ungehalten. Ich hatte sie nie für eine Hypochonderin gehalten, aber bislang waren wir auch nie länger am Stück zusammen gewesen als für ein Wochenende in Dorset, wenn sie zu Besuch kam. Ich erinnerte mich, wie sie einmal, als Greg Besuch hatte, einen Topf Ratatouille fallen ließ und anschließend vom Küchenboden wieder in den Topf füllte. »Keiner wird es merken«, hatte sie geflüstert. Das war meine Azra, dachte ich. Unbeschwert und sorglos, ohne jede Angst – und bestimmt nicht vor ein bisschen Dreck.

Aber wir lebten in seltsamen Zeiten, wie jeder nicht müde wurde zu wiederholen. Keiner fühlte sich so ganz er selbst. Unter unseren Füßen hatten die tektonischen Platten sich bewegt, und wir lebten in einem Paralleluniversum mit neuen Regeln und, in der Ferne, dem Jungle Beat der Angst. Kein Wunder, dass unser Verhalten sich veränderte.

Das sagte ich mir selbst. Das musste der Grund sein.

Es war ein außerordentlich schönes Frühjahr. Das Gras war grüner, der Himmel blauer. Weil kaum Verkehr herrschte, hörten wir das Vogelgezwitscher. Unsere tägliche Bewegungseinheit absolvierten wir, indem wir im Park joggen gingen. Es gab nicht viel zu sehen außer ein paar mit Flatterband abgesperrten Schaukeln, Gras und Büschen. Doch selbst hier explodierte jetzt, wo die Welt die Aktivitäten eingestellt hatte, die Natur wie im Ausgleich dazu in prachtvoller Fülle. Blumen brachen durch die Ritzen zwischen Pflastersteinen. Und neben Azras Haus stand von einem Tag auf den anderen der Vogelbeerbaum in voller Blüte. Die Natur übernahm die Führung, selbst in Tottenham. *Schau! Ich bin die ganze Zeit hier gewesen. Du hast mich ignoriert, selber schuld!* Ohne die Abgase nahmen wir die Düfte wahr, die in der Luft lagen.

Es gibt ein Davor und ein Danach. Im Nachhinein betrachtet, kann man den Moment ausmachen, in dem alles sich veränderte. Zu diesem Zeitpunkt herrschte rundum Verwirrung wegen der Pandemie. Azras Ruppigkeit mir gegenüber war, wie ich vermutete, dem allgemeinen Stress geschuldet. Wie gesagt, sie schien wegen der Gesamtsituation bedrückter als ich. Und es war nicht abzustreiten, dass die Wohnung jetzt, wo wir zusammen eingesperrt waren, ziemlich eng wurde. Dass meine ältliche Katze an Inkontinenz litt und die Tierarztpraxen geschlossen hatten, machte die Sache nicht besser. Aber ich hoffte, dass diese seltsame Zeit in ein paar Wochen vorbei sein würde.

Inzwischen war es Mitte April und Azra sah eher wie Linda aus. Ihre Haare waren nicht nur weicher nachgewachsen, sondern auch in Locken, die an eine Dauerwelle erinnerten. »Das sieht so spießig aus!«, klagte sie. Die Friseure hatten geschlossen, also schlug ich vor, ich könnte ihre Haare zurückschneiden zum »Annie-Lennox-Elfenlook«, wie wir es nannten, und sie könnte sie dann blond färben.

Es war ein schöner Tag, und wir kletterten mit zwei Stühlen auf die Dachterrasse.

Azra setzte sich hin. Sie hielt inne und fuhr dann herum und sah mich an. »Kann ich dir vertrauen?«, fragte sie und blinzelte gegen die Sonne.

»Natürlich.«

Stille trat ein. Sie wollte etwas sagen, tat es aber nicht. Dann drehte sie sich schulterzuckend um.

Ich war verdutzt. Sie sprach nicht nur von meinen Haarschneidekünsten. Ihr Ton hatte etwas Eigenartiges, eine Schwere. Ich habe gehört, dass einem Schauspieler, der einem Kinderschänder spielte, vom Regisseur geraten wurde, während der Dreharbeiten einen großen Stein in der Tasche zu tragen. *Damit du es nie vergisst.* Jetzt wurde mir bewusst, dass ich schon seit einiger Zeit das Gefühl hatte, Azra würde eine heimliche Bürde mit sich herumschleppen. An diesem Tag jedoch ging ich einfach davon aus, dass sie nervös war, weil eine Nichtfachfrau ihr die Haare schnitt.

Sie quasselte zusammenhanglos vor sich hin. »Sollten wir jetzt, wo wir in der Schusslinie stehen, nicht unsere Testamente aktualisieren? Was meinst du?«, fragte sie. »Ich werde natürlich alles dir hinterlassen, viel ist es allerdings nicht. Das erinnert mich daran, dass wir Tee kaufen müssen. Übrigens, hast du gemerkt, dass Ali verschwunden ist? Im Laden an der Ecke? Ich hoffe, er ist nicht krank. Jetzt arbeitet sein Bruder dort.« Sie fuhr herum und griff nach meiner Schere. »Du schneidest doch nicht zu viel ab, oder?« Sie betrachtete ihre am Boden herumliegenden Haare.

In diesem Moment verlor ich die Nerven. »Fast gar nichts. Ich begradige bloß noch ein bisschen ...«

»Das reicht.«

Sie schob den Stuhl zurück und kletterte zurück in die Küche. Ich folgte ihr. Sie betrachtete sich im Spiegel. »Hmm«, sagte sie. »Gib mir die Schere.«

Sie stutzte hier und dort ein wenig und schüttelte dann den Kopf wie ein Hund.

»Das muss genügen.« Sie ging durchs Zimmer und ließ sich aufs Sofa fallen. »Es kommt uns sowieso niemand besuchen. Mein Gott, es ist deprimierend; nicht einmal einen *Kaffee* kann man trinken gehen. Ich hoffe, Max und Valeria kommen gut klar, wenn sie zusammen eingesperrt sind.«

»Wer ist Valeria?«

»Seine Verlobte.«

Ich setzte mich. »Wie bitte?«

»Sie scheint ein richtiger Kontrollfreak zu sein. Und er ist so passiv.«

Ich versuchte zu schlucken. »Max ist verlobt?«

»Hat er dir das nicht erzählt?«

»Ich wusste nicht mal, dass er eine Freundin hat.«

»Typisch Max, so ist er eben.«

»Nein, das stimmt nicht.« Ich starrte sie wütend an. »Warum hat er es dir erzählt und nicht mir?«

Azra zuckte die Achseln. »Ihr seid nie besonders gut klargekommen, stimmt's?«

»Doch, natürlich.«

»Und warum wohnt er dann wohl auf der anderen Seite des Erdballs?« Sie sah mich an. »Oh, bin ich ins Fettnäpfchen getreten?«

»Ich verstehe nicht, wovon du redest.«

»Mit Lucy genauso. Sie konnten es kaum erwarten, wegzukommen.« Azra legte eine Hand auf mein Knie. »Sieh mal,

Schätzchen, ich habe nie Kinder gehabt, kann das also gar nicht beurteilen, aber mir erschien das ziemlich naheliegend.«

»Was?«

Sie seufzte. »Ach, spielt keine Rolle. Wir sind alle seltsam. Ich selbst bin ganz sicher seltsam. Vergiss es.«

Ihre Hand wanderte unter meinen Rock und mein nacktes Bein hinauf.

»Es tut mir leid, mein Schatz«, flüsterte sie. Ihre Finger fummelten am Rand meiner Unterhose herum. »Es ist wahrscheinlich einfacher, sie zu unterrichten, als sie zu erziehen. Sei mir nicht böse.«

Ich schob ihre Hand weg. »Natürlich bin ich dir böse.«

»Sieh mich an.« Sie drehte mein Gesicht zu sich.

Ich stieß sie weg, ging ins Schlafzimmer und warf die Tür hinter mir zu. Es gab sonst keinen Ort, an den ich hätte gehen können.

Zitternd saß ich auf dem Bett. Wie konnte sie mich so angreifen? Wenn jemand seltsam war, dann Azra, mit ihrer künstlichen Stimme und ihren Klamotten, die wie Faschingskostüme aussahen. Meine Freunde hatten sie immer ein bisschen eigenartig gefunden. Ihr nicht recht über den Weg getraut.

Überhaupt war sie nicht besonders beliebt. Phasenweise mochte auch ich sie nicht. Wie kam sie dazu, mich so brutal zu kritisieren? Noch dazu in Bezug auf meine eigenen Kinder. Sie hatte sich verändert, so viel war klar. Jetzt, wo ich mit ihr eingesperrt war, ohne fliehen zu können, entpuppte sie sich als Tyrannin. Das war mir vor kurzem aufgefallen. Besitzergreifender. Diese Hand auf meinem Bein – ich war nicht ihr *Eigentum*. Ich war nicht ihre *Sexsklavin*. Eine Zeitlang hatte ich es aufregend gefunden, wenn sie plötzlich über mich herfiel, doch jetzt interpretierte sie meine Stimmung oft falsch.

Und ihr Dienstmädchen war ich auch nicht. Die Art, wie sie mich herumkommandierte, begann, mir auf die Nerven zu gehen. Natürlich war es ihre Wohnung, und sie war es nicht gewohnt, jemanden bei sich zu haben, zumal mit einer inkontinenten Katze. Der Lockdown schien eine andere Facette ihres Wesens zutage zu fördern. Eine ängstliche, verdrießliche Seite, die ich nie zuvor wahrgenommen hatte.

Ich schob es also auf das Virus und tröstete mich mit Gedanken an die Zukunft. Wenn wir wieder normal leben konnten und ein Haus gefunden hatten, würde dieses neue Zuhause mir gehören, und die Machtverhältnisse würden sich zu meinen Gunsten ändern. Und wir würden mehr Platz haben. Denn es wurde rasch deutlich, dass jede ein eigenes Zimmer brauchte, um dort schmollen zu können. Braucht das nicht jeder?

Ich hatte keine Ahnung, was nun kommen würde. Nicht den leisesten Schimmer von dem Geheimnis, das Azra gehegt hatte, oder von der Bombe, die bald explodieren würde. Ich war zu beschäftigt damit, über meine Kinder nachzugrübeln. Azra weigerte sich, mehr preiszugeben, und es stand als düstere, dunkle Last zwischen uns. Inzwischen war schon Ende April, und sie bestand darauf, dass wir Mund-Nasen-Schutz trugen, sobald wir das Haus verließen. Die Masken radierten das Lächeln aus unseren Gesichtern, sofern da überhaupt eins war. Alles, was sichtbar blieb, waren unsere stechenden Augen.

Das Gleiche passierte überall auf der Welt. Wir steckten da alle gemeinsam drin. Und doch waren wir einander entfremdet: maskierte Fremde, die um ihr Leben fürchten. Es trennte uns und schweißte uns gleichzeitig zusammen. Freunde verschwanden, alte Verbindungen lebten unerwartet wieder auf, wie Nachrichten, die es durch Kriegswirren schaffen. Ich bekam eine Mail von Evan: »Alles in Ordnung bei dir? Bleib gesund.« Was für ein entzückender Mann! Das Leben mit ihm wäre bestimmt weniger turbulent gewesen, und um Flossies Eingeweide hätte er sich auch gekümmert.

Frauen waren so schwierig, besonders Frauen wie Azra. Passiv-aggressiv stellte sie Fallen und gärte vor sich hin. Ich war ja selber schuld. Männer waren so einfach gestrickt. Meine einstige Bitterkeit Greg gegenüber hatte sich in Luft aufgelöst, und ich begann, mich nach den alten Tagen unserer Ehe zurückzusehnen. Gleichzeitig arbeitete sich meine lange Zeit unterdrückte Ablehnung Azra gegenüber an die Oberfläche, wie Granatsplitter aus einer uralten Wunde. Unsere Wutanfälle häuften sich.

»Hältst du das für richtig?«, fragte sie eines Tages.

»Was?«

»Diese zweite Flasche zu öffnen.«

»Momentan trinkt doch *jeder* zu viel«, blaffte ich sie an. »Nächste Woche sind wir vielleicht schon über den Jordan.«

»Ich meine ja bloß – ach, vergiss es.«

»Was meinst du, *vergiss es*?«

»Nichts.«

»Hör mal, es ist *meine* Leber.«

Sie zögerte. »Darum geht es nicht.«

»Worum denn dann?«

Sie stand auf. »Vergiss es.«

»Himmel noch mal, Azra, spuck's aus!«

Sie ging in Richtung Schlafzimmer, unser einziger Rückzugsort.

»Azra!«

Sie wandte sich um, die Hand auf der Klinke. »Also schön.« Sie seufzte. »Versteh mich nicht falsch, Pru, aber du weißt ja, dass wir beim Einkaufen immer halbe-halbe machen.«

Ich nickte.

»Tja, vielleicht kannst du einfach draufloskaufen, ohne groß zu überlegen«, sagte sie. »Ich aber nicht. Ich habe nicht das Geld, das du hast. Und ehrlich gesagt kann ich es mir nicht leisten, deine Trinkgewohnheit mitzufinanzieren.«

Ich wurde rot. »Wie blöd ich bin! Entschuldige.« Ich sprang auf und umarmte sie. »In letzter Zeit ist alles so surreal, dass ich total vergessen habe ...«

»Was?«

»Ich habe gerade ein Haus verkauft. Es ist wie eine andere Welt. Und Geld ist seltsam bedeutungslos geworden.«

Sie löste sich aus meinen Armen. »Das können nur Menschen sagen, die genug haben.«

Ich erklärte, von nun an würde ich die Einkäufe bezahlen. Sie war sofort einverstanden.

Ich weiß noch, dass mich das überraschte, sagte mir aber, schließlich hätte ich die Mittel und Azra nicht. Und doch zeigte sich damit eine subtile Veränderung in unserer Beziehung. Azra hat es vermutlich gar nicht bemerkt, doch ich stellte fest, dass ich, was die Vergangenheit betraf, immer verbitterter wurde. Wie gesagt, wir hatten über ihre Affäre mit Greg nie geredet – es blieb unausgesprochen zwischen uns –, aber ich ertappte mich dabei, wie ich feindselig zusah, wenn sie an ihrer Nähmaschine saß und noch mehr Masken nähte. *DU warst das Schweigeretreat in Rutland, nicht wahr? Habt ihr die Geschichte zusammen ausgeheckt? Euch vielleicht darüber amüsiert?* »Lass uns die unwahrscheinlichste Ecke Englands nehmen!« Wie konnte ich so dumm sein zu glauben, er würde an seiner spirituellen Erkenntnis arbeiten!

Ich hatte stets das Gefühl gehabt, Azra beschützen zu müssen. Einmal, als sie noch als Schauspielerin arbeitete, hörte ich einen Kollegen flüstern: »Ich kann mit dieser Frau nicht zusammenarbeiten, sie ist ein Albtraum.« Ich weiß noch, wie ich vor Wut gebebt hatte. Jetzt, wo ich mit ihr zusammenwohnte, konnte ich seine Reaktion nachvollziehen.

Vielleicht war ich genauso schwierig. Ganz sicher hatte ich eine schwierige Katze.

»Sie mustert mich mit diesem arroganten Blick und verrichtet *gleichzeitig* ihr Geschäft auf den Boden«, sagte Azra. »Da könnte sie wenigstens schuldbewusst schauen.«

»Sie macht das nicht absichtlich. Sie verfehlt einfach nur das Katzenklo.«

»Ja, ungefähr um anderthalb Kilometer.«

»Normalerweise schafft sie es rechtzeitig dorthin.« Ich sammelte die Exkremente auf. »Ich glaube, sie wird langsam blind.«

»Es ist ihre Grundhaltung, die mir auf den Geist geht.«

»Sie wird alt, genau wie wir.«

»Ja, aber wir scheißen nicht auf den Teppich.«

Azra seufzte gequält. Früher hätten wir darüber lachen können, aber diese Zeiten waren offenbar vorbei.

Und dann war da die Geschichte mit dem Geweih. Mitte April türmte sich in den Straßen der Abfall. In ihren Wohnungen eingesperrt, misteten die Leute aus und warfen ihre alten Sachen weg. Eines Tages entdeckte ich auf einer alten Matratze ein Geweih – ein Hirschgeweih auf einer Platte, ein ungewohnter Anblick in Tottenham. Ich nahm es mit nach Hause und legte es auf den Stapel mit meinen Habseligkeiten.

Azra war gerade joggen. Als sie heimkam, ging sie ins Schlafzimmer. Ich hörte einen Krach und einen Schrei.

»Was zum Teufel ist das?« Azra kam mit dem Geweih zu mir.

»Ist das nicht toll?«

»Verflucht, ich hätte mir fast das Bein gebrochen.«

»Ich dachte, wir könnten es als Hutständer verwenden. Wenn wir dann das Haus haben.«

Sie hielt das Geweih auf Armlänge von sich weg, als sei es kontaminiert, und legte es dann auf den Fußboden. Sie starrte es an und wischte sich die Hände an der Hose ab.

»Ekelhaft«, sagte sie. »Irgendein fetter Trottel hat *zum Spaß* ein Tier *getötet*.« Sie sah mich an. »Ich kann gar nicht glauben, dass du so unsensibel bist, Pru. Ich bin nicht nur Vegetarierin, ich bin *Pazifistin*. Ich will dieses abscheuliche Ding nicht in meiner Wohnung haben.«

»Es tut mir leid. Ich werde es ins Lager zu den übrigen Sachen bringen.«

»Sei nicht albern, das Lager ist geschlossen. Alles ist geschlossen – ist dir das noch nicht aufgefallen?«

Plötzlich brach sie in Tränen aus. Ich starrte sie an.

»Es tut mir leid es tut mir leid es tut mir leid.« Sie packte mich und zog mich an ihre Brust. »Ich habe einfach solche Angst«, flüsterte sie in mein Haar. »Komm mit mir in die Dusche.«

Sie führte mich ins Bad und hielt dabei meine Hand so fest, dass es schmerzte. Wir zogen uns aus, und einen Augenblick später standen wir zusammen in der engen Duschkabine. Wasser prasselte auf uns herab, während sie mich gegen die Wand drückte, meine Hand nahm und sie zwischen ihre Beine schob. Einen Augenblick lang spürte ich Widerstand, doch dann rieb sie mich mit ihren erfahrenen

Fingern, und schon bald machten mich Wellen der Lust so schwach, dass meine Beine nachgaben und sie mich aufrecht halten musste. Das Wasser war viel zu heiß, aber keine von uns schaffte es zum Hebel, und dann brachte ich sie zum Orgasmus und sie schmiegte sich schaudernd und stöhnend an mich.

Anschließend lachten wir. Ich fühlte mich mit ihr wieder im Reinen, doch dieser Zustand währte nicht lange. Sie war aggressiver geworden, daran bestand kein Zweifel. Auf eine obskure Weise bestrafte sie mich, ohne dass ich eine Ahnung hatte, warum.

Das Problem war, dass es keine Fluchtmöglichkeit gab. *Sei vorsichtig mit dem, was du dir wünschst.* Verstehen Sie mich nicht falsch; wir hatten immer noch gute Zeiten miteinander, natürlich. Sie kamen bloß nicht mehr so oft vor. Ich war verheiratet gewesen; ich hatte das schon erlebt. Bei uns allerdings ging das Ganze schneller. Wissen Sie noch, wie der Lockdown auf uns alle diesen Effekt hatte – er baute Liebe ab, stellte Liebe wieder her, verkürzte sie, entfachte sie, vertiefte sie, forderte sie heraus? Machte uns gewalttätig. Oder führte einfach dazu, dass wir uns wegduckten und in einer Art Erstarrung alles aussaßen? Langzeitgefangene erzählen das Gleiche, dass die Zeit aus dem Lot gerät – sie vergeht schneller und verlangsamt sich gleichzeitig bis zum Stillstand.

Der Tag der Abrechnung baute sich auf wie ein Damm, und wir alle warteten auf das Ende des Lockdowns, das uns in die Freiheit entlassen würde, was auch immer dann geschehen mochte.

Bei uns beiden passierte es schon eher. Und zwar gleich in der nächsten Woche.

Der Tag begann mit schlechten Nachrichten. Das Virus breitete sich weiter aus, der Lockdown wurde verlängert. Azra versank in Schwermut und tigerte, das Fieberthermometer im Mund, im Badezimmer auf und ab. Sie maß jeden Tag Temperatur und schluckte haufenweise Nahrungsergänzungsmittel; langsam wurde sie regelrecht paranoid. Ich war überrascht, dass sie zu Hause keine Maske trug. Kürzlich hatte ich bemerkt, wie sie mich mit erschöpftem Gesichtsausdruck ansah, als könnte ich ein Infektionsgrund sein. Wahrscheinlich war sie deshalb so schlechter Laune.

Sie ging ins Wohnzimmer und setzte Wasser auf.
»Mist!«
Ich trat zu ihr ans Fenster. Unsere Dachterrasse war übersät mit Bierdosen. Das kam in letzter Zeit immer öfter vor. In der Wohnung über Azra wohnte eine ruhige koreanische Familie, aber darüber, ganz oben, gab es eine Studenten-WG. Sie hatten offenbar wieder eine ihrer Lockdown-Partys gefeiert. Unsere Tomatensetzlinge sahen zwischen dem Müll bedenklich zart aus.

Azra kletterte hinaus und rief zu ihrem Fenster hinauf, doch es war Sonntagmorgen und die Vorhänge waren zugezogen. Dann begann es zu regnen.

Wir fühlten uns beide miserabel. Ich mailte Max und Lucy, hatte aber buchstäblich nichts zu berichten. Es geschah nichts. Inzwischen hatte ich mit Max über seine Verlobung gesprochen und wie aufregend das war. Er hatte mir von Valeria erzählt, die in seinem Büro arbeitete und eine begeisterte Radfahrerin war. Aber ich brütete immer noch darüber nach, warum Azra Überbringerin der Nachricht gewesen war – warum hatte er es ihr zuerst erzählt? Vor allem aber, wie kam sie dazu, mich und meine Mutterkompetenz zu kritisieren? Was war der Hintergrund? Eifersucht?

Zu einer Aussprache darüber war es noch nicht gekommen. Einen handfesten Streit konnte ich in dieser kleinen Wohnung ohne Fluchtmöglichkeit nicht riskieren. Aber es belastete die Atmosphäre zwischen uns.

Und da war noch etwas, das mir ein ungutes Gefühl gab. Es hatte mit Geld zu tun. Ich konnte es kaum in Worte fassen, nicht einmal für mich selbst. Azra war meine Freundin – sie nutzte mich doch bestimmt nicht aus? Aber warum hatte sie die Andeutung fallen lassen, wir sollten unsere Testamente überarbeiten? Und war es wirklich richtig, dass nun ich sämtliche Lebensmittel bezahlte? Reichte es nicht, dass ich uns ein Haus kaufte?

Nur gelegentlich drängte sich dieser Gedanke an die Oberfläche. Ich schob ihn wieder weg. Nichts in der Vergangenheit hatte für mich darauf hingedeutet, dass Azra auf Geld aus war. Sie lebte wie eine Zigeunerin, frei wie die Luft, manchmal pleite, dann wieder flüssig. Beides schien ihr vollkommen unwichtig zu sein.

Ein paar Stunden später jedoch wurde all das irrelevant.

An diesen Sonntagmorgen erinnere ich mich in allen Einzelheiten. Es war zu regnerisch, um hinauszugehen und den Müll einzusammeln. Es war windig, und wir hörten die Dosen auf der Terrasse herumrollen. Azra und ich sprachen nicht miteinander. Ich blätterte bedrückt die Sonntagszeitung durch, sie saß an ihrem Computer. Ich spürte, dass sie nur so tat, als blickte sie auf den Bildschirm. Manchmal holte sie tief Luft, als wollte sie etwas sagen, dann verstummte sie wieder. Sie trug ihr altes Rolling-Stones-T-Shirt, das mit der großen roten Zunge, das sie in der aufregenden Zeit getragen hatte, als wir mein Haus ausräumten. Wenn sie den Arm hob, um sich im Gesicht zu kratzen, fiel mir auf, wie pergamenten ihre Haut geworden war. Meine auch. Ich dachte über das Altern nach, die faltigen Körper meiner Freundinnen, als wir vor vielen Monaten nackt in die Themse gesprungen waren. Ich erinnerte mich an die kleinen Engelsmädchen mit ihren hauchdünnen Flügeln, die herumgeflitzt waren wie Glühwürmchen, als die Schatten länger wurden. Daran, dass wir in unserer Jugend nicht geahnt hatten, dass die Jahre vorbei sein würden, bevor wir es uns versahen; dass die Kinder ausziehen würden. Dann fiel mir ein, wie missmutig Calvin an jenem Tag gewesen war, und ich fragte mich, ob er anschließend Trost in Johannas Armen gefunden hatte. Es spielte für mich schon lange keine Rolle mehr. Ich stellte ihn mir im Gefängnis vor und dachte: Jetzt sind wir alle im Lockdown.

»Magst du einen Kaffee?«, fragte ich.

Azra nickte. Sie lehnte sich in ihrem Stuhl zurück, die Hände hinter dem Kopf verschränkt, und starrte auf den Bildschirm.

Ich öffnete die Dose mit den Kaffeebohnen. »Sonntage sind immer noch anders, stimmt's?«, sagte ich. »Obwohl jeder Tag genau gleich abläuft.«

Sie nickte erneut.

»Ich suche immer noch im Netz nach Häusern, du auch?«, fragte ich.

»Was?«

»Ich bin immer noch auf Immobilienseiten unterwegs, obwohl immer die gleichen Angebote drinstehen. Ich kenne sie inzwischen in- und auswendig, du bestimmt auch. Das mit den Greyhound-Käfigen im Garten, weißt du noch? Das, wo man aus der Toilette im Obergeschoss ein winziges Stückchen Meer erahnen kann. Zum Glück haben wir es nicht genommen! Weißt du noch, wie wir eine Weile damit geliebäugelt haben?«

Wusste ich, was kommen würde? Plapperte ich deshalb so vor mich hin?

Ich schüttete Kaffeebohnen in die Mühle. »Ich frage mich, was aus Calvins Haus geworden ist«, sagte ich. »Ob es gepfändet wurde oder so. Der Kühlschrank hatte einen Eiswürfelspender in der Tür. So einen wollte ich immer gern haben.« Ich schraubte den Deckel auf die Kaffeemühle. »Es war eines jener Häuser, die förmlich nach mit krummen Geschäften verdientem Geld riechen. Also überhaupt nicht unser Fall. Überall Marmor, wie in einer Leichenhalle. Und unheimlich ordentlich – er war ziemlich zwanghaft. Nirgendwo ein Stäubchen. Tatsächlich wirkt es jetzt, wo die Wahrheit heraus ist, eins zu eins wie das Haus eines Mörders.«

Ich drückte auf den Deckel. Der Motor sprang an, und die Bohnen wurden lärmend gemahlen. Azras Mund öffnete und schloss sich. Sie sagte etwas, aber ich konnte es nicht verstehen.

Als ich mit Mahlen fertig war und den Deckel abschraubte, fragte ich: »Entschuldige, was hast du gesagt?«

Azra blickte mich unverwandt an. »Um einen zu erkennen, muss man einer sein.«

»Muss man was sein?«

»Ein Mörder.«

Sechs

Stille trat ein.

Azra sagte: »Du hast ihn von der Klippe gestoßen, stimmt's?«

Ich füllte den Wasserkessel. »Ich weiß nicht, wovon du sprichst.«

»Es war mir sofort klar«, sagte sie. »So unsicher war Greg nicht auf den Beinen. Er war noch im Frühstadium. Parkinson zieht sich über Jahre hin. Und er hielt sich fit, ging jeden Tag joggen.« Ihre Stimme war ruhig, sie sprach fast im Plauderton. »Unmöglich, dass er einfach von einer Klippe gestürzt ist. Habt ihr Streit gehabt oder so was, war es deswegen?«

»Azra, mein Schatz, ich war nicht einmal dort.«

»O doch, warst du.«

»Hör mal, ich weiß, dass es schrecklich verstörend für dich war – für uns alle –, aber das brauchst du nicht an mir auszulassen.«

»Du warst an dem Tag dort.«

»War ich nicht.«

»Warst du wohl.«

»War ich nicht ...«

»Der Bauer hat dich gesehen.«

»Wie bitte?«

»Euer Nachbar, der Bauer.«

»Unmöglich. Es war niemand in der Nähe, nur die Hunde ...« Ich brach abrupt ab.

Azra klappte den Deckel ihres Laptops zu. »Genau.«

Wissen Sie was? Einen kleinen Moment lang war ich regelrecht erleichtert. In diesem Augenblick fühlte ich mich schwerelos. Erst da wurde mir die Last bewusst, die ich die ganze Zeit über mit mir herumgeschleppt hatte.

Und die allergrößte Erleichterung ist es, das jetzt zu erzählen.

Azra lehnte sich in ihrem Stuhl zurück, legte den Kopf schief und sah mich prüfend an. Sie verschränkte die Finger.

»Du bist eine total verrückte Frau«, sagte sie. »Vollkommen bekloppt.«

Ich brachte kein Wort heraus.

»Hattest du es geplant?«, wollte sie wissen. »Wusstest du, als du hinfuhrst, dass du es tun würdest?«

»Die Verrückte bist *du*, dass du mir so etwas zutraust.«

»Hast du gedacht: Wenn ich ihn nicht kriege, soll sie ihn auch nicht haben?«

»Willst du jetzt den Kaffee oder nicht?«

»Ich habe es niemandem gesagt, nur damit du Bescheid weißt.«

Ich füllte den Kaffee in die Kaffeemaschine. Sieh da! Meine Hände waren ruhig.

»Ich wusste es, sobald man die Leiche gefunden hatte«, sagte Azra. »Am Strand. Weißt du, ich kenne dich in- und auswendig. Du bist nicht normal. Ich erkannte es sofort, als ich dich kennenlernte. Darum haben wir einander angezogen.« Sie lächelte. »Gleich und gleich erkennt sich gut. Wir sind beide geschädigt, meine Liebe, aber ich für meinen Teil ziehe bei Mord eine Grenze. Zumindest hoffe ich, dass es so wäre. Wer weiß?«

Ich drückte den Kolben herunter. Der Kaffee war noch nicht genügend gezogen, aber das erschien mir angesichts der Umstände nebensächlich.

Als sie ihn an die Lippen hob, stellte ich zufrieden fest, dass *ihre* Hände zitterten.

»Da wir nun so ehrlich miteinander sind«, sagte sie, »muss ich zugeben, dass ich dich früher beneidet habe.«

»Worum?«

»Weil du ein schönes Haus mit Garten hattest, Dummchen, und zwei wunderbare Kinder, und weil dir das alles ganz selbstverständlich erschien.«

Das rüttelte mich auf. »Aber du wolltest das doch alles gar nicht. Du hast immer gesagt, du willst frei sein.«

»Und du hattest Greg.« Sie setzte den Becher ab und starrte darauf. »Meine große Liebe.«

Draußen auf der Straße war es still. In letzter Zeit war ganz London still.

»Ich wusste es schon bei unserer ersten Begegnung«, erklärte Azra. »In dem Bio-Café, weißt du noch? Es war so voll, dass ich mich an euren Tisch gesetzt habe.«

»Natürlich weiß ich das noch.«

»Und die kleine Lucy weigerte sich zu essen, du hast sie angeblafft und Gregory hat sie auf seine Knie gehoben und war so lieb und geduldig mit ihr, und ich dachte, was für ein wunderbarer Mann, und schon damals kam mir der Gedanke, dass du ihn nicht verdient hast.« Sie sprach nun schneller. »All die Jahre über habe ich beobachtet, wie du an ihm herumgenörgelt und ihn sabotiert hast. Kein Wunder, dass die Kinder so unglücklich waren und so schnell wie möglich auszogen. Kein Wunder, dass er so deprimiert war.«

»Das ist nicht wahr! Nichts davon ...«

»Ich habe die ganze Zeit über zugesehen, wie ihr glückliche Familie spielt, mit euren Dinnerpartys und eurem Schrebergarten, und *wir haben dieses unternommen und wir haben jenes unternommen*, und alles war eine große Lüge.«

»Es war keine Lüge!«

»Und dann kam ich zurück in meine armselige Wohnung ...«

»Ich dachte, du liebst deine Wohnung ...«

»Ich hasse meine Wohnung! Wer will schon so leben? Du vielleicht? Und ich war so verdammt einsam. Er widerstand mir, natürlich; er war ein ehrenwerter Mann und so scheißbegriffsstutzig, Gott hab ihn selig. Aber solange ich in deinem Umfeld war, würde ich zumindest nicht den Kontakt zu ihm verlieren, das wusste ich. Klar, es gab andere Männer, erinnerst du dich? Aber ich habe ihnen immer den Laufpass gegeben. Wahrscheinlich bestrafte ich sie, weil sie nicht Greg waren. Ich wusste, dass ich den rechten Augenblick abwarten musste, dann würde er schon zu mir kommen.« Ihre Stimme wurde weich. »Und das tat er auch. Nach all den Jahren tat er es. An jenem Abend im Odeon ...«

Sie versank in ihren Erinnerungen. Einen Augenblick lang schien sie meine Existenz vergessen zu haben. Es erinnerte mich an den Moment mit Greg auf der Klippe, als seine Stimme so träumerisch geworden war wie ihre jetzt. Als ich gemerkt hatte, dass ich vollkommen bedeutungslos war.

Azra sagte: »Du hattest ihn die ganze Zeit gehabt. Jetzt war ich an der Reihe.« Sie sagte es in sachlichem Ton und zuckte dabei mit den knochigen Schultern.

Dann sprang sie auf und kam zu mir aufs Sofa. Sie legte den Arm um mich und drückte mich.

»Sieh mal, Schätzchen, ich liebe dich trotzdem. Das alles wird zwischen uns keine Rolle spielen, oder?«

Ich war zu überrascht, um etwas zu entgegnen.

»Wir sind einander so ähnlich«, sagte sie. »Ähnlich in unserer Verrücktheit. Bei mir ist dein Geheimnis sicher, Liebste, darauf kannst du vertrauen. Großes Indianerehrenwort!«

Sie starrte mir mit prüfendem Blick auf die Brüste, als hätte sie sie nie zuvor gesehen, und begann dann, eine davon zu streicheln. »Wir werden ein hübsches Haus finden und zusammen am Meer wohnen, und keiner wird je etwas erfahren.« Sie nahm mein Kinn und drehte mein Gesicht zu sich. »Gib mir einen Kuss«, summte sie leise. »Sag, dass du mir verzeihst. Schließlich habe *ich* dir auch verziehen.«

Und dann küsste sie mich innig, ihre Zunge erkundete meine Mundhöhle, drückte sich gegen meine Zähne. Ich saß ganz steif in ihren Armen, regelrecht erstarrt vor Angst. Was spielte sie für ein Spiel?

Ich trug mein altes blaues Baumwollkleid. Azra schob es hoch, riss mir den Schlüpfer vom Leib und warf ihn auf den Boden. Und dann war ihre Hand zwischen meinen Beinen zugange, und sie öffnete den Reißverschluss ihrer Hose.

Es war keine Vergewaltigung, nicht wirklich. Aber alle Arten von Gedanken wirbelten mir durch den Kopf, während sie mich bearbeitete. Mir fiel ein, wie sie über die Japanerinnen mit dem seidigen Schamhaar gespottet hatte, *nicht wie unsere Topfreiniger*. Wo war diese Frau hin verschwunden?

Was war mit uns geschehen?

Ich kniff die Augen zusammen und stellte mir die Bäume in Burnham Beeches vor, das Picknick mit Greg und den Kindern, bei dem Max sein *Beano* las. Ich versuchte, mich auf das Spiel von Sonnenlicht und Schatten und auf die Schmetterlinge zu konzentrieren, alles war recht, um auszublenden, was geschah, als ich da unter Azra auf dem Sofa lag. Aber ich wusste, dass ich nur überleben würde, wenn ich sie zufriedenstellte, also trennte ich wie eine Hure meinen Geist von meinem Körper. Und in all das mengte sich mein Entsetzen über den Verlust meiner Freundin, meiner geliebten lebenslustigen Seelenverwandten.

Mein Verstand arbeitete fieberhaft. Azra war mit mir fertig und eingeschlafen. Ich arbeitete mich unter ihr hervor, hob meinen Schlüpfer auf und schloss mich im Schlafzimmer ein. Ich musste nachdenken.

Denn mir war noch etwas anderes klargeworden. Die zeitlichen Abläufe. Jener Abend im Dezember, als Azra in meinem kleinen schwarzen Kleid herunterkam – damals hatte ich ihr erzählt, dass ich das Haus verkaufte. Und unmittelbar im Anschluss verführte sie mich.

Weil sie wusste, dass ich reich sein würde.

Ich hätte Ihnen das mit Greg erzählen sollen. Um ehrlich zu sein, dachte ich, Sie hätten es inzwischen sowieso erraten. Vielleicht ist das auch der Fall. Sie wissen, in welchem Zustand ich war und wie ich provoziert wurde. Es war mehr, als ein Mensch ertragen kann. Nehmen Sie es als momentanen Anflug von Wahnsinn, wie bei Calvin, als er das Auto von der Klippe stieß. Wobei er gelogen hatte. Ich hingegen habe nicht wirklich gelogen; ich habe es bloß nicht nur nicht zu Ende erzählt. Ein Unterlassungsdelikt könnte man es nennen.

Nebenan hörte ich Azra schnarchen. Sie hatte mir erzählt, dass sie mit sechzig angefangen hatte zu schnarchen. *Schnarchen, Brille, Bärtchen am Kinn. O Gott, Pru, was soll bloß aus uns werden?* Wir hatten auf demselben Sofa gesessen und Tee getrunken, während Sonnenlicht durchs Fenster strömte. Wir lachten, kuschelten uns aneinander, Partnerinnen auf unserer Reise ins Alter.

Jetzt klang ihr Schnarchen für mich bedrohlich, wie ein aufziehendes Gewitter. Meine Brustwarzen schmerzten. Sie hatte darauf herumgekaut – ein anderes Wort habe ich nicht dafür. Herumgekaut wie auf einem Stück Knorpel. Ich fühlte mich wie ein Missbrauchsopfer.

Ich hielt inne, lauschte, ob das Schnarchen aufhörte. Azra war nun meine Feindin, und ich musste mir einen Plan zurechtlegen. »Bei mir ist dein Geheimnis sicher«, hatte sie gesagt, aber ich konnte ihr nicht vertrauen. Ich war ihr vollkommen ausgeliefert. Sie konnte jeden Augenblick die Polizei rufen – morgen ... nächstes Jahr. Von jetzt an würde ich niemals mehr in Sicherheit sein.

Ich saß auf dem Bett und starrte den Haufen mit meiner Habe an. Ich hatte eine Decke darübergebreitet, damit er nicht so auffiel. Obenauf lag das Geweih. Dieses unheimliche Vieh sah seltsam lebendig aus, so als wäre es drauf und dran, sein Leichentuch abzuwerfen und aufzustehen, um mich anzugreifen.

Mir schlug das Herz bis zum Hals. Azra hatte einen Plan, das begriff ich nun. Ob sie sich dessen bewusst war oder nicht, spielte keine Rolle. Ich würde ein Haus kaufen und sie umsorgen, auf absehbare Zukunft. Sexuell konnte sie mit mir machen, was sie wollte. Dafür würde sie den Mund halten. Aber ich würde nie wieder ruhig schlafen können. Sie wusste Bescheid, und ich wusste, dass sie unseren faustischen Handel jederzeit aufkündigen konnte. Flucht war unmöglich.

Eine halbe Stunde war inzwischen vergangen. Azra schnarchte noch, würde aber bald aufwachen. Mir blieb nicht viel Zeit.

Ich legte das Geweih beiseite und zog die Decke von meinen Sachen. Leise, sehr leise holte ich meinen Koffer hervor.

Es dauerte zehn Minuten, bis ich das Wichtigste eingepackt hatte. Was *war* das Wichtigste? Ich war zu durcheinander, um klare Gedanken zu fassen. Die Tür des Badezimmerschranks knarrte, als ich ihn öffnete und meine Toilettenartikel herausholte. Im Schrank klapperten die Kleiderbügel, als ich nach dem Zufallsprinzip ein paar Klamotten herausnahm. Ach ja, mein Laptop! Den hätte ich fast vergessen. Ich legte ihn zusammen mit dem Netzteil oben auf meine Kleider. Der Reißverschluss quietschte, als ich ihn um den prall gefüllten Koffer schloss. Ich würde an Azra vorbeigehen müssen, doch das Sofa stand mit dem Rücken zu meiner Fluchtroute zur Eingangstür.

Ich konnte nicht riskieren, dass die Räder Geräusche machten, also trug ich den Koffer, so unhandlich wie ein menschlicher Körper, durch das Wohnzimmer. Ich erhaschte einen Blick auf Azras Haarschopf, der hinter der Rückenlehne des Sofas herauslugte.

Ich blieb stehen und lauschte. Sie hatte aufgehört zu schnarchen. Spielte sie nur Theater? Mich konnte überhaupt nichts mehr überraschen.

Die grauen Haare bewegten sich nicht. Einen verrückten Augenblick lang hielt ich sie für eine Perücke. Azra hatte sie auf die Sofalehne gelegt und stand tatsächlich hinter mir. *Na, wo willst du denn hin?*

Aber inzwischen war ich schon an der Eingangstür und suchte, behindert durch Koffer und Tasche, zwischen den vielen Kleidungsstücken an der Garderobe herum. Es würde nicht ewig warm sein; ich brauchte meine Winterjacke.

Endlich hatte ich alles die Treppe heruntergebugsiert. Ich musste zweimal gehen. Wenig später war ich draußen auf der Straße und lud mein Gepäck ins Auto. Ich verstieß gegen den Lockdown, klar, aber das war das Letzte, an was ich gerade dachte.

Sieben

»Ich hoffe, es macht dir nichts aus, in Mutters Zimmer zu schlafen«, sagte Pam. »Die anderen müssen erst einmal gründlich geputzt werden. Irgendwann werde ich schon dazu kommen. Und die Abstellkammer ist rappelvoll, soll ich's dir zeigen? Schau! Hier ist genug für uns für mehrere Monate – Pasta, Dosentomaten, Klopapier, Mehl, Zucker, massenweise Konserven. Wir könnten eine ganze Armee verpflegen! Und natürlich kann ich jetzt meinen Backkünsten frönen. Es ist so schön, dass du da bist, Pru, denn es macht keinen Spaß, für sich allein zu backen, und ich weiß, dass du meine Kuchen liebst.

Und wenn du noch was zum Anziehen brauchst – schau einfach hier rein! Zu meiner Schande muss ich gestehen, dass ich nie etwas weggeworfen habe, und diese Sachen stammen aus der Zeit, als ich Kleidergröße 36 hatte. Einiges davon ist so gut wie neu. Dieses Kleid würde dir gut stehen, ist genau deine Farbe, du hast immer so einen guten Geschmack gehabt und es hat einen dehnbaren Bund, weil wir ja alle ein bisschen Bauch ansetzen, seien wir ehrlich, sogar jemand wie du, der immer eine tolle Figur hatte.

Oh, ich weiß, ich bin eine blöde Kuh, ständig darauf herumzureiten, aber ganz ehrlich, es freut mich so, dass du da bist. Allein hat es keinen Spaß gemacht. Ich meine, ich bin das Alleinsein ja gewohnt, aber jetzt ist es anders, oder? Die neue Normalität. Und keine Sorge, bei mir ist dein Geheimnis sicher ...« Pam hielt inne. »Huch, entschuldige. Sieh mich nicht so an. Von mir erfährt keiner ein Wort. Ich weiß, dass du die Regeln gebrochen hast, indem du hergekommen bist, aber schließlich hast du ja niemanden ermordet, und von jetzt an kannst du dich versteckt halten, das Einkaufen übernehme ich, und keiner wird wissen, dass du hier wohnst. Es wird unser kleines Geheimnis sein. Wir bilden jetzt zusammen eine verschworene Gemeinschaft. Es ist ja nicht so wie in Nummer zwölf: Da gehen ständig Leute ein und aus. Natürlich stammen sie aus einer anderen Kultur, aber das ist keine Entschuldigung. Und sie sind nicht die Einzigen. Schau, hier, mein kleines Buch – da stehen alle bisherigen Übertretungen drin. Die Wilmots hatten gestern Abend acht Leute zu Gast, *acht*, und er ist ein stellvertretender Direktor! Was gibt der denn für ein Vorbild ab? Ich werde sie natürlich melden, aber vorerst warte ich noch auf den richtigen Augenblick und sammele Beweise.

Komm runter, dann trinken wir eine schöne Tasse Tee. Ich halte die Vorhänge geschlossen; keiner wird dich sehen. Außerdem weiß ja niemand, dass du hier bist – all deine Freunde, all diese linken Typen, haben nie erfahren, dass wir Freundinnen sind, oder? Um ehrlich zu sein, mir hat das immer ein bisschen weh getan – sogar diese Frau, die immer bei dir ein und aus ging, die mit den komischen Klamotten, ich habe ihr mal zugewinkt und sie hat einfach durch mich durchgeschaut, aber macht nichts, jetzt habe ich dich ganz für mich allein.«

Pam kicherte.

»Wir sind wie meine Kakteen – da drüben, siehst du? Außen stachelig, damit keiner zu nah kommt. Und innen – na ja, wir haben alles, was wir brauchen, stimmt's, Schatz? Es ist alles in uns. Wir können monatelang davon zehren, ohne auch nur gegossen zu werden.« Sie hob ein imaginäres Glas. »Auf die Sukkulenten!«

Sie lächelte, und ihre Brille funkelte im elektrischen Licht. Dann legte sie den Arm um mich und drückte mich an sich.

»Es heißt ja, alles hat sein Gutes ... um ganz ehrlich zu sein, meine Liebe – und ich weiß, dass ich das jetzt nicht sagen dürfte, ich Schlimme, ich! –, wenn es Covid gebraucht hat, um uns zusammenzubringen, dann hat sich das Unglück jetzt als Segen entpuppt.«

In der Küche pfiff der Teekessel, aber Pam rührte sich nicht. Sie drückte meine Schulter ganz fest.

Prittstift-Pam und ich, vorerst zusammengeschweißt. Wie lange auch immer das »vorerst« dauern würde.

Epilog

Die nächste Gelegenheit, zu der ich das Kleid trug, war Azras Beerdigung. Die nächste und die allerletzte. Es hatte in ihrem Schrank gehangen; ich fand es, als ich noch einmal in ihre Wohnung ging, um meine restliche Habe abzuholen.

Unser kleines schwarzes Kleid.

Zwei Monate waren vergangen. Es war Juli, und der Lockdown war aufgehoben worden. Das Land war aus seinem langen Winterschlaf erwacht und blinzelte nun ins Licht. Mein Gott, war das ein schöner Sommer! Die Sonne brannte auf die kleine Gruppe Menschen herunter, die sich um ihr Grab versammelt hatte. Wir sahen zu, wie Azra in die Erde versenkt wurde und ihre Geheimnisse mit sich nahm.

Ich war schweißgebadet. Das Futter des Kleides klebte an meiner Haut. Janey, Azras Schwester – *Lindas* Schwester –, reichte mir ein Taschentuch, damit ich mir das Gesicht abwischen konnte. Sie ließ einen Strauß Pfingstrosen auf den Sarg fallen. Als sie auftrafen, blätterten die Blütenblätter ab; Pfingstrosen leben nicht lange.

Die Nachricht war per Mail von Janey gekommen. »Es ging so schnell«, schrieb sie. »Der Krebs hatte Metastasen in der Wirbelsäule gebildet. Ein paar Wochen später war alles vorbei.«

Die Beerdigung fand in Sunderland statt. Am nächsten Tag kehrte ich zurück nach London und nahm den Zug nach Deal. Das Kleid steckte in meiner Übernachtungstasche. Ich hatte angenommen, ich würde es irgendwann herausholen und in einem Abfalleimer versenken, doch ich brachte es nicht übers Herz. Es kam mir so bedeutungslos vor. So schäbig.

Am Strand tummelten sich aus ihrer Gefangenschaft entlassene Familien. Sie waren massenweise an die See gefahren und tollten ausgelassen in den Wellen herum. Es herrschte Faschingsatmosphäre. Wer wusste schon, wie lange das möglich sein würde?

Ich suchte mir einen Platz, holte das Kleid heraus und breitete es auf dem Kies aus. Dann legte ich mich darauf, schloss die Augen und gab mich der Sonne hin. Von fern drang das Echo der Stimmen zu mir. Ich hörte Azras heiseres Lachen. Ich hörte das Knirschen der Kieselsteine, während sie Richtung Wasser rannte, geschmeidig und schön in ihrem lindgrünen Badeanzug.

Während ich so dalag, spürte ich, wie die Schwere von mir abfiel. Ich war endlich frei. Mein Geheimnis war in Sicherheit, für immer begraben. Bald konnte ich anfangen, um die Azra zu trauern, die ich einst kannte, bevor das alles geschah – wenn ich sie überhaupt gekannt hatte oder sie mich. Wie rätselhaft wir einander doch sind! Ich und Greg; ich und Calvin. All diese Fremden, deren Begräbnisse bloß ein Spiegelkabinett waren, das eine Vielzahl von Wahrheiten und Halbwahrheiten und Lügen reflektierte. Denn sie spiegelten einfach nur unser eigenes Selbst. Wenn ich in den vergangenen Monaten eines gelernt hatte, so war es das.

Benommen von der Sonne, stand ich auf, nahm meine Tasche und ging in Richtung Straße.

Das Kleid ließ ich liegen. Es war später Nachmittag, aber am Strand herrschte immer noch Hochbetrieb. Zwischen den Körpern lag es unbemerkt, ein kleiner dunkler Schatten in Frauengestalt.

Willkommen in Wales! Willkommen im Heartbreak Hotel!

Buffy, Charmeur und Gentleman der alten Schule, erbt überraschend ein Bed & Breakfast in Wales. Kurzerhand verwandelt er die heruntergekommene Pension in einen »Club der gebrochenen Herzen« – einen Ort, der frisch Getrennten eine Auszeit unter Leidensgenossen verspricht, um mit neuem Elan das »Leben allein« anzugehen. In kürzester Zeit lockt Buffys Angebot die verschiedensten Gäste an. Dabei sind Missverständnisse, Verwechslungen und Überraschungen vorprogrammiert …
Ein charmanter Roman über Menschen, die – egal, ob jung oder alt – mit den Irrungen und Wirrungen des Herzens zu kämpfen haben und doch nur eines wollen: einfach nur glücklich sein …

»Eine romantische Komödie, die an Charme kaum zu überbieten ist.« *literaturmarkt.info*

Deborah Moggach, Club der gebrochenen Herzen. Roman. Aus dem Englischen von Adelheid Dormagen. it 4231. 384 Seiten

Mit Mandy wird alles anders ...

Mehr als eine Haushaltshilfe hat der 80-jährige emeritierte Hochschullehrer James bereits in die Flucht geschlagen – bis Mandy kommt, mit Leggings und Glitzeroberteilen, ein bisschen zu laut und zu bunt. Warmherzig und pragmatisch bringt sie frischen Wind nicht nur in James' zurückgezogenes Leben. Phoebe und Robert erkennen ihren Vater kaum wieder: Er, der sich dem Familienleben meist entzogen, niemals eine Sportveranstaltung seiner Kinder besucht oder Freizeit mit ihnen verbracht hat, schwärmt von den Ausflügen mit Mandy, von Zoo-Besuchen und Einkaufsbummeln und schaut sich Quizsendungen im Fernsehen mit ihr an. Mandy scheint ihn komplett um den Finger gewickelt zu haben. Zunächst erleichtert, werden die Geschwister misstrauisch ...
Doch dann geschieht etwas völlig Unerwartetes – und alle müssen ihr Leben und ihre Beziehungen zueinander neu überdenken. Humorvoll, berührend und mit Tiefgang – ein Roman, der zeigt, dass im Alter längst nicht alles zu Ende ist und dass wir die uns am nächsten stehenden Menschen vielleicht doch nicht so gut kennen, wie wir glauben.

Deborah Moggach, Die Liebe einer Tochter. Roman. Aus dem Englischen von Katharina Förs. insel taschenbuch 4754. 262 Seiten. Auch als eBook erhältlich

Mit Gin, Charme und Zitrone

Ihr Strandhäuschen an einer der schönsten Küsten Englands und zum Tagesausklang einen Gin Tonic – beides möchte Olivia Turner keinesfalls aufgeben. Auch nicht, als sie in eine Seniorenresidenz übersiedelt. Dort gerät die höchst vitale Achtzigjährige schon bald mit der herrschsüchtigen Leiterin der Residenz aneinander, die ihr die täglichen Ausflüge an den Strand verbieten will.
Doch Olivias Mitbewohner Victoria und Randolph entpuppen sich als Gleichgesinnte. Das muntere Trio findet rasch Mittel und Wege, sich unbemerkt aus dem Haus zu schleichen – und sie schmieden einen verrückten Plan: Sie wollen einen *Gin Club* gründen und Gin-Verkostungen organisieren …
Ein amüsanter Roman über eine junggebliebene und tatkräftige Seniorin, die längst nicht zum alten Eisen gehört, sondern ihre Träume lebt …

Catherine Miller, Miss Olivia und der Geschmack von Gin. Roman. insel taschenbuch 4649. 300 Seiten.

»Ein wildes Märchen, eine
Utopie zum Heulen schön.«
Brigitte Woman

Dies ist die Geschichte von drei freiheitsliebenden alten Männern, die sich in die nordkanadischen Wälder zurückgezogen haben. Eines Tages aber ist es mit ihrer Einsiedelei vorbei. Zuerst stößt eine Fotografin zu ihnen. Kurze Zeit später taucht eine eigensinnige Dame von achtzig Jahren auf. Die Frauen bleiben. Und während sie gemeinsam einem Rätsel nachgehen, entsteht etwas unter diesen Menschen, das niemand für möglich gehalten hätte.

»Jocelyne Saucier zeigt, dass Liebe, Hoffnung und Freiheitsdrang kein Alter kennen.« *Elle*

»Einsame Spitze – Saucier entzündet Signalfeuer der Freiheit und erzählt von der Souveränität des Alters.«
Süddeutsche Zeitung

Jocelyne Saucier, Ein Leben mehr. Roman. Aus dem Französischen von Sonja Finck. insel taschenbuch 4489. 192 Seiten.

Wie gut kennen Sie eigentlich Ihren Mann?

Wunderbar entspannte Familienferien sollen es werden: Rose und Daniel verbringen zwei Wochen mit den erwachsenen Kindern in ihrem Haus in der Toskana. Als auch noch Roses beste Freundin Eve mit ihrem Mann eintrifft, scheint die Sommeridylle perfekt. Alles geht seinen friedlichen Gang, Rose freut sich auf Pasta und Rotwein auf der Terrasse, Daniel zieht ein paar Bahnen im Pool – bis eine SMS plötzlich alles durcheinanderwirbelt. »Du fehlst mir. Ich liebe dich. Komm bald wieder.« Kann es sein, dass Daniel eine Affäre hat? Bislang hielt Rose ihre Ehe für glücklich …

Packend und mit feinem Humor erzählt Fanny Blake, wie eine Familie sich komplett neu erfindet.

Fanny Blake, Eine italienische Affäre. Roman. Aus dem Englischen von Katharina Förs und Thomas Wollermann. insel taschenbuch 4326. 460 Seiten.

»**Poetisch und witzig!**« *Woman*

Paulina Neblo war gefeierte Tänzerin und erfolgreiche Choreographin, die Männer lagen ihr zu Füßen, sie hatte eine wundervolle Tochter und eine erfüllte Ehe. Als ihr Mann bei einem Autounfall ums Leben kommt und kurz darauf ihre Tochter stirbt, zieht sie sich aus dem Leben zurück – bis sie mit 70 Jahren beschließt, der scheinbaren Zukunftslosigkeit des Alters trotzig die Stirn zu bieten: Auf einem Laptop beginnt sie, Tagebuch zu schreiben und dabei über ihr Leben zu sinnieren …

Erika Pluhar hat ein berührendes Portrait einer kompromisslosen Frau geschrieben, die im Alter die Liebe und das Leben wiederfindet.

Erika Pluhar, Spätes Tagebuch. Roman. insel taschenbuch 4091. 219 Seiten

Ein ermutigender Blick auf das Älterwerden

Henriette Lauber blickt auf ein schöpferisches und erfülltes Leben zurück: Als Cutterin von Kinofilmen konnte sie an der Seite ihres geliebten Mannes in spannende Welten eintauchen. Heute lebt sie allein in einer kleinen Wohnung in Wien, und all ihre Liebe gilt ihrem Patensohn aus der Westsahara.
Eines Tages macht sie zufällig die Bekanntschaft ihrer jüngeren Nachbarin Linda. Zwischen den beiden Frauen entsteht ein reger Kontakt. Während Linda Henriette im Alltag hilft, erzählt diese ihr von ihrer Vergangenheit, von der Arbeit in der Filmbranche, den Reisen rund um den Globus und ihrer großen Liebe. Für Linda eröffnen sich neue Welten, und sie beginnt, ihr eigenes Leben zu hinterfragen ...
Die Geschichte einer generationenübergreifenden Frauenfreundschaft und ein schonungsloser, aber ermutigender Blick auf das Älterwerden.

Erika Pluhar, Gegenüber. Roman. insel taschenbuch 4696. 337 Seiten.

Und plötzlich ist alles anders

Beste Freundinnen seit über dreißig Jahren: Ruth und Susanne haben alles miteinander geteilt, doch nun wird ihre Freundschaft nicht mehr dieselbe sein. Susanne zeigt erste Anzeichen einer Demenz, die Gedächtnislücken und Aussetzer häufen sich, und sie spürt, dass ihr Leben ihr immer mehr entgleitet. Während Ruth, unterstützt von ihrem Mann und ihren Freunden, alle Hebel in Bewegung setzt, damit es ihrer Freundin auch in Zukunft an nichts fehlen wird, quält die noch eine ganz andere Sorge: Es ist höchste Zeit, Ruth ein gut gehütetes Geheimnis zu offenbaren, das ihrer beider Leben seit langem schicksalhaft miteinander verknüpft. Doch dieses Geständnis könnte die Freundschaft für immer zerstören ...
Ein berührender Roman über die Kraft der Freundschaft und zwei starke Frauen, die dem Schicksal mutig die Stirn bieten.

Hermien Stellmacher, Was bleibt, wenn alles verschwindet.
Roman. insel taschenbuch 4852. 367 Seiten. Auch als eBook erhältlich

Für die hellen Tage am Meer

Für Juno Ryan bricht eine Welt zusammen, als sie erfährt, dass ihr Freund Brad bei einem tragischen Unglück ums Leben gekommen ist. Und als wäre das nicht schon schlimm genug, stellt sich heraus, dass der Mann, den sie liebte und mit dem sie von einer gemeinsamen Zukunft träumte, verheiratet war und einen Sohn hat. In ihrer Verzweiflung flüchtet sie nach Spanien in das Ferienhaus einer Freundin, in die idyllische Villa Naranja. Der blaue Himmel, ein streunender Kater und nicht zuletzt Pep, der attraktive Sohn des benachbarten Weinbauern, sind Balsam für ihre Seele.

Nach und nach scheint sie die Vergangenheit hinter sich lassen zu können, doch als eines Tages Max, der Bruder ihres Geliebten, in ihr kleines Refugium einbricht, muss Juno sich ihren Gefühlen stellen und herausfinden, was sie im Leben wirklich will …

Sheila O'Flanagan, Das Haus am Orangenhain. Roman. Aus dem Englischen von Susann Urban. insel taschenbuch 4774. 418 Seiten. Auch als eBook erhältlich